NOUVEAUX

SAMEDIS

PARIS. — IMP. SIMON RAÇON ET COMP., RUE D'ERFURTH, 1.

NOUVEAUX
SAMEDIS

PAR

A. DE PONTMARTIN

CINQUIÈME SÉRIE

PARIS

MICHEL LÉVY FRÈRES, LIBRAIRES ÉDITEURS

RUE VIVIENNE, 2 BIS, ET BOULEVARD DES ITALIENS

A LA LIBRAIRIE NOUVELLE

1868

NOUVEAUX
SAMEDIS

I

PARIS [1]

I

Juin 1867.

Vous comprenez bien que je ne prétends pas rendre compte, en quelques pages, des œuvres dont je viens de transcrire ou d'imaginer les titres. Non ; mais puisque le résultat le plus clair des merveilles auxquelles nous assistons est de réduire au silence la critique littéraire, puisque les livres grelottent derrière les vitrines des libraires pendant qu'on va s'étouffer au Champ de Mars, aux courses ou sur le passage d'augustes visiteurs, cherchons la vie, la curiosité où elles se trouvent ; allons

---

[1] *Le Paris de l'Exposition. — Paris-Guide. — Paris-Diamant.— Paris-Monstre*, etc., etc.

où nous appellent les cris de joie, les chants de triomphe, les ardeurs de la foule, tout cet incroyable mélange
de bruit, de fièvre, d'ivresse, de tumulte, de plaisir, de
surprise et de lassitude. Le spectacle en vaut la peine, et
nous pouvons nous y arrêter un moment sans trop nous
éloigner des sujets habituels de nos causeries. Qu'est-ce,
après tout, que la littérature? Une des expressions de
l'intelligence ; un bulletin permanent de la hausse ou de
la baisse intellectuelle et morale d'une société, d'une
époque ou d'un pays. Eh bien! où en est l'intelligence
moderne, que va-t-elle gagner ou perdre au milieu de
ces prodiges? Faut-il célébrer ses victoires ou s'inquiéter
de ses périls? Pour revenir à notre texte, Paris, le Paris
nouveau, transformé, démoli, édifié, vidé, repeuplé,
doit-il se réjouir ou s'alarmer de ses métamorphoses?
Lui est-il permis de se recueillir un instant pour regarder
au delà de ce vaste espace dont il prête aujourd'hui un
morceau à toutes les industries du monde; au delà de
ces quelques mois d'éblouissement qui lui sont donnés
entre ses anxiétés d'hier et ses soucis de demain? Tout
sera-t-il dit quand il aura brillamment fêté un czar, un
sultan, un shah, trois ou quatre empereurs, dix ou
douze rois et une centaine de princes? La province,
qu'il invite à partager son allégresse provisoire et à
prendre sa part de ses splendeurs, doit-elle ou peut-elle
y apporter un grand fond d'enthousiasme, de confiance,
de sécurité et de gratitude? Voilà bien des questions; je
les pose; j'essayerai de répondre à quelques-unes; je n'o-
serais pas les aborder toutes.

La province ! ce n'est pas sans stupeur que je lisais récemment dans les journaux qui se croient ou se prétendent plus libéraux que nous, des tirades dont j'oublie le texte pour n'en garder que le sens : — « Eh bien! messieurs les provinciaux, messieurs les partisans de la décentralisation, acharnés contre la suprématie et l'accroissement de Paris, qu'en dites-vous ? Si Paris, suivant vos souhaits imprudents, était diminué, pourrait-il vous offrir les délices dont il vous comble? Vous êtes, à cette heure solennelle, non pas ses hôtes, mais ses maîtres. Sur les boulevards, dans les jardins publics, dans les théâtres, dans les cafés, chez les restaurateurs à la mode, dans tous les lieux de plaisir, c'est vous que l'on rencontre. Nous vous cédons bénévolement le haut du pavé et la largeur du trottoir ; c'est pour vous que nos chanteurs et nos comédiens ordinaires redoublent de talent et de zèle, que la terre et la mer nous envoient leurs primeurs, que nos murailles se couvrent d'affiches, que nos affiches annoncent des miracles, que le génie parisien défie l'impossible, que les lustres s'allument, que les magasins renouvellent leur étalage, que les flots d'harmonie ruissellent, que les grands de ce monde marquent chacune de leurs journées par un bal, un dîner ou une fête... Allez donc et ne péchez plus ! dites aux entêtés qui n'ont pas voulu venir et qui poursuivent là-bas leur rêve décentralisateur, dites-leur ce que vous avez vu, entendu, goûté, admiré, et par quels enchantements nous vous avons convertis. Si, contre toute raison et toute vraisemblance, ils persistaient à dénigrer Paris instantané,

Paris-capitale de l'univers, Paris-diamant, Paris-océan,
Paris-guide, Paris-mappemonde, Paris-Hugo, et si, par
un retour de vos vieilles habitudes, il vous arrivait de
faire *chorus* avec eux, c'est que vous seriez des ingrats
et qu'ils seraient des imbéciles. »

J'en demande pardon à mes confrères ; mais ils habite-
raient les bords de la Garonne, qu'ils ne raisonneraient
pas autrement. Les provinciaux sont en général fort
rangés. Si, comme je me plais à le croire, ils rédigent
chaque soir en partie double et par *doit* et *avoir* le
compte de leur voyage à Paris, je serais assez curieux
d'apprendre sous quelle colonne ils auront à grouper le
plus gros chiffre.

D'abord, si je suis bien informé, lorsqu'à la fin de ce
douteux et souffreteux mois d'avril, on commença à les
voir poindre à l'horizon, il était temps. La question de
leur arrivée ou de leur abstention était *tout simplement*
pour l'industrie et le commerce de Paris, éprouvés par un
horrible hiver, une variante du *To be or not to be* d'Hamlet,
une question de vie ou de mort. Ainsi ces prétendus
obligés ont débuté par être des bienfaiteurs.

Maintenant, que leur a valu ou coûté ce premier bienfait ? Il faudrait, pour le savoir, suivre pas à pas le provincial depuis le moment où, débarqué à la gare, il s'est
inclus dans un fiacre à galerie avec sa malle et ses colis,
-jusqu'au quart d'heure rabelaisien où il règle la note de
son hôtel. Remarquez que je ne parle et ne puis parler
que des provinciaux riches : les pauvres, les travailleurs, les petites bourses, les victimes de la *ferrea medio-*

critas, les gens réduits au strict nécessaire, c'est-à-dire l'immense majorité, c'est-à-dire les seuls dont devrait se préoccuper un journal démocratique, se trouvent placés dans l'alternative ou de s'interdire le voyage ou de se mettre sur la paille pour un temps indéfini.

Passons rapidement en revue quelques-uns de ces arguments vivants contre la décentralisation, définitivement condamnée par les libéraux de l'*Opinion nationale* et du *Constitutionnel* au nom des Majestés de l'Exposition et des féeries parisiennes.

Voici, par exemple, l'ouvrier des petites villes et le paysan de nos campagnes : quel bénéfice et quel régal pour eux ! Le dimanche, au cabaret, ils lisent le journal — car les journaux vont partout — et là, ils apprennent qu'on a dansé, le lundi, à l'ambassade de X..., le mardi chez la baronne de T..., le mercredi, à l'Hôtel de Ville, ainsi de suite ; qu'il y avait pour dix mille francs de fleurs et pour trois mille francs de fraises, etc., etc... Puis les toilettes des grandes dames, les phénomènes de la coiffure, les miracles du buffet, les perles, les diamants, la gaze, les dentelles, que sais-je ? Comment se plaindraient-ils, après cela, que leurs affaires ne soient pas faites par les hommes de la cité ou de la commune, mais par des bureaux de préfecture écrivant sous la dictée des bureaux de Paris ?

Voici de pauvres diables dont l'ordinaire se compose de pain noir, de soupe à l'eau et à l'ail, et, les grands jours, de lard rance et de fromage. Comme ils doivent être heureux et fiers, avec quelle ferveur de reconnaissance ils doivent bénir Paris-guide et Paris-monde, quand on leur dit tout ce que des bouches illustres ont mangé dans ces festins mémorables qui n'existeraient pas sans l'Exposition universelle et la centralisation ! Les menus sont là pour en faire foi ; car on ne veut tromper personne. Potage à la brunoise, timbales portugaises, chauds-froids d'ortolans, champagne frappé, grands crus de Bordeaux et de Bourgogne. Ce sont là maintenant, comme le *Sans dot!* de l'*Avare*, des réponses prêtes à confondre ces absurdes décentralisateurs. — On vous envoie de Paris-guide un candidat que vous ne connaissez pas, — champagne frappé ! — L'enquête agricole a eu des résultats dérisoires, — potage à la brunoise ! — Le traité de commerce vous ruine, — timbales portugaises ! — Il faudrait tâcher de voir un peu clair dans les comptes de votre mairie, — bisques d'écrevisses ! — Les impôts augmentent et les ressources diminuent, — chauds-froids d'ortolans ! — Le dialogue pourrait être long, et comme il y a encore plus de plats dans ces dîners que de misères dans nos campagnes, les centralisateurs victorieux seraient sûrs d'avoir le dernier.

Voici un conscrit de 1867 : il a tiré un mauvais numéro, et le conseil de révision lui a ôté son dernier espoir : son frère Joseph est revenu manchot de Solferino, et son cousin Blaise n'est pas revenu du tout de Sébastopol ; il est, lui, absolument nécessaire à sa famille, que son départ va faire passer de la gêne à la détresse. Encore si on n'avait pas à redouter la guerre !... Vous voyez d'ici la scène, le désespoir, les larmes... Mais, ô prodige de l'Exposition parisienne et cosmopolite, secondé par la centralisation! Mon conscrit ne pleure plus ; ses alarmes n'ont plus de raison d'être ; il rit aux éclats, il saute de joie, il embrasse gaiement sa mère et sa *promise* ; ces batailles, qui ont coûté la vie à Blaise, un bras à Joseph, et qui pourraient le menacer à son tour dans sa vie, ses bras ou ses jambes, elles se livraient contre des souverains qui sont tous à Paris, le rameau d'olivier à la main, absorbés par les plaisirs de la paix et ne voulant plus avoir d'autre général que le général Boum. Vive Paris! On ne saurait choisir un meilleur *guide*. La province était une sotte de vouloir se gouverner elle-même. Paris lui donne à la fois un grand spectacle et une grande leçon ; demandons à Paris la consigne, le mot d'ordre, voire un peu de discipline ; prions-le d'accepter notre serment d'obéissance ; montons à l'arc de triomphe et rendons grâce aux dieux !

Mais, encore une fois, je ne voulais vous parler que des provinciaux riches, de ceux à qui leur fortune a permis de venir savourer les béatitudes de l'Exposition. Entendons-nous; cette richesse ne peut être que relative, et voici pourquoi. Depuis cinquante ans — autre bienfait de cette centralisation, notre mère prodigue! — tout provincial ayant plus de vingt-cinq mille livres de rentes, s'est fait naturaliser Parisien. Ce que la société, la propriété et la famille y gagnent, je n'ai pas besoin de vous le dire; cela saute aux yeux. Je connais de grandes villes, jadis florissantes, qui jouissent de cet inappréciable avantage, que, si personne n'habite plus leurs maisons, les troupeaux pourraient paître dans leurs rues. Des hôtels dont les noms rappellent de beaux souvenirs historiques, logent un cafetier au rez-de-chaussée, un cordier dans la cour d'honneur, et, au premier étage, un marchand de bric-à-brac qui a acheté à l'encan les tableaux et les meubles. Il y a des châteaux à l'aspect noble et fier, de riches et vastes domaines où les propriétaires n'ont pas passé vingt jours en trente ans; ils se font envoyer leurs rentes par leur homme d'affaires et les dépensent au club ou à l'Opéra... pardonnez-moi cette nouvelle digression. Il est donc bien convenu que nous ne pouvons avoir affaire ici qu'aux provinciaux médiocrement riches, n'ayant pas ou n'ayant plus le pied parisien, attirés par l'Exposition et lui donnant, selon leurs moyens, une quinzaine, un mois ou six semaines.

Ils *descendent* à l'hôtel; ceci est un euphémisme qu'il faut se garder de prendre au pied de la lettre; car cette *descente* se traduit souvent par une montée au cinquième ou sixième étage. Là, pour le prix que leur coûterait, à Aix, le loyer d'une maison entière ou d'une villa au bord du lac Majeur, ils obtiennent par grâce et par télégramme une chambre, si toutefois l'on peut donner ce nom à un espace de 3 mètres de long sur 2 de large, sous les combles, offrant juste, en fait d'air respirable, ce qu'il faut pour ne pas être suffoqué. Je glisse sur les désagréments de détail, sur les éventualités réalistes. Plaçons au premier rang la certitude d'avoir le temps de mourir de faim, de soif ou d'apoplexie, avant qu'un garçon se dérange pour venir au secours du provincial altéré, affamé ou menacé d'une attaque.

Souvenez-vous que nous sommes à la fin de mai, au commencement de juin, dans la plus belle saison de l'année. Ils avaient, ces martyrs volontaires du *carcere duro* de l'hôtel garni, ils avaient chez eux tout ce qui va leur manquer ici : l'air, l'espace, la fraîcheur des eaux, l'agreste parfum des prairies et des collines, les commodités de la vie, les joies de la famille, la paix et le silence des champs, tous les biens dont on se lasse moins vite que d'une représentation de *gala* ou d'une soirée à l'Alcazar : mais nous ne sommes pas à Paris pour faire de l'idylle. Effaçons d'un trait de plume tout ce que le provincial sacrifie ; voyons ce qu'on lui donne en échange.

— Vous êtes en ce moment, lui dit-on, non pas l'hôte, mais le maître de Paris-capitale du monde... — Maître de qui, grand Dieu ? maître de quoi ? ni de lui, ni de l'univers ; maître de se faire écraser les pieds sur le boulevard, de se voir disputer pendant vingt minutes la jouissance d'une chaise Tronchon, de s'entasser dans une salle de restaurateur où la température est au même degré que le bouillon, où les privilégiés ne subissent entre chaque plat que trois quarts d'heures d'entr'acte, où la sueur découle de tous les fronts, où l'innocent plaisir de la table se change en supplice, et où, grâce à un progrès de l'industrie et de l'arithmétique, l'addition et la soustraction deviennent exactement synonymes ; maître d'assister, en retenant sa place quinze jours d'avance, à des reprises jouées par des doublures, de voir M. Talbot dans *Arnolphe*, d'entendre M. Warot dans l'*Africaine*, d'ad-

1.

mirer, dans les cirques américains ou français, des tours
de force très-peu différents de ceux qu'il pouvait voir
pour quelques sous et tout à son aise, quand les frères
Bouthors passaient dans sa ville natale.

Maître, dites-vous ; joli maître ! Qu'il essaye donc, ce
maître, de se faire servir pour rien ou pour un prix rai-
sonnable, d'avoir une voiture à ses ordres ou seulement
de ne pas être injurié et rançonné par son cocher de
fiacre ; qu'il essaye de décréter que, même dans un om-
nibus *complet*, il y aura toujours une place pour lui ; que
la marée sera fraîche, les poulets tendres, l'eau pure, le
vin sincère, les asperges authentiques, le comptoir poli
et le café chaud. Qu'il essaye, ce seigneur suzerain, d'entrer dans cet hôtel illuminé dont les fenêtres lui envoient
des flots de clarté et d'harmonie, dont les portes sont
tapissées de lampions et de sergents de ville ; vous verrez
comme le maître sera reçu par les domestiques ! Tout au
plus, s'il a bonne mine et le ruban de la Légion d'honneur,
lui permettra-t-on, en fait de *maîtrise*, de se promener
en long et en large devant la façade, et s'il rencontre sur
place quelque *cicerone* complaisant ou bavard, de se faire
nommer, à la clarté des lanternes, les grands personnages,
les hauts dignitaires et les beautés à la mode qui arrivent à la file dans des carrosses armoriés. Quelle volupté,
et comme c'était la peine de renoncer aux douceurs du
chez soi, à cet honnête chef-lieu où on le reçoit partout à
bras ouverts et où l'orchestre des bals de la préfecture
semble ne jouer que pour lui !

Notez encore que, pour ne pas trop abuser de mes

avantages, je ne mentionne que le provincial célibataire ou soi-disant tel, s'étant accordé pour six semaines les immunités de la vie de garçon. Qu'est-ce donc, bonté divine ! s'il arrive chargé de famille, si ses embarras se compliquent d'un enfant qui pleure, d'une femme qui craint les foules, d'une fille qu'il faut protéger, d'un fils qu'il faut surveiller ? Qu'est-ce donc, si ce maître, esclave de sa toute-puissance, est obligé de partager en deux ou en quatre l'étroit espace dont je parlais tout à l'heure et de multiplier à l'infini ces petits guignons de la vie réelle qui reviennent de droit à Cham, à Paul de Kock ou à Clairville ? Ici, la réalité dépassant de beaucoup tout ce que je pourrais dire, je laisse à l'imagination de mes lecteurs le soin de compléter ce tableau mélancolique.

Mais les rois ! les empereurs ! le plaisir de voir en si peu de temps un si grand nombre de têtes couronnées !... Permettez : vous êtes d'avis, n'est-ce pas ? que, dans ce voyage, notre provincial aura bien dépensé mille écus ? Or, pour la moitié de cette somme, il pourrait, à la fin de juillet, s'acheminer vers les bords du Rhin, visiter des pays charmants, se baigner dans des eaux vivifiantes, et, moyennant quelques haltes à Baden, à Hombourg, à Ems, à Carlsbad, à Wiesbaden, contempler presque autant de monarques, tout en affrontant le double zéro. Il les contemplerait dans des conditions meilleures, bien à son aise, sans avoir à louer fort cher une fenêtre ou à se garer des voitures, dans toute la liberté familière des promenades matinales, avec l'ombre des grands arbres

pour tempérer l'éclat des Majestés et adoucir les ardeurs
du soleil... Moi qui vous parle, il y a quelques années, à
Vichy, j'ai vu trois souverains en huit jours, et comme je
buvais en même temps des eaux digestives, je n'en ai pas
été plus malade.

Et puis, ce provincial, il possède un trésor que vous
n'avez plus : le respect ! Pour vous, Parisien blasé et go-
guenard, il n'y a nul inconvénient à apprendre que tel
prince, pour s'amuser comme un particulier, a un
peu trop usé des cabinets de ce nom ; que tel potentat,
pour se délasser des soins de son empire, n'a rien eu
de plus pressé que d'aller voir une bouffonnerie attentatoire au culte de Mars et de Bellone. Mais, pour l'homme
naïf, fidèle aux traditions antiques, habitué à placer la
Majesté souveraine dans une zone supérieure au libre
examen et aux humaines faiblesses, c'est un malheur, un
vrai malheur, de se voir ou de se croire forcé de respecter un peu moins ce qu'il vénérait à l'égal de ses plus
chères croyances. Le droit divin aux Variétés subit fatalement des commentaires qui ne sont pas ceux de César.
Devenir moins monarchique à mesure qu'on voit plus de
monarques, quel désastre ! Si la foi religieuse est le premier des biens, la foi politique est le second, et ni les
merveilles de l'Exposition, ni Paris-Guide, ni Paris-
Monde, ni les trucs de la *Biche au Bois*, ni les dîners
polyglottes, ni les bals de l'Hôtel de Ville, ni les revues,
ni les cortéges, ni les *Willis* de l'Opéra, ni les charmes
de mademoiselle Schneider, ne peuvent consoler de
l'avoir perdu !

Vous voyez à quoi se réduisent, en somme, la féli-
licité et l'omnipôtence du provincial à Paris ; vous voyez
ce que l'on doit penser de ces bienfaits prodigués à la
province par la capitale de l'univers, et s'il y a là de quoi
délivrer à la centralisation indéfinie un crédit illimité.
Tout ceci me rappelle une pièce que l'on donnait
au beau temps de ma jeunesse, et qui s'intitulait *la
Maison du Rempart*. Potier y jouait le rôle d'un vieux
bourgeois de Paris, narquois et poltron, jeté malgré lui
au milieu des intrigues de la Fronde. Les grands seigneurs et les belles frondeuses se réunissaient dans sa
maison pour conspirer au nom du peuple, et là, chacun
s'adjugeait, selon son ambition ou son goût, une province, une place forte, le commandement d'une armée,
une charge à la cour, une pension de cent mille livres,
ou l'amour d'une de ces nobles pécheresses ; sur quoi
Potier, se tournant vers le parterre, disait, à chacune de
ses *adjudications* patriotiques : « Vraiment, si le peuple
n'est pas content de tout ce qu'on fait pour lui, il faut
qu'il soit bien difficile ! »

Si la province n'est pas contente !... dirons-nous à
notre tour ; mais Paris lui-même a-t-il lieu d'être ravi ?
ce sera le sujet d'un second article.

II

J'ai toutes sortes de raisons pour me souvenir d'une
tirade presque célèbre, adressée par un critique de ma
connaissance à sa bonne ville de Paris :

« Paris, ville de lumière; d'*élégance* et de *facilité*, c'est
chez toi qu'*il est doux de vivre*, c'est chez toi que *je
veux mourir!* Ville heureuse, où l'on est dispensé
d'avoir du bonheur, où il suffit d'être et de se sentir habiter ; qui fait plaisir, comme on le disait
autrefois d'Athènes, rien qu'à regarder ; où l'on voit
juste plus naturellement qu'ailleurs ; où l'on ne s'exa-
gère rien, où l'on ne se fait des monstres de rien, où l'on
respire, pour ainsi dire, avec l'air, même ce que l'on
ne sait pas ; où l'on n'est pas étranger même à ce qu'on
ignore ; centre unique de ressources et de *liberté*, où la
solitude est possible, où la société est *commode et toujours
voisine*, où une seule matinée embrasse et satisfait toutes
les curiosités, toutes les variétés de désirs; où le plus
sauvage, s'il est repris du besoin des hommes, n'a qu'à
traverser les ponts, *à parcourir cette zone brillante qui
s'étend de la Madeleine au Gymnase...* Prenez Paris
comme le café, tous les jours et à *petites doses*. C'est
ainsi que Paris est *attique*. »

M. Sainte-Beuve écrivait, il y a cinq ans, cette page

enthousiaste et quelque peu déclamatoire. Je ne sais si le portrait était ressemblant alors ; mais aujourd'hui chacun de ces détails si amoureusement caressés fait l'effet d'une ironie.

Vous croyez peut-être que je vais, fidèle à mon système de dénigrement et de pessimisme, essayer de nier ou d'amoindrir le Paris de l'Exposition ou l'Exposition de Paris. Nullement ; j'accepte toutes les épithètes admiratives que prodigue la grande ou la petite presse ; je regrette même que la langue française ne fournisse pas plus de panaches, de verres de couleur, de feux d'artifice et de girandoles ; c'est merveilleux, prodigieux, féerique, magique, vertigineux, stupéfiant, miraculeux, surnaturel, colossal, renversant. Oui, mais après ? mais les lendemains ?

Interrogez les directeurs de théâtre : ils vous diront que les succès-monstres portent en germe la ruine et la faillite. Consultez l'histoire et la politique : elles vous répondront que rien n'est plus embarrassant que les lendemains de victoire. Il en est des sociétés ou des villes comme des individus ; l'excès est fatalement suivi de prostration et de lassitude ; il y a un tel vide et un tel néant dans ces merveilles qui ne parlent qu'à la curiosité ou aux sens, dans ces spectacles où le mensonge et le simulacre se font une part léonine, que ce néant et ce vide, un moment déguisés par les prestiges ou le bruit de la fête, reparaissent avec plus de violence et de ravage à l'heure où les lustres s'éteignent, où les fleurs se fanent, où le bruit cesse, où la foule se disperse, où l'i-

mage n'est plus qu'un fantôme, où le corps n'est
plus qu'un squelette. L'homme est si peu fait pour
ces paroxysmes de surprise machinale et de plaisir
matériel, que dès qu'il s'apaise, il se glace ; tôt ou tard
il s'opère en lui une réaction vengeresse, d'autant
plus voisine du désenchantement et du dégoût qu'il a
été plus ébloui et plus entraîné. L'âme, la vérité, la liberté, la conscience, la dignité morale, la revanche moqueuse et satirique, toutes ces exilées reviennent, et leur
premier mot est pour demander le compte de ce que
leur ont coûté ces magnificences.

Je l'avoue, il m'est impossible de me faire une idée
bien nette de ce que nous allons être et de ce que nous
pourrons faire dans trois ou quatre mois, quand nous
serons réduits à nous-mêmes et obligés de nous suffire.
Voilà le rideau baissé, les banquettes enlevées, les éta-
lages repliés, les profits et pertes chiffrés, les baraques
démolies, le champ de foire vidé, les terrains rendus à
leur destination primitive. La couleur locale s'en est
allée, morceaux par morceaux, dans des fourgons ou
dans des caisses. Plus de figures exotiques se promenant
sur les boulevards : le Japon et la Chine, la Turquie et la
Perse, la Suède et la Norwége, l'Asie et l'Amérique,
l'Espagne et la Prusse, changées en ballots, regagnent
leur domicile dans des convois de marchandises. Les
étrangers et les provinciaux sont tous partis, et, cette
fois, il y a d'excellents motifs pour que le voyage ne se
renouvelle plus d'ici à longtemps ; car, d'une part, tous
les objets de curiosité auront disparu ; de l'autre, on

aura dépensé, et même un peu plus, tout le fonds de réserve, sans compter les crédits supplémentaires. En
d'autres termes, nos *hôtes* nous auront quittés, ravis
mais ruinés, et convaincus par des preuves palpables
que la plaine généralement connue sous le nom de Champ
de Mars ressemble aussi peu que possible aux montagnes de l'Écosse.

Nous voilà, je le répète, forcés de mettre au pluriel le
mot de Médée, et de nous écrier en mauvais français :
« *Nous,* dis-je ! et c'est assez ! » — Voyons quels seront
nos moyens pour justifier ce mot superbe et atteindre ce
but désirable.

Rien de plus facile, si l'on pouvait croire que tous les
Parisiens se seront enrichis pendant cette crise si intéressante pour les fortunes privées et publiques. Malheureusement, cette consolante hypothèse est contraire à toutes
les lois de la vraisemblance. Par qui se font les grandes
dépenses de la sociabilité parisienne, lesquelles vivifient
et alimentent le commerce ? M. de la Palisse me souffle-
rait la réponse : par les consommateurs. Or il n'est pas
probable que la classe nombreuse des consommateurs
ait été beaucoup plus épargnée que les étrangers et les
provinciaux dans cette danse *macabre* des billets de banque et des écus. Ils consomment, donc ils ne produisent
pas ; ils achètent, donc ils ne vendent pas ; c'est logique.

Prenez au hasard dans cette catégorie infiniment va-
riée ; qui aura gagné, ou plutôt qui n'aura pas perdu à
ce jeu de l'Exposition ? Les grands propriétaires, les
comtes et les marquis du faubourg Saint-Germain ? As-

surément non ; pendant que leurs dépenses augmentaient
ici, la crise agricole, la baisse des denrées, la détresse de
toutes les grandes entreprises industrielles, l'absence,
presque aussi universelle que l'Exposition, d'intérêts et
de dividendes, diminuaient d'autant leurs revenus. Aussi,
soyez sûr que tous ou presque tous, s'ils consultent leur
budget plus que leur intendant, passeront l'hiver prochain dans leurs terres.

Compterons-nous parmi les enrichis de cette saison
phénoménale les hauts dignitaires de la Cité ou de l'État ?
Ce serait une offense telle, que si j'osais me la permettre,
je mériterais qu'il se trouvât, par extraordinaire, parmi
mes confrères de la presse, un homme zélé qui me dé-
nonçât comme factieux. Non ; les grands personnages
dont je parle n'ayant jamais dû qu'à leur traitement l'accroissement de leur fortune, et ce traitement n'ayant pas
doublé pendant que leurs frais de représentation décu-
plaient, ils se verront contraints, à dater du mois de novembre, à la plus stricte économie. Après l'*ut* de poitrine
l'enrouement; la médecine et l'arithmétique tiennent le
même langage.

La haute finance, cette *alma parens* du commerce et
de l'industrie, aura-t-elle, en somme, beaucoup à se
louer de ce formidable semestre? Franchement, je ne le
crois pas. Ses opérations ne se font point par voie d'étalage et de devanture ; elle a, faute de mieux, ce trait de
ressemblance avec les honnêtes femmes, que le bruit et
l'éclat lui font peur. Le silence est son ami, et cela est si
vrai, que les grands financiers, ces héros de l'action, sont

quelquefois malmenés par les députés, ces héros de la parole. Croyez bien que, quand la bise sera venue, la haute finance ne se trouvera point dépourvue de bonnes raisons pour ne pas faire parler d'elle; qu'elle se gardera de justifier par des splendeurs intempestives les rumeurs fâcheuses qui circulent de temps en temps sur son compte — et sur nos mécomptes.

Que dirai-je des professions *libérales* qui, en la personne de leurs représentants les plus célèbres ou les plus aimables, jettent dans la société de Paris tant d'animation et d'entrain? Je pourrais évaluer ce que l'Exposition leur coûte; je ne vois pas trop ce qu'elle leur aura rapporté. Les médecins n'ont pas un client de plus; car, chose singulière et singulièrement heureuse! au milieu de cette agglomération insensée qui devait, d'après les prophètes de malheur, amener ou produire des épidémies, personne n'a le temps d'être malade [1]. Les avocats sont à l'*index*, et il n'y a eu qu'un cri pour les compromettre. Les sculpteurs et les peintres ont vu le remarquable Salon de 1867 s'ouvrir et se fermer sans triompher un moment de l'indifférence publique. Les écrivains et gens de lettres figurent au premier rang des victimes immolées, au Champ de Mars, sur les autels de l'industrie. Par habitude, les publications suivent leur cours, et chaque semaine nous met sur les bras cinq ou six volumes de plus. Mais qui s'en occupe? La critique littéraire, sûre de parler dans le désert, aime mieux s'étouffer dans la foule. Nous cédons la parole aux privilégiés, qui ont le

[1] Voir la note A à la fin du volume.

bonheur de pouvoir écrire, sans en être incommodés, des phrases telles que celles-ci: « La plume qui a écrit les *Mille et une Nuits* pourrait seule dépeindre les magnificences et les surprises du bal d'hier... L'enthousiasme a été à son comble au moment du souper assis... Nous voudrions trouver des expressions nouvelles pour peindre ces festons et ces astragales, ces illuminations reflétées dans tous les cœurs, le rayonnement de ces diamants et de ces perles sur ces blanches épaules, le chatoiement de ces uniformes fièrement portés, l'éblouissement des yeux, l'enchantement des oreilles, la noblesse de ces torses chamarrés de décorations, l'élégance sculpturale de ces jambes révélées par les indiscrétions du bas de soie, l'étincellement des sourires provoqués par les mots charmants de M. le préfet. En voici un, entre autres, qui nous revient en mémoire. Promenant ses regards sur la place de l'Hôtel-de-Ville, et les ramenant ensuite sur quelques-uns de ses Augustes Hôtes, il s'est écrié : « Cette place-là fait honneur à cette *rue-ci...*, etc., etc. »

Voilà où en est, pour le moment, la littérature ; voilà le bénéfice le plus net qu'elle aura retiré de l'Exposition universelle ; je ne parle pas de la confusion des langues; elle avait débuté longtemps avant l'arrivée des Japonais et des Chinois.

Il y aura pourtant, je le veux bien, des gens qui seront beaucoup plus riches en novembre 1867, qu'ils ne l'étaient en avril. Ce sont, par exemple, les tailleurs et les couturières, les bijoutiers et les modistes, si on les paye exactement ; ce sont les restaurateurs, les hôteliers, les cafetiers, les loueurs de voitures. Si tous ceux-là veulent ou peuvent former une aristocratie nouvelle sur la ruine des anciennes, et si cette aristocratie se charge des magnificences et des plaisirs de l'hiver prochain, j'applaudis d'avance. Il faut convenir pourtant que cette substitution générale des fournisseurs aux consommateurs n'était pas absolument prévue dans le programme des conquêtes de 89, et que la démocratie montée sur le faîte sera forcée d'aspirer à descendre. Voyez-vous d'ici des lettres d'invitation ainsi conçues :

« M. B... ex-cafetier de la section française et madame B... prient M. le marquis de S... de leur faire l'honneur d'assister à leur soirée du 6 février 1868. On dansera. La culotte courte est de rigueur. »

Ou bien :

— « M. X..., tailleur pour dames, et son épouse resteront chez eux le 18 mars 1868. Inutile de se présenter, si on n'a pas eu un ancêtre emporté par un boulet de canon à la première croisade. »

Ce sera charmant ; mais il y aura, comme toujours, des esprits chagrins qui verront dans ce fait si simple un abaissement du niveau social, intellectuel, littéraire et mondain. Nous leur répondrons, je le sais, avec Voltaire, coulé en bronze ou taillé en marbre par M. Havin :

> Dans ces salons où le pied glisse
> Nous descendons un cran plus bas ;
> Mais que ne pardonne-t-on pas
> Pour Haussmann et pour la bâtisse ?...

Hélas! ils sont si entêtés, que nous ne réussirons pas à les convaincre.

Sérieusement, ce qui m'attriste et m'inquiète, c'est que ni le Paris d'aujourd'hui, ni le Paris de la saison prochaine et des années suivantes ne peut plus être le vrai Paris, le Paris que nous avons aimé malgré ses torts et nos déboires, celui à qui M. Sainte-Beuve adressait son dithyrambe, changé en hymne funèbre. Les chemins de fer l'avaient entamé; l'Exposition l'achève. Lorsque Meyerbeer fit jouer à l'Opéra-Comique cette *Étoile du Nord* que l'on vient de reprendre avec si peu de succès et tant de fatigue, les connaisseurs délicats murmurèrent. « C'en est fait, dirent-ils, de notre opéra comique. » — Pourquoi? parce que le vigoureux et laborieux génie de l'auteur des *Huguenots* troublait toutes les conditions de ce genre si français et si parisien. C'est une impression analogue que nous éprouvons en présence de ces spectacles plus grands que nature, qui brisent violemment l'harmonie entre tous les éléments dont se composaient la vie et la société parisiennes. Le voilà rompu, pour toujours peut-être, cet admirable équilibre, plus facile à apprécier qu'à définir, qui corrigeait pour nous les excès de multitude et d'espace, qui ôtait à la grandeur, aux distances, aux monuments, aux merveilles de Paris, ce je ne sais quoi d'écrasant où l'individu devient un atome et où l'atome se perd dans une immensité sans âme.

Ce sera plus grand, plus neuf, plus magnifique; ce sera moins spirituel, moins *humain*, et, disons-le, moins

conciliable avec le vrai génie de la France. Dans *notre*
Paris, si vaste qu'il fût, nous parvenions toujours à nous
retrouver, à nous reconnaître, à nous entendre ; maintenant, on ne se retrouvera, on ne se reconnaîtra et on ne
s'entendra plus. Nous perdrons, l'un après l'autre, nos
points de repère, nos traits d'union, nos moyens de ral-
liement, tout ce qui donnait au Parisien quelque chose
de la physionomie de Paris lui-même, tout ce qui, dans
cette ville unique, joignait aux agréments de la grande
ville les avantages de la petite. Un immense caravansé-
rail succédant à la cité permanente, le salon et la table
des gourmets remplacés par une gigantesque table
d'hôte, la toile de maître s'absorbant dans une décoration colossale, tels sont les effets inévitables de cette métamorphose. Comme pour en aggraver le sens et les
ravages, il a fallu que l'Exposition universelle coïncidât
avec la fièvre de démolition et de bouleversement uni-
versels. Que diriez-vous d'un propriétaire riche qui em-
bellirait indéfiniment son château et son parc, sans fixer
une date où, les embellissements finis, les ouvriers ren-
voyés, toutes choses remises à leur place, il pourrait
enfin jouir de son ouvrage ? Eussions-nous la triste assu-
rance d'atteindre à l'âge de Mathusalem, qui de nous —
j'entends les plus valides et les plus jeunes — peut espérer voir terminé ce qui est de sa nature interminable ?
Qu'importent des rues mieux percées, des boulevards
plus larges, des alignements plus réguliers, si, pour
aller les chercher, je suis éternellement obligé de
m'acheminer entre une double haie d'échafaudages,

à travers des flaques d'eau et des tas de plâtre? Je connais, et par douzaines, des rues dont voici la statistique exacte : à droite et à gauche des poutres transversales qui vous avertissent de quitter précipitamment le trottoir, au milieu de tels embarras de charettes et de voitures que la vie des piétons n'y est pas en sûreté.

C'est sur ce Paris nouveau que coule et déborde par torrents le Paris étranger, lequel, contagion bizarre! va nous rendre étrangers les uns aux autres. Plus de liens, plus de souvenirs, plus d'idées, plus d'âme. Nous sommes dépaysés dans des demeures hâtives dont l'écriteau n'attend pas que les cloisons soient séchées. Que deviennent en cette bagarre notre possession de nous-mêmes, notre liberté d'esprit, nos facultés de recueillement et d'étude? Sur quoi peuvent se reposer notre regard, notre imagination, notre mémoire? Ne vous semble-t-il pas qu'il y ait une expropriation exercée sur vos sentiments comme sur vos immeubles? La vie intérieure n'est plus possible; la vie du dehors nous renvoie à notre tâche journalière brisés, moulus, ahuris, hébétés. Une grosse sensation de curiosité banale remplace toutes ces délicates nuances d'observation, de réflexion, de causerie à demi-voix et en demi-teintes, dont Paris avait autrefois le secret et le monopole. Déjà nous avons perdu le goût du spectacle, et l'on dirait que les théâtres devinent qu'ils n'ont plus le même public et qu'il est désormais inutile de demander le succès au mérite de la pièce ou au talent des interprètes. Le Théâtre-Français s'offre à vous avec

une sorte d'élégance monumentale, au milieu de larges
espaces complantés de marronniers, délivré de ces ruelles
hideuses qui le serraient de toutes parts. Oui, mais Talma?
mais mademoiselle Rachel? mais mademoiselle Mars?
mais le répertoire, la comédie, la tragédie et le drame?
Pour y réveiller un peu de passion et de poésie, d'art et
de jeunesse, qu'allez-vous faire? Vous allez montrer une
pièce vieille de trente-huit ans [1] aux rares survivants d'une
génération disparue.

Nous n'avons plus, pour arriver à la Sorbonne, à nous
engouffrer dans des rues étroites, tortueuses et humides;
mais où sont-elles, les grandes voix de nos maîtres, les
Villemain, les Guizot, les Cousin? L'autre soir, l'Opéra,
tapissé de fleurs, festonné d'arbustes, étoilé de lustres,
ruisselant de clartés, peuplé de souverains et de princes,
offrait un aspect magique; mais où étiez-vous, magi-
ciens véritables, Adolphe Nourrit, Levasseur, Falcon, Da-
moreau, Duprez, Taglioni? Où étiez-vous, Meyerbeer et
Donizetti?

Partout le triomphe de l'apparat, de la forme extérieure, de l'art *comfortable*; partout l'absence ou l'ap-
pauvrissement de ce souffle qui féconde, qui échauffe,
qui vivifie, qui fait Molière et Shakespeare plus grands
dans une grange que leurs successeurs dans un palais.
On se fâche quand nos prédicateurs ou nos évêques
signalent les *victoires de la matière*; on voudrait leur
faire dire victoires *sur* la matière; distinction subtile,
mais peu concluante! La matière vend ce qu'on croit

---

[1] *Hernani.*

qu'elle donne; elle ressemble à l'*univers vaincu*, de Juvénal ; elle se venge sur ses vainqueurs en se les assimilant.

Et la littérature ? Nous la retrouverons peut-être ; mais dire que j'ai été irrésistiblement amené à parler d'autre chose en ayant l'air de parler d'elle, n'est-ce pas résumer ce qu'elle souffre en ce moment, dans le contraste de ces défaites et de ces victoires ?

PARIS NOUVEAU ET PARIS FUTUR [1]

CE QU'ON VOIT DANS LES RUES DE PARIS

Juin 1867.

On se représente d'ordinaire les détracteurs du progrès sous des traits où se résument les tristes attributs de la vieillesse; c'est presque toujours, avec plus ou moins de variantes, le *laudator temporis acti*, du poëte latin; c'est ce personnage de *Gil-Blas*, qui, voyant des pêches magnifiques, s'écrie qu'elles étaient bien plus grosses au temps de sa jeunesse; c'est, en somme, une sorte de sourde résistance aux conditions mêmes de la vie, qui se renouvelle incessamment pendant que nous nous sentons dépérir. On proteste contre le mouvement, parce que l'on a des raisons particulières et égoïstes pour préférer l'immobilité.

Eh bien! voici un écrivain qui fait une heureuse excep-

---

[1] Par M. Victor Fournel.

tion à cette loi générale. Sa physionomie, sa personne, ses ouvrages, le rôle qu'il a pris dans la littérature militante, tout cela est admirablement vivant. C'est au nom de la vie qu'il évoque les figures et les images du passé, qu'il attaque ces métamorphoses désastreuses où se dénature peu à peu le caractère des individus, des villes et des peuples. Si l'on nous accorde que l'âme est immortelle et, par conséquent, toujours jeune, et que le corps est périssable et sujet à vieillir, nous serons bien près de définir l'inspiration habituelle de M. Victor Fournel. C'est l'âme qu'il cherche dans les œuvres d'art, et c'est faute de la trouver qu'il rappelle aux artistes modernes de sévères et douloureuses vérités. C'est l'âme étouffée sous les ruines du vieux Paris, écrasée sous les glaciales magnificences du Paris nouveau, qu'il regrette, qu'il poursuit, qu'il ravive dans les mille détails où elle nous apparaissait jadis et où elle disparaît aujourd'hui. Il y aurait là pour un rêveur le sujet d'une élégie permanente ; l'élégie parisienne ! Mais le rêveur, chez M. Fournel, est doublé d'un athlète ; cette franche et vigoureuse nature ne peut pas s'exhaler en langoureuses tristesses ; son élégie a du trait et tourne aisément à la satire.

Il faut lire *Paris nouveau et Paris futur* pour se faire une idée de la tâche entreprise, pendant ces dernières années, par M. Fournel. Cette tâche, elle avait été pressentie et essayée déjà par le groupe *romantique* de 1831, dont M. Hugo était le chef illustre et l'éloquent interprète. Qui ne se souvient des pages de *Notre-Dame de Paris*, auxquelles M. Four-

nel a emprunté son épigraphe? « Je ne désespère pas
« que Paris, vu à vol de ballon, ne présente aux yeux
« cette richesse de lignes, cette opulence de détails,
« cette diversité d'aspects, ce je ne sais quoi de grandiose
« dans le simple et d'inattendu dans le beau, qui carac-
« térise un damier. » A ce propos, n'est-ce pas le cas de
constater en guise de parenthèse, que *vates*, en latin,
signifie à la fois poëte et prophète? Si M. Hugo avait
aussi bien prophétisé en politique qu'en architecture, il
serait maintenant au Sénat et non pas à Guernesey.

Quelle différence pourtant entre cette levée de bou-
cliers du *romantisme* irrité de voir Paris perdre sa physionomie *moyen âge*, et les griefs trop légitimes qui ont
inspiré M. Fournel! En 1831, ce n'était, à vrai dire,
qu'un caprice d'artiste, un regret de poëte, une fantaisie
de flâneur occupé à chercher un cadre pour y placer un
tableau. Il y avait de l'égoïsme dans ce regret; l'auteur
de *Notre-Dame de Paris* semblait nous dire — et là il
se trompait — que les personnages et les péripéties de
son roman nous paraîtraient plus vraisemblables et plus
vrais, si nous pouvions reconstruire le Paris du quinzième siècle. Au fond, la moindre réflexion suffisait à
démontrer que ces transformations successives et gra-
duées, œuvres du temps, condition de sécurité et de sa-
lubrité publiques, marchant parallèlement avec le changement des mœurs, des idées, des institutions, des costumes, étaient justifiées d'avance par la nécessité et le
progrès.

Maintenant, rien de pareil; ce n'est plus une gradation

2.

utile, nécessaire, inévitable : c'est une rupture violente, soudaine, radicale, entre la veille et le lendemain. C'est le jeu de la truelle et du hasard, avec des millions sur la table; c'est une part gigantesque faite à l'aventure ; le déplacement absolu de toutes les forces vitales d'une grande cité, ne sachant plus où est son cerveau, où est son cœur, où sont ses entrailles, et en perdant quelque chose à chaque déménagement, comme s'il s'agissait de ses meubles. A qui persuadera-t-on qu'il y ait harmonie, proportion, équilibre entre les changements ou les pro- grès de cet être moral qu'on appelle une population et ce bouleversement matériel qui semble mettre des siècles dans une année et des années dans un jour? D'une part, la modification est imperceptible ; de l'autre, elle est absolue : le Parisien de 1867 diffère assurément fort peu de celui de 1852; ses sentiments, ses habitudes, ses re- cettes, ses dépenses, ses goûts, sont à peu près les mê- mes ; entre ces deux dates si voisines, l'aspect de sa ville place pour lui l'immensité. Or, qu'on y prenne garde ! cet être moral dont je parlais tout à l'heure, cette faculté collective de sentir, de penser, d'aimer, de se souvenir et de voir, ne se déracine pas plus impunément, quand elle a acquis sa croissance, que les arbres de nos parcs et de nos jardins. A la page 87 de *Paris nouveau*, M. Victor Fournel décrit les souffrances et prédit la triste fin de ces pauvres arbres « enlevés du sol qui les a vus naître, avec « leurs racines et le terrain adhérent, à l'aide d'un appa- « reil ingénieux, mais dont l'emploi coûte fort cher... « La nature se venge de ceux qui la violentent : l'arbre

« transplanté dans un autre sol semble pris de nostalgie ;
« il maigrit, il jaunit, il dépérit à vue d'œil... On avait un
« géant dans la forêt ; on n'a plus dans le square qu'un
« nain rabougri et contrefait... »

Ceux qui seraient tentés d'accuser M. Fournel de partialité pessimiste, n'ont qu'à aller, en ce moment même, se promener à travers *feu* le Luxembourg ; ce funèbre monosyllabe est ici d'autant plus opportun que les nouveaux arbres qui essayent de combler les vides ou de masquer les échafaudages, ne seront bientôt bons qu'à faire des fagots admirablement combustibles. Les plus drus ressemblent à des plumeaux mélancoliques. Ils y mettent une telle taquinerie qu'on les dirait coudoyés par quelque factieux du quartier latin. Nous avons remarqué, entre autres, sur l'ancien emplacement de la pépinière, autrefois si gai, si touffu, si vivant, des arbustes taillés en diminutifs des ifs de Versailles, qui font l'effet d'une imitation en zinc, sur laquelle il aurait plu. Nous n'avons jamais révoqué en doute l'habileté de M. Alphand ; mais si ses nouvelles plantations vont de ce train-là, l'art sera cette fois vaincu par la nature, et l'on aura, comme dédommagement, un merveilleux espace pour les joueurs de quilles.

Quoi qu'il en soit, il en est de nos facultés intellectuelles et morales comme de ces transportés ou de ces nostalgiques du règne végétal. Quand elles ont grandi et se sont épanouies dans un milieu quelconque, dans certaines conditions de culture, de terrain et d'atmosphère, un brusque déplacement les énerve ou les inquiète. On

croit pouvoir les transplanter avec toutes leurs racines.
Erreur ! les racines se brisent ou se pulvérisent dans
l'opération ou le trajet. Nous nous sentons atteints d'un
insurmontable malaise, contre lequel ne sauraient prévaloir ni la blancheur des façades, ni l'élargissement des
rues, ni l'alignement des édifices, ni la création des
squares, ni la correcte uniformité des avenues ou des
boulevards. Que serait-ce, si, à ce malaise intérieur et,
pour ainsi dire, psychologique, nous ajoutions des effets
autrement réels et palpables ? Les riches, les oisifs, les
classes absorbées par une profession *libérale*, ne ressentent que le contre-coup de ces secousses dont les effets
sont pareils à ceux des tremblements de terre. Des loyers
plus chers, une augmentation de plus en plus alarmante
dans le budget des dépenses, les expédients et les crédits
supplémentaires dépassant chaque année les prévisions
raisonnables, voilà tout ce qui les frappe ; nous saurons
plus tard le nombre des culbutes et des naufrages que
doit nécessairement amener cette tension extravagante
de tous les ressorts de la fortune publique et privée.

Mais l'immense catégorie des fournisseurs, des bouti-
quiers, des petits marchands ? Voici, par exemple, une
boulangerie qui a toute sa clientèle dans les rues envi-
ronnantes, parmi les ouvriers, les artisans, dans les mé-
nages qui vivent de peu, mais qui vivent. Tout à coup ces
rues disparaissent, et sont remplacées par un quartier
neuf, où le moindre appartement se loue trois
mille francs ; la population se disperse pour aller je ne
sais où ; les nouveaux locataires ont d'autres habitudes ;

une boulangerie flambante neuve vient s'établir au rez-de-
chaussée d'une de ces maisons improvisées, ironiques
défis jetés aux petites bourses et à l'épargne laborieuse.
Adieu la vieille boutique où les travailleurs et leurs familles venaient chercher leur pain! Elle n'a plus de
raison d'être ; pendant qu'ils s'enfuient, elle se ferme ;
un homme à la mer! Combien y en a-t-il, de ces victimes
ignorées dont nous entendrions les plaintes, si le bruit
du marteau et des poulies ne couvrait tout? Peut-être
me direz-vous que *ma* boulangerie n'a rien de bien littéraire ; peut-être me rappellera-t-on avec l'Évangile que
l'humanité ne vit pas seulement de pain ; mais ici le pain
a deux sens ; il représente à la fois l'aliment matériel et
cette portion de vie sociale qui s'altère ou s'éteint à mesure que les traditions se rompent, que s'en vont les
figures de connaissance, qu'il n'y a plus de trait d'union
ni de relation familière entre la richesse, la médiocrité et
la pauvreté, que les habitations ne disent plus rien aux
habitants, et que le Paris nouveau supprime le vieux
Paris.

C'est donc à un sentiment universel que répondent les
écrits de M. Victor Fournel, et il n'en faut pas davantage
pour expliquer la popularité croissante de son nom et de
ses ouvrages. Il défend ce qu'il aime, ce que nous aimons
tous, ce qui a été le charme de notre jeunesse, le lien de
nos souvenirs, ce qui n'a plus rien de commun avec une
simple susceptibilité d'archéologue ou d'artiste. Il plaide,
comme Cicéron, *pro domo sua*, pour sa maison ; et cette
maison est aussi la nôtre, car cet ensemble de choses

disparues formait pour nous comme une demeure idéale.
Je vous disais en commençant à quel point M. Victor
Fournel diffère de ceux dont la vieillesse chagrine, ne
pouvant reprendre la possession du passé, voudrait im-
mobiliser le présent. On ne saurait non plus lui adresser
le reproche que nous adressent les gens obstinés à voir
dans ces changements à outrance le progrès ou le triomphe de la démocratie. Évidemment il n'y a pas ombre de
pruderie ou de rancune aristocratique chez l'auteur du
livre amusant, vivant et charmant, qu'il intitule : *Ce
qu'on voit dans les rues de Paris.* En revanche, rien de
plus facile que de signaler les affinités qui unissent les
deux livres ; affinités plus visibles aujourd'hui qu'au
moment même où M. Victor Fournel concevait la première idée de cette excursion pittoresque à travers le
Paris populaire, encore tout bariolé de figures bizarres,
de costumes singuliers, de spectacles et de types chers à
la foule. Ainsi qu'il nous le dit dans sa courte préface, ce
qu'il croyait être un tableau a été un testament.

En effet, cette comédie·de la rue, toutes ces curieuses
variétés de l'art en plein vent, ces menus détails dont le
flâneur intelligent fait ses délices, musiciens ambulants,
charlatans en calèche, animaux savants, pitres criards,
orateurs grotesques, affiches bouffonnes, vendeurs de
pommades et d'élixirs, parades de tréteaux bourrées de
coups de pied et de calembours, femmes sauvages nour-
ries de sabres et de cailloux, vivants débris d'une époque
où la liberté, mal définie encore dans les lois, se retrouvait dans les mœurs, tout cela n'était possible que comme

élément d'une vie populaire qui n'existe plus et ne peut plus exister. On ne peut, encore une fois, conserver le tableau en détruisant le cadre. Le vrai mélodrame n'est-il pas mort le jour où le boulevard du Temple a perdu sa physionomie primitive ? N'y avait-il pas d'étroites analogies entre ce vieux quartier auquel le canal Saint-Martin servait de Styx ou d'Achéron, et l'atmosphère, le public, les décors, les inventions de ces théâtres où l'innocence reconnue et le crime puni ont fait verser tant de larmes ? Par ce simple détail, vous pouvez deviner l'impression que nous causent ces chapitres si variés, si pittoresques, si riches de couleur locale : *les Artistes nomades et l'Art populaire ; Orateurs et Poëtes des rues ; l'Art dramatique en plein vent ; Industriels et Saltimbanques ; les Cris de Paris ; les infiniment petits de l'industrie parisienne*, etc., etc. C'est un mélange de curiosité en éveil, de vague sympathie et d'irrésistible tristesse. Comment pourraient-ils retrouver leur branche, leur becquée, le brin de paille qui faisait leur nid, ces pauvres oiseaux dont la chanson ou le plumage a si souvent arrêté et diverti le passant ? Emportés dans cet agrandissement, ce nivellement et cet élargissement de toutes choses, ils ont disparu ou vont disparaître comme des grains de sable et des atomes. Ils personnifiaient justement dans la création animée ce que représentaient, dans l'ordre matériel, leurs quartiers et leurs gîtes de prédilection ; l'imprévu, la fantaisie, ce je ne sais quoi qui fait que tous les individus, tous les édifices, tous les vêtements, tous les visages, ne se ressemblent pas comme

les échantillons d'une même marchandise ou les produits d'une même fabrique. Vous figurez-vous ces célébrités du boniment, ces héros de la poésie errante et de
l'aventure, ces véhicules fantastiques, ces animaux fabuleux, toute cette mise en scène des Mengin, des Pradier,
devant des hôtels tirés au cordeau, sur un espace rectiligne de trois kilomètres, en face de ces beaux magasins
de fraîche date dont les commis sont rasés et cravatés
comme des secrétaires d'ambassade ? Non ; c'est encore
une poésie qui s'en va, la poésie du peuple ; puisse la
réalité le dédommager ! Hélas ! à voir où le mènent les
mœurs nouvelles, à lire ce qu'on écrit pour lui, à entendre ceux qui regardent de près ses misères, un triple
malheur le menace : le peuple souffrira davantage, ne
croira pas et ne s'amusera plus.

Le moment ne pouvait donc être mieux choisi pour
mettre dans tout son jour ce livre de M. Victor Fournel :
Ce qu'on voit dans les rues de Paris ; car il pourrait ajouter en sous-titre : *Et ce qu'on n'y verra plus.* Chose remarquable ! il en est de ces spectacles bizarres, de ces
mœurs étranges, de ces physionomies caractéristiques,
comme de choses plus sérieuses et plus importantes. La
curiosité qu'elles excitent, l'intérêt qui s'y attache, augmente en raison inverse des circonstances qui les détruisent. On voudrait fixer leur souvenir à l'heure même où
il faut renoncer à leur présence. C'est un penchant familier à la nature humaine, que cette espèce d'affection
rétrospective, qui a besoin qu'un objet se brise pour s'a-
percevoir, en dehors et au dedans d'elle-même, de tout

ce qui se brise avec lui. La curiosité, ai-je dit? Le livre
de M. Victor Fournel mérite mieux et obtiendra plus
qu'une curiosité frivole. Rapproché de l'ensemble de ses
travaux, il ajoute un argument à ses plaidoyers pour
tout ce qui adoucit ici-bas, au profit de l'âme humaine,
les souffrances de l'exil, à ses réquisitoires contre ces
violences de l'équerre, de l'expropriation et de l'argent
qui ne seraient tolérables ou excusables que si l'homme
pouvait se renouveler complétement dans une cité nouvelle. Il n'en est pas ainsi, et on doit s'en féliciter plutôt
que s'en plaindre. Les traditions, les mœurs, l'imagination, la poésie, l'intelligence, la mémoire, les intimes
tendresses pour ce qui donne un sens et un but à la vie,
toutes ces exilées n'abdiquent pas en un jour, sous le
devis d'un architecte, d'un préfet ou d'un maçon ; ce
sont là les clientes de M. Victor Fournel; je n'en connais
pas de meilleures.

M. BEULÉ [1]

———

Juin 1867.

Vous savez comment s'est fait ce livre ; un cours familier à la Bibliothèque ; un très-grand succès ; les confé-
rences, j'allais dire les causeries du jeune maître, sténo-
graphiées et recueillies ; l'improvisation se fixant dans
une œuvre excellente, pittoresque comme une étude
d'artiste, instructive comme l'histoire, vivante et colorée
comme si l'auteur nous promenait au milieu de ces marbres qui lui servent à ressusciter les figures.

La critique n'a donc ici que l'embarras des richesses ;
elle se trouve en présence d'un historien dont les jugements austères remettent à sa vraie place un usurpateur
de bonne renommée ; d'un moraliste qui sait intéresser
la conscience humaine et la vérité de tous les temps à
cette sentence portée contre le premier Empereur ro=

[1] *Auguste, sa famille et ses amis*

main; d'un archéologue qui anime et réchauffe la science au point d'en faire une création et un art ; enfin d'un réformateur dont l'initiative touche de près à la littérature, puisqu'il nous propose de donner, dans nos collèges, le pas au grec sur le latin... pauvre latin ! moi qu'on accuse de ne pas le savoir, vous verrez que je serai bientôt seul à le défendre !

La partie artistique ou archéologique, dans le livre de M. Beulé, est au-dessus de tout éloge. Rien de plus attrayant et de plus persuasif que cette manière de recomposer la vie publique et privée d'un personnage, non pas d'après la tradition écrite et le type figé dans le vieux moule historique, mais en allant le chercher sur place, dans la maison qu'il habitait, en le forçant de revivre pour subir une révision sévère, et en lui rendant son *milieu*, sa physionomie, son attitude, son entourage, pour qu'il nous soit plus facile de le comprendre et de le juger. Il y a là, pour ainsi dire, deux opérations successives qui se complètent l'une par l'autre : on fouille sous les ruines du passé ; on y trouve une statue, et on en fait un homme ; mais pour que cet homme vive, il lui faut l'atmosphère où il a vécu ; on crée cette atmosphère, et, au lieu de la lettre morte, on a ainsi l'histoire même dans ses deux conditions suprêmes : la vérité et la vie.

Seulement, que M. Beulé nous permette une remarque qui n'est nullement un reproche. Dans plusieurs passages de son livre, il s'affirme comme un classique pur, classique plein de respect et de regrets, rêvant de renouer la chaîne d'or qui remonte à Hérodote et à Homère en passant par Euripide, par Zeuxis et par Phidias. Or, le procédé qu'il emploie est essentiellement moderne. S'arrêter devant un buste, prendre dans sa main un camée ou une médaille, et, là, expliquer tel penchant ou tel vice, telle vertu ou tel crime par la saillie des os maxillaires, par la forme du front, par l'ampleur du menton, par le renflement des narines, c'est une méthode dont les anciens (j'entends de la bonne et grande antiquité) ne se doutaient guères et dont le dix-septième siècle ne s'est pas douté. Cette interprétation de l'état moral par le trait physique est de date récente ; Lavater et Gall en ont été les précurseurs ; de leur laboratoire de savants elle a passé dans la littérature, dans l'art, dans le roman. Que ce soit une conquête, qui en doute ? Mais cette conquête est-elle bien favorable au triomphe de l'idéal ? L'âme, cette souveraine jalouse comme toutes les royautés menacées, consent-elle à être ainsi traduite par des signes visibles ? N'est-ce pas encore une concession à la matière que de la charger de nous dire si un prince a été cruel, si une femme a été débauchée ? N'y a-t-il pas quelque péril à obliger l'étude psychologique de se faire physiologiste ? Je pose les questions ; je ne prétends pas les résoudre.

Il serait puéril d'ailleurs d'insister sur ce détail secondaire ; M. Beulé offre à nos réflexions un sujet d'une tout autre importance.

Auguste est une des grandes distractions de l'histoire. Il a usurpé la gloire comme il avait usurpé l'empire.

Entre les déplorables antécédents de son triumvirat et de
sa jeunesse, et les conséquences funestes du gouvernement dont il fut le fondateur, il saisit au *vol* quelques
années heureuses, brillantes, grandioses, pacifiques, et
ces années, détachées de ce qui les précède ou les suit,
dotées par les poëtes d'un cadre plein de prestiges,
acceptées sans bénéfice d'inventaire par la postérité complaisante, sont restés le *Siècle d'Auguste* ; le siècle d'Auguste, c'est-à-dire une de ces époques privilégiées que
l'on propose sans cesse pour modèles et dont on dit :
Ah ! si nous pouvions leur ressembler !...

C'est cette cause, gagnée en première instance poétique, que M. Beulé vient de juger en appel. Lisez son
livre, tâchez d'oublier les beaux vers d'Horace, de Virgile
et de Corneille ; vous reconnaîtrez le véritable Auguste,
et vous réduirez à ses justes proportions ce prétendu
bienfaiteur de l'humanité. Le rapetissement est même si
bien *réussi*, qu'il produit un effet singulier, quoique très-
logique. Les pierres lancées d'une main sûre par M. Beulé
ont naturellement moins de peine à passer par-dessus la
tête de cette statue rapetissée, pour aller tomber dans
des jardins beaucoup plus rapprochés des nôtres. On
rencontre à chaque instant, dans ces pages éloquentes,
des traits si nets et si vifs, une telle dose de vérité, de
justice, d'esprit libéral, qu'on se demande si, après en
avoir donné aux Romains tout ce qu'ils méritent, nous
n'en garderons pas quelque peu pour notre propre usage.

« Les peuples asservis ressemblent aux femmes romanesques qui se consolent de la réalité par des soupirs et

par des rêves. » — « Il ne faut pas tant de recherches, il n'y a pas tant de difficultés à vaincre, même aux époques les plus troublées et les plus insolentes, pour trouver le châtiment, pour constater l'existence de cette grande loi humaine qu'il est bon de chercher dans tous les temps, et qu'on appelle la pénalité. » — « Il y avait là tout un système ingénieusement combiné pour faire voter avec ordre les citoyens bien abrités ; leur vote était dérisoire, mais eux-mêmes étaient à l'aise. On ne votait jamais que pour le candidat impérial, mais avec infiniment de commodité. Telle est la bassesse des temps où les soucis matériels priment les préoccupations politiques et morales. » — « Leçon mémorable qu'on ne saurait trop signaler aux nations disposées à abandonner leurs droits pour dépendre du caprice ou de la santé d'un seul homme ! » — « Il ne faut pas regarder de trop près aux fortunes issues des guerres civiles et des coups d'État. »

De pareils traits sont de tous les temps ; ont-ils dix-huit siècles, ont-ils dix-huit jours ? Je l'ignore, et je me soucie peu de le savoir. Sérieusement, c'est chose consolante pour les vieux amis de cette grande disgraciée qu'on appelle la liberté, de voir un homme jeune, trop bien traité par le succès pour ne pas le payer de retour, autorisé à toutes les ambitions par toutes les aptitudes, se déclarer si vaillamment pour notre chère et cruelle idole, qu'il est permis de bouder quelquefois, mais qui doit nous ramener toujours. Par le genre de ses premiers travaux, par sa position quasi-officielle à l'Académie des beaux-arts, par cette espèce de neutralité satisfaite qui ne choque point chez les artistes et dont M. Ingres nous a donné le parfait modèle, M. Beulé pouvait se croire en droit de parler d'Auguste comme l'histoire, ou de lui faire l'aumône de son silence. Il lui a paru qu'à certaines époques la vérité et la conscience exigeaient davantage, qu'il fallait surtout porter la lumière là où le demi-jour est plus favorable au mensonge et le mensonge plus commode aux habiles. Honneur à cette inspiration généreuse ! Je parlais de consolation tout à l'heure ; c'est espérance que j'aurais dû dire ; M. Beulé est doué d'une sagacité et d'une clairvoyance rares ; il portera bonheur à la cause qu'il sert.

J'accepte tout ce qu'il nous dit, pièces en main, de ce personnage équivoque, de race féline, qui commença comme un jeune tigre pour finir comme un vieux chat, et qui, après avoir fait haïr le nom d'Octave, ne méritait pas de faire bénir le nom d'Auguste. Savez-vous à qui je le compare, en passant du grand au petit, de l'antique au moderne, du drame à la comédie ? A ces braves gens, dont nous possédons un certain nombre dans notre bonne ville de Paris ; ils ont débuté par des spéculations louches et des affaires véreuses ; ils ont égorgillé, ruiné quelques douzaines d'actionnaires. Tout à coup on apprend que leur fortune est faite ; les voilà entre cour et jardin. Ils ont gagné leur bataille d'Acti—on. C'est le moment où ils s'élèvent de leur première manière à la seconde: les Octaves de l'agiotage et de la société en commandite deviennent les Augustes du million. Ils ferment le temple de Janus et prennent paisiblement possession de leur empire : mais hélas ! Janus a deux visa-, ges, et celui qui regarde en arrière embarrasse horriblement l'autre : comment faire ? Fauté d'Horace, de Virgile ou d'Ovide, les journaux sont là avec leurs chroniques de *high-life* et leurs bulletins des fêtes offertes par ces favoris de la fortune ; fêtes de l'intelligence, de l'industrie, de l'art, émaillées de noms propres et de célébrités de toutes sortes. Les salons étaient splendides, les lustres étincelants, le coup d'œil féerique, les toilettes merveilleuses, le menu du souper réglé par le baron Brisse : il y avait affluence de princes étrangers, de beautés à la mode, d'artistes et d'écrivains fameux. Qui trompe-t-on ? personne ; au fond, le héros de ces bulletins de triomphe sait bien qu'il rencontrera le lendemain, sur le trottoir, un honnête homme à pied qui ne le saluera pas.

Eh bien, ce que j'aime dans le livre de M. Beulé, c'est qu'il nous dispensera désormais de saluer Auguste sur le trottoir de l'histoire. Nous y voyons tout le mal qu'il a fait, tout le bien qu'il aurait pu faire, tous les revers de cette médaille impériale. Il nous est présenté en pleine lumière, serré dans l'étroit espace de ses bienfaits dérisoires, de ses prospérités factices et de ses vertus mensongères, entre sa jeunesse qui l'accuse et ses successeurs qui le condamnent. Quel chapitre émouvant et tragique que celui des expiations ! expiations à domicile, la famille se chargeant de venger le monde ; Livie d'abord, « Égérie compliquée de Locuste, » dont la chasteté même est un vice, puisque en absorbant dans l'ambition maternelle toutes ses facultés de passion, de volonté et d'astuce,

elle la dispose à supprimer par le poison et par le crime
les neuf obstacles vivants qui séparent son fils du trône
des Césars. Elle aussi aurait pu dire à Tibère comme
Agrippine à Néron :

Vous régnez; vous savez combien notre naissance
Entre le trône et vous avait mis de distance!

Et Julie, dont les désordres, longtemps ignorés de son
père comme s'il avait été son mari, trouvèrent moyen de
scandaliser Rome, Rome impériale et païenne où le scandale courait les rues et dont la grandeur, allaitée par
une louve, agonisait dans un *lupanar!*... Puis, toutes ces
morts soudaines, clandestines ou violentes: Marcellus,
que la poésie a fait immortel, mais que Musa, médecin
de Livie (quelle ironie, le nom de ce médecin !) a évidemment tué ; Lucius César, Caïus César, Agrippa Posthumus,
tout ce qu'Auguste a aimé, et peut-être Auguste lui-
même. M. Beulé n'a-t-il pas raison de s'écrier : « Si vous
ne trouvez pas le châtiment dans les conclusions de
l'historien, demandez à l'archéologie de vous ouvrir les
portes et les fenêtres des palais ; elle vous fera voir la
justice d'un côté, le châtiment d'un autre, assis au
foyer de quiconque a été criminel et violé les lois de
la morale en même temps que les lois de la patrie. »
    Faut-il suivre M. Beulé jusqu'au bout et nous deman-
der avec lui ce qui serait arrivé si Auguste s'était con-
tenté de pouvoirs limités et temporaires, s'il n'avait pas,
pour fonder l'Empire, tiré à lui et finalement épuisé

3.

tout ce qui restait encore de vieille séve républicaine ?
L'histoire conjecturale est bien difficile; si ingénieuses
qu'elles soient, l'imagination et l'intelligence se sentent
désarmées et impuissantes devant les énigmes de ce qui
n'a pas été parce que Dieu ne l'a pas voulu. Sans essayer
de soumettre, comme Bossuet, tous les événements historiques à une sorte d'absolutisme divin, on doit croire
pourtant que la décomposition du paganisme, de la puissance et des institutions de Rome, quelle qu'en fût
d'ailleurs la forme, était nécessaire à l'établissement du
christianisme et par conséquent liée aux plus grands intérêts de l'humanité, ou plutôt à sa vie même, à sa rédemption dans le passé, à sa régénération dans le présent,
à ses destinées dans l'avenir. De là, eût dit M. Cousin,
la nécessité d'Auguste, et peut-être de Tibère, de
Caligula et de Néron. Il fallait que tout s'écroulât pour
que tout pût se reconstruire; que le genre humain,
abandonné à lui-même, offrit les types les plus hideux
de tyrannie, de débauche, de servilisme, de bassesse et
de démence, pour que, racheté, visité et sauvé par un
Dieu, il donnât les exemples les plus éclatants d'abnégation, de vertu, d'héroïsme et de grandeur morale; pour
que son salut lui vînt de l'excès de son ignominie, et
pour qu'il fît de cette transition ou de ce contraste l'é-
ternel désespoir de ceux qui plaident contre la divinité
du christianisme.

Ceux-là, M. Beulé les connaît comme nous : même dans
cette Rome de Caligula et de Néron, sanglante, opprimée,
rongée de vices, gorgée de crimes, traînée dans le ruis-

seau de sa honte par une troupe de courtisanes, de bourreaux, de prétoriens et d'histrions, ils trouvent encore
assez de sujets d'optimisme pour nous dire que l'Empire
avait du bon, que la société païenne a été calomniée, que
les stoïques valaient les chrétiens, et qu'on a fort exagéré
le mérite des martyrs, comme leur nombre et leurs souffrances. Que serait-ce, grand Dieu! si Auguste eût res-
tauré le gouvernement républicain, rendu la parole aux
rostres, purifié les mœurs publiques et privées, et peuplé
Rome de Catons, de Cincinnatus et de Scipions? Flétris-
sons Auguste, comme le plus dissolvant et le plus hypo-
crite des corrupteurs du sens moral chez un grand peuple ; mais bénissons-le comme le plus manifeste des
instruments de la Providence.

J'arrive au chapitre d'enseignement littéraire, à
celui où M. Beulé propose de « superposer désormais
dans les études classiques, non plus le grec au latin,
mais le latin au grec. » En d'autres termes, dans la
moyenne de huit années que l'on donne à l'éducation de
collége, le grec en prendrait huit, et le latin n'en garderait que quatre.

S'il suffisait, pour me persuader, de la beauté et de la
poésie du langage, je serais déjà converti. Au sortir du
Siècle d'Auguste, qui, malgré ses grandeurs, sent le
renfermé comme toutes les époques de despotisme, nous
aspirons avec délices l'air libre et pur de ces montagnes
de l'Attique que l'éloquent écrivain nous fait parcourir
avec lui. On dirait vraiment qu'*il a sur l'Hymette éveillé
les abeilles ;* on rêve aux doux vers de Virgile:

. . . . « O ubi campi,
Sperchiusque, et virginibus bacchata Lacœnis
Taygeta ! . . . »

Cette belle imagination méritait d'être contemporaine
de Chateaubriand et de Child-Harold. Elle s'est baignée
dans cette lumière et cet azur ; elle garde le parfum de
ces collines ; elle revoit en idée les harmonieuses lignes
de l'Acropole et du Parthénon ; elle écoute le bruit de la
vague qui caresse le cap Sunium, et semble emporter
dans ses murmures un écho des dialogues de Platon.
Jugez-en ; je cite au hasard :

— « Si, au contraire, c'est à vingt ans que vous allez
à Athènes, en Thessalie, en Asie Mineure, dans les îles,
dans tous ces pays bénis dont vous avez bégayé les noms
dès l'enfance, alors se produit une sorte d'initiative et
d'enivrement qui vous rend capable de sensations bien
plus profondes. C'est à cet âge surtout que le seul nom
du Pentélique ou de l'Hymette, la seule vue du Parnasse
ou de l'Hélicon, font battre le cœur et entrevoir un monde
d'aspirations poétiques et de délicieuses sensations. C'est
à cet âge qu'on ne peut parcourir la mer sans comparer ses
flots à d'innombrables sourires, sans saluer avec une
pieuse émotion chacune des Cyclades rangées autour de
Délos comme autour d'une reine, sans voir Vénus et les
Néréides se jouer derrière l'azur, sans attacher un souvenir ou un rêve à chaque vague caressée et poussée par
la brise. C'est à cet âge qu'on laisse, sans en avoir conscience, s'écouler des journées entières sur les rochers
de l'Acropole d'Athènes, écoutant le murmure du passé

qui résonne mélodieusement à votre oreille avec le
bourdonnement de l'abeille, le chant des cigales dans le
bois d'oliviers et les échos lointains de la plaine ; ébloui
par l'éclat des marbres dorés au soleil de vingt siècles,
ébloui surtout par la beauté et la perfection qui rayonnent
du milieu des ruines et qui animent le moindre fragment ;
respirant je ne sais quel souffle inconnu, plus mâle, plus
fier, plus héroïque, qui s'appelle l'exemple du génie et
l'amour de la liberté !... »

On ne saurait mieux dire ; s'ensuit-il que je sois, sur
cette question, de l'avis de M. Beulé ? Non ; il m'est impossible de discuter la supériorité des poëtes grecs sur
les poëtes latins, et cette incompétence est déjà un argument. Si, après de bonnes études classiques, je me sens
incapable d'admirer Homère dans le texte, et si Virgile
est resté le charme et la consolation de ma vie littéraire,
c'est que le génie de sa langue et le fond de sa poésie
tiennent de bien plus près à tout ce que je puis
rêver, aimer et comprendre ; c'est qu'il est presque *mien* par les aspirations mystérieuses d'une civilisation qui va finir en présence d'une civilisation qui
va naître. Virgile est pour nous le poëte unique, mille
fois plus avant dans notre imagination et notre cœur que
les poëtes français du dix-septième et du dix-huitième
siècle ; et cela, non-seulement par l'idéale beauté de son
style et de ses vers, par cette élégance que Joubert a
qualifiée de suprême, mais parce qu'il a le pressentiment de tout ce qui a été plus tard notre vérité ou notre
poésie, de tout ce qui s'est emparé de notre âme ou de

nos songes... *Aut videt aut vidisse putat;* il a vu ou il a cru voir glisser à travers les cyprès de Tarente ou de Mantoue, aux pâles lueurs du crépuscule, un rayon ou un reflet des clartés célestes. Je me trouve à cent lieues d'Homère et d'Hésiode, du sujet de leurs chants, du secret de leurs beautés : avec Virgile, je n'ai qu'à tendre la main.

M. Beulé d'ailleurs semble, dans les études classiques, ne tenir compte que des poëtes, qui n'y occupent que la seconde place ; il nous accordera que Cicéron et Salluste ne sont pas nés sous l'Empire et que Tacite ne l'a pas flatté. Cicéron est peut-être, comme action et conviction oratoire, inférieur à Démosthènes ; mais il offre aux intelligences d'adolescents des modèles bien plus complets, bien plus variés, bien plus imitables et bien plus *rapprochés*. Et le *Conciones !* toute l'éloquence, telle qu'on peut la pratiquer et la comprendre à seize ans, est dans ce petit volume. Prenons garde! il faut de la politique en littérature ; mais *pas trop n'en faut.* L'*Histoire universelle* de Bossuet a été écrite pour le fils très-médiocre d'un roi absolu, surfait par son temps et trop déprécié par le nôtre. Rien de plus *libéral*, au contraire, de plus émancipé que tel ou tel livre de M. Michelet ou de M. Louis Blanc. Si M. Beulé avait à mettre un ouvrage d'histoire entre les mains d'un élève de rhétorique, lequel de ces trois noms, laquelle de ces trois œuvres choisirait-il ?

Laissons donc le latin à sa place ; mais ne lui permettons plus de braver l'honnêteté dans les mots en distribuant des panégyriques et des flatteries aux hommes qui ont, comme Auguste, triché la liberté, escroqué la gloire, mystifié le genre humain, suborné l'histoire, trompé la conscience publique, et finalement ont fait d'Horace et de Virgile des Belmontet de génie. Donnons-lui pour correctif le livre de M. Beulé ; je ne connais pas de correction plus douce. Horace avait tant de goût, Ovide tant d'esprit, Virgile tant de cœur, que, s'ils revenaient au monde, ils aimeraient à être grondés par M. Beulé pour le plaisir de le lire, et si le *vir emunctœ naris* n'existait déjà, ils l'inventeraient pour lui.

LE SYMBOLISME DE LA NATURE [1]

Juin 1867.

. Il y a treize ans — ô fuite impitoyable des années ! — en juillet 1854, j'eus l'honneur de rencontrer M. de la Bouillerie à Evian, sur le lac de Genève, dans le voisinage de Thonon et des Alinges, au milieu de ces charmants paysages qui nous parlent de saint François de Sales et qui semblent l'écouter encore.

M. de la Bouillerie n'était alors que grand-vicaire ; mais il suffisait de le voir et de l'entendre pour pressentir dans toute sa personne un avant-goût de grâce et de dignité épiscopale. On éprouvait une profonde émotion de sympathie et de respect en présence de ce saint prêtre, né avec tous les avantages qui peuvent faire aimer ou regretter la vie mondaine, et ne s'étant aperçu des séductions du monde que pour avoir plus d'ardeur et plus de

[1] *Étude sur le Symbolisme de la Nature*, par Mgr de la Bouillerie.

mérite à leur échapper. Ces vocations sacerdotales, chez les privilégiés de la naissance, de l'éducation et de la fortune, sont doublement précieuses : d'abord parce que nul ne peut en suspecter la sincérité ; ensuite parce qu'elles donnent au clergé contemporain des modèles de ces manières exquises, de cette élégance et de cette politesse de langage, de cette délicatesse de nuances, qui rendent la vertu plus persuasive sans la rendre moins pure ou moins forte.

Un dimanche, l'abbé de la Bouillerie, comme nous l'appelions alors, monta en chaire, après la messe, dans la modeste église d'Evian. Jamais cadre plus gracieux ne s'ajusta mieux à une plus suave éloquence. L'été, dans ces bienheureux pays, n'est qu'une continuation du printemps. Un coin de ciel bleu souriait aux plantes grimpantes, entrelacées aux vitraux du chœur. Un rayon de soleil, glissant à travers la fenêtre, changeait en paillettes d'or les atomes de poussière et formait comme une échelle lumineuse entre la voûte et les dalles. Il y avait, dans l'auditoire, bon nombre de protestants mêlés aux catholiques. Tous furent charmés de cette parole douce et pénétrante qui associait les harmonies de la nature aux bienfaits du Créateur.

Je ne suis, hélas! nullement prophète, même hors de mon pays ; et cependant, dès ce jour-là, le jeune et sympathique orateur, si habile à réveiller la piété dans les âmes en leur montrant ce beau lac, ce beau ciel, ces fraîches vallées comme autant de témoignages de la bonté et de la grandeur de Dieu, me parut prédestiné à raviver dans la littérature sacrée un genre dont les époques religieuses nous ont donné bien des modèles, et qui intéresse l'imagination à tous les mystères de la foi.

Mes prévisions ne m'avaient pas trompé. Il y a trois ans, Mgr de Carcassonne publiait la première partie de son ouvrage : *Étude sur le symbolisme de la nature dans la création inanimée;* aujourd'hui c'est la création animée qu'il nous présente dans un second volume

Si l'on admet, avec nous, que le symbolisme est d'origine et de physionomie orientales, et s'il est vrai, comme nous le croyons, qu'il se soit épanoui de préférence au berceau du christianisme, au seuil de la primitive Église, on reconnaîtra d'abord dans le livre de M. de la Bouillerie, entre autres mérites, celui de la difficulté vaincue. L'Occident et l'esprit moderne sont rebelles à ces interprétations symboliques où se révèle l'alliance de deux facultés contradictoires : la naïveté et la subtilité.

Contradictoires, ai-je dit? il se pourrait bien que cette contradiction ne fût qu'apparente. L'imagination est à la fois naïve et subtile; elle accepte sans contrôle le merveilleux et l'invraisemblable, et elle invente, s'il le faut, pour les accréditer, les moyens les plus détournés, les fictions les plus ingénieuses. Voyez les enfants, les femmes, les peuples primitifs, les races portées au mysticisme, dominées par les influences féminines : le naturel et le vrai les attirent peu ; le raisonnement les ennuie, à moins qu'il ne se déguise en image ; le droit chemin les fatigue, à moins qu'il ne se découpe en petits sentiers voilés de mystère et d'ombre. Pour que la vérité leur plaise, il faut qu'elle prenne des allures de légende, et, pour que cette légende leur convienne, il est bon qu'elle réponde à leur double penchant, qu'elle exige tout ensemble beaucoup de finesse pour la comprendre et beaucoup d'ingénuité pour y croire.

Ces quelques mots pourraient nous servir à expliquer les vicissitudes de la foi chrétienne en Orient; dans cet Orient qui vit naître le christianisme, qui assista à ses miracles, qui but le premier à ses sources divines, et qui fut aussi le premier à en altérer la limpidité et la transparence. Mais si le tour particulier de l'esprit oriental eut le malheur de l'exposer aux hérésies et de l'égarer dans des chimères, il eut l'avantage de le maintenir dans cette atmosphère ardente et sacrée où fleurissent naturellement les symboles, où les analogies entre l'image et l'idée sont conservées intactes, où nul n'est tenté d'en sourire. Là toutes les vérités religieuses font tableau, et tous les détails de ce tableau se retrouvent tour à tour dans les livres saints, dans les textes, dans les scènes de la vie réelle, dans les aspects du paysage. L'homme vit de plain-pied avec cette création animée dont parlent les Pères de l'Église, qu'il rencontre à chaque page des saintes Écritures, et qu'il revoit à ses côtés, dans l'intimité de ses travaux rustiques ou de son existence nomade. Le bœuf, l'âne, le chameau, le cheval, l'agneau, la brebis, la colombe, le lion, l'aigle, le passereau, ont pour lui un sens tout autre que leur figure visible, une âme toute différente de leurs instincts bornés. Ce sont autant de personnages de ce grand drame qui va de la Genèse aux Actes des Apôtres, autant de compagnons familiers ou de mystérieux ennemis des patriarches, des prophètes, des saints, des anachorètes, des martyrs, des disciples du Sauveur, de tous ceux qui ont lutté et souffert pour la foi. Ils ont eu la garde de ces trésors, la clef de ces mystères, le mot de ces prophéties ; ils ont senti passer ce souffle qui soulevait les âmes comme les grains de sable du désert et emportait vers le Dieu inconnu des générations avides de vérité. Ils se sont offerts et donnés, comme des images naturelles et vivantes, à cette éloquence des premiers siècles, qui vivait de *style figuré* et qui employait le procédé contraire à celui du paganisme. Il avait changé les hommes en bêtes ; elle forçait les bêtes à devenir, pour les hommes, des leçons et des exemples.

Mais, en France, à Paris, au déclin de ce dix-neuvième siècle qui, à force de critique et de science, obligerait volontiers l'âme de l'univers à se distiller dans ses alambics, à se mouler dans ses systèmes, à se matérialiser au service de ses inventions et de ses industries ! Parlez du bœuf à un éleveur, de l'âne à un normalien, du cheval à un *sportman*, du chameau à un gandin, et vous verrez ce qu'il y aura de symbolique dans leurs réponses. On ne saurait donc assez admirer la justesse de ton, la délicatesse de touche, la perfection de tact et de goût que Mgr de la Bouillerie a su opposer aux difficultés de son sujet. Il l'a approprié à notre orgueilleuse faiblesse sans lui rien faire perdre de ses grâces originales.

« Le symbolisme, nous dit-il dans une introduction

éloquente, le symbolisme des âges de foi avait transfiguré la nature. Toute une efflorescence de gracieux symboles environnait chaque être créé, comme une parure
céleste et comme une couronne immortelle. Hélas! le
froid naturalisme de nos siècles modernes est venu flétrir
ces divines fleurs. La nature, en descendant des hauteurs
du symbole, est retombée tristement sur elle-même. Nos
saints livres, dépouillés des figures qui ravivaient leur
lettre morte, sont devenus la facile proie d'une auda-
cieuse critique; et le fil d'or que Dieu avait tissé entre le
ciel et la terre pour les unir, s'est brisé.

« Eh bien! le dirai-je, j'ai voulu essayer de renouer le
fil. Aux tendances plus prononcées chaque jour du naturalisme qui nous abaisse, j'ai cherché à opposer de
nouveau le symbolisme qui nous élève; je me suis demandé s'il n'était plus possible de faire goûter et aimer
par des esprits chrétiens une science éminemment chrétienne, dont l'un des principaux mérites est le charme.
J'ai espéré, qu'à une époque comme la nôtre, où, malgré
tant de misères morales, le sens catholique a cependant
acquis et acquiert chaque jour plus de délicatesse, je
serais compris par quelques âmes d'élite, si je tentais de
soulever devant elles les voiles aimables de nos symboles;
j'ai cru enfin que la piété chrétienne me saurait gré de
lui rendre accessibles les mystérieuses beautés du monde
symbolique. »

Rien de plus juste et de plus doucement persuasif
que cette page : j'en relève un mot, *le charme*, qui pourrait servir de devise à l'auteur et d'épigraphe au livre.

Je ne puis, on le comprend, étudier en détail, discuter
ou approfondir tous ces rapprochements ingénieux,
toutes ces analogies délicates, toutes ces interprétations
animées qui nous font parcourir en quelques heures le
monde des oiseaux et des quadrupèdes, des insectes et
des reptiles, et qui trouvent à chaque pas, dans l'histoire
naturelle, l'histoire divine. Un géomètre dirait peut-être :
« Qu'est-ce que cela prouve? » — Mais je ne suis pas
géomètre, et je m'abandonne sans effort à cette baguette
sacrée, plus sûre qu'une baguette magique, qui me
guide à travers les nids de colombes, les ruches d'abeilles, l'aire de l'aigle, l'antre du lion et l'étable de l'agneau.
Si j'osais, je dirais que Mgr de la .Bouillerie. est
un la Fontaine sanctifié. Le fabuliste donne de l'esprit aux
bêtes qu'il fait vivre, agir et parler ; mais c'est l'esprit
d'une morale mondaine, satirique, moqueuse, sans autre
portée que celle d'une leçon toute terrestre de bon sens,
de justice ou d'humanité. Dans la prose onctueuse de
l'évêque, les animaux ne s'adressent plus à l'esprit, mais
à l'âme ; ils deviennent les confidents d'une pensée plus
haute, d'une histoire plus étroitement liée aux destinées
du genre humain. La Fontaine, dans ses plus vifs élans
de moraliste, défend ou venge les petits contre les
grands. Le symbolisme chrétien rappelle également les
grands et les petits à leur commune origine.

Voulez-vous un exemple? Vous connaissez, depuis
l'âge le plus tendre, *le Corbeau et le Renard.* C'est une
amusante leçon donnée aux vaniteux, enclins à se laisser
exploiter par les flatteurs ; et la vanité littéraire, cette

grande enfant, pourrait bien y trouver un sujet d'utiles réflexions. A présent, lisez, dans le livre de Mgr l'évêque de Carcassone, le joli chapitre du *Corbeau*, si heureusement inspiré de saint Augustin :

« Le corbeau est l'image du pécheur. La noirceur de son plumage et sa prédilection pour la chair corrompue justifient suffisamment ce symbole. Hélas ! le corbeau, qui, ayant quitté l'arche, n'y revient plus, nous montre combien il est rare que le pécheur endurci revienne de ses égarements.

« Cependant Dieu est bon et miséricordieux ; il attend le pécheur, il l'appelle !... Mais le pécheur diffère sa conversion : « Demain, demain, dit-il toujours, *cras*, « *cras !* » Saint Augustin, faisant allusion à cette parole latine, *cras, cras*, qui rappelle le croassement du corbeau, nous suggère ce nouveau point de ressemblance entre le corbeau et le pécheur. — « Le pécheur répète « sans cesse : Demain ! demain !... *cras , cras !* c'est « le cri du corbeau ; reprend le saint docteur ; mais ce « lendemain se prolongera-t-il toujours ? Dieu , qui « promet le salut à l'âme pénitente, n'a pas promis le « lendemain au pécheur, etc., etc... »

Tout cela, me direz-vous peut-être, est plus ingénieux que solide, plus probable que certain ; qu'importe ? Ne vous ai-je pas dit, le pieux écrivain ne nous a-t-il pas prévenus que nous remontions droit au quatrième siècle, c'est-à-dire à une époque de foi vive, de *renouveau* intellectuel et poétique, où de beaux génies, suscités pour la défense de l'Église, obéissaient à leur pente naturelle en

faisant de l'imagination l'auxiliaire et la complice des
vérités religieuses? C'est le trait distinctif de ce temps et
de cette littérature, que ses types les plus éloquents
soient restés très-originaux, très-personnels, très-fidèles
à la couleur locale, tout en s'assimilant des dogmes qui
ne comportaient, semble-t-il, que simplicité et grandeur
rectiligne. Ils sont chrétiens dans la plus forte et la plus
complète acception du mot, sans cesser, pour cela,
d'être Grecs, Syriens, Orientaux ou Latins. En même
temps, comme le christianisme répandait en eux et autour d'eux, sous les débris d'une religion morte, des trésors et des flots de vie, ils s'emparaient de cette vie
exubérante et la faisaient passer dans leur enseignement. De là cette richesse d'images, cette puissance et
cette variété de symbolisme.

Plus tard, l'esprit humain sort de sa phase d'adolescence pour arriver à la maturité. Il lui faut des aliment
plus substantiels, des points d'appui plus tangibles. Une
séparation plus nette s'établit entre la théologie et la
poésie, si longtemps traitées de sœurs. L'ère des saint
Bernard, des saint Thomas d'Aquin n'est plus celle de
l'imagination, mais de la raison et de la science. Pourtant, même dans ces phases où le symbolisme perd de
son prestige et cesse de se renouveler en des images
visibles, quel charme il sait répandre sur certaines figures! Que de fleurs mystiques il fait éclore ! Quoi de plus
délicieux que les roses de sainte Élisabeth et les oiseaux
de saint François d'Assise? Et, trois cents ans après, entre
le protestantisme qui s'installe et le grand siècle qui s'é-

veille, comment oublier tout le parti qu'a tiré des images
de la nature le génie de saint François de Sales, de cet
aimable saint auquel il est permis de songer en écrivant
le nom de Mgr de la Bouillerie?

Aujourd'hui les situations sont changées. L'art et la
science profanes, ces deux interprètes de la nature, ont
rompu avec l'esprit chrétien: la scission date de loin :
le naturalisme de Jean-Jacques, malgré la religiosité
qu'il affecte, en dépit de son charlatanisme d'admiration
fénelonienne, devait fatalement nous amener au naturalisme moderne, spiritualiste encore, ou à peu près, sous
la plume des poëtes du romantisme, franchement matérialiste et athée dans des ouvrages plus récents. Mais il
arrive parfois que les extrêmes se touchent. Si l'école
nouvelle dont je parle a essayé de supprimer Dieu ou de
le fondre dans sa création, si elle s'est efforcée de tarir
dans le monde extérieur toutes les sources de la vie
chrétienne et morale, elle n'en a que plus grandi l'importance de cette Nature qu'elle proclame souveraine et
fille de ses propres œuvres. De concert avec un admirable groupe de paysagistes, secondée par le penchant des
sociétés modernes à rechercher leurs contraires et à
s'oublier dans l'ivresse de la solitude et des champs, elle
a exagéré la valeur de détail et d'ensemble de cette
création mystérieuse dont elle prétend connaitre les secrets. Jamais les scènes familières ou les grands spectacles de la campagne n'ont été mieux vus, mieux sentis,
plus exactement retracés et décrits que de nos jours.

Or la vie appelle la vie, et l'âme ne saurait subir que

des exils temporaires : elle a besoin de croire quelque
chose de supérieur à ce qu'elle voit et de conforme à ce
qu'elle sent. Ces grands spectacles, ces harmonies extérieures dont nous parlons, elle ne se résignera pas longtemps à les regarder comme un rideau derrière lequel
il n'y a rien et qui ne doit se lever que sur le néant et la
nuit. Dès lors le naturalisme, en poussant ses procédés
à l'extrême, en rejetant l'idée divine, en arrachant la
nature au créateur au moment où il nous passionnait
pour elle, a dépassé son but au lieu de l'atteindre ; il a
préparé le terrain à des œuvres telles que celle de
Mgr de la Bouillerie, telle que le *Sentiment de la Nature*,
de M. Victor de Laprade, l'éminent poëte spiritualiste,
qu'il serait injuste de ne pas nommer à côté de l'éloquent
évêque.

Le spiritualisme chrétien peut prendre une revanche
d'autant plus éclatante qu'en le déclarant plus incompé-
tent, on l'a rendu plus nécessaire. Il rendra leur sens
emblématique, leur histoire traditionnelle à ces pauvres
créatures qui, si elles avaient voix au chapitre, aimeraient bien mieux, j'en suis sûr, être associées à l'œuvre
de Dieu, à la poésie des livres saints, aux enseignements
et aux symboles du christianisme, que s'entendre dire
qu'elles sont nos égales et que nous avons commencé par
leur ressembler. Rétablir l'homme dans ses rapports
avec le Créateur, les animaux dans ces rôles allégoriques
où ils ont l'honneur d'*illustrer* la Bible, l'Évangile et les
chefs-d'œuvre de la littérature sacrée, quelle tâche noble
et belle ! Et que cette tâche doit être attrayante pour un

talent plus enclin à persuader par la grâce et la douceur qu'à effrayer par les anathèmes et les foudres !

C'est par là, en effet, que je dois finir ; nous n'assistons pas ici à une discussion théologique ; ma frivolité
et mon ignorance m'en excluraient dès la première page.
Le fond de ces *Études sur le Symbolisme*, l'inspiration
dominante de l'homme qui les a écrites, c'est la douceur
persuasive, là grâce affectueuse, ce charme communicatif et pénétrant que j'ai essayé d'indiquer.

Pour les esprits fatigués par la littérature contemporaine, aux contours si secs, aux tons si crus, aux hori-
zons si bas, aux points de départ et d'arrivée si tranchés
et si durs, c'est un baume que cette lecture, et je la
comparerais aux sources pures, aux frais ombrages, aux
fruits savoureux qui désaltèrent le voyageur ou reposent
sa lassitude, si je ne craignais de devenir à mon tour
trop symbolique. On aime à voir les membres les plus
éminents de notre clergé se distribuer ainsi les places et
se partager le travail dans la demeure de leur divin maître. L'Épiscopat français avait ses athlètes ; il est bon
qu'il ait ses *charmeurs ;* les lecteurs et les amis de
Mgr de la Bouillerie trouveront peut-être le mot un peu
risqué pour un évêque, mais non pas exagéré.

V

HERNANI [1]

25 février 1830. — 20 juin 1867.

Juillet 1867.

C'est, en somme, un assez triste privilége que d'avoir
assisté à la première représentation d'*Hernani* (25 février 1830); ceux qui s'en vantent devraient ajouter
qu'ils ont eu à expier par trente-sept ans de mécomptes
l'enthousiasme du premier moment. Ce qui nous morti-
fie le plus, ce n'est pas le brevet de vieillesse que nous
inflige cette date inflexible; c'est le chagrin d'avoir été
dupe tout à la fois de l'auteur et de l'œuvre. Pour qu'une
pièce aussi radicalement mauvaise se fût si puissamment
emparée de nous, pour que notre admiration insensée

---

[1] Cet article est beaucoup trop sévère ; je m'en accuse, et je le
laisse subsister pourtant sans y changer une syllabe. Il est bon que
les thuriféraires, les Séides, les entrepreneurs d'apothéoses, voient à
quel degré de réaction, de contradiction et de mauvaise humeur,
ils ont pu pousser un ancien admirateur de Victor Hugo, un vieux
claqueur d'*Hernani*.

eût soutenu pendant trois mois sa gageure, il fallait que nous fussions bien aveuglés par la poussière du combat ou par l'envie de voir s'accomplir notre rêve de régénération poétique.

Mais enfin les passions qui s'acharnaient alors à transformer le drame de.M. Hugo en chef-d'œuvre, si elles étaient excessives, n'étaient pas inexplicables. On se trompait noblement, avec cette bonne foi et cette ardeur généreuse qui donnent à l'erreur le prestige d'une jeune vérité. On avait devant soi des adversaires qui occupaient au théâtre, dans la littérature et dans le monde, des positions considérables ; leur attitude semblait d'autant plus irritante qu'ils affectaient de confondre la tradition avec la routine, et que, défenseurs ou héritiers de la grande école classique, ils n'étaient ni dignes d'en hériter, ni capables de la défendre. Le contraste de cette caducité et de cette jeunesse se retrouvait partout ; à l'orchestre du Théâtre-Français où s'échangeaient des propos restés légendaires ; dans les journaux où le *pour* et le *contre* étaient plaidés avec une égale furie ; dans les salons où le panégyrique et le réquisitoire, le dithyrambe et l'épigramme se divisaient par rang d'âge. Gagnée ou perdue, la bataille d'*Hernani* paraissait devoir être décisive ; car il s'agissait de savoir si le mouvement, l'éclat, la vie du théâtre, allaient consacrer ou démentir les espérances conçues par les adeptes de l'art nouveau, si cet art qui ne s'était affirmé encore que pour quelques initiés, dans la poésie lyrique et le roman, par la rêverie et la lecture, sortirait victorieux du contact avec le public

4.

et la foule. A tous ces éléments d'intérêt, de curiosité, d'émotion, d'espoir et de colère, ajoutez la fougue de nos vingt ans, l'esprit de conquête intellectuelle qui s'accorde si bien avec la liberté et la paix, le souffle impétueux qui nous entraînait vers l'idéal et l'inconnu ; songez à ce poëte, à peine plus âgé que nous, qui avait déjà écrit les *Odes et Ballades*, les *Orientales*, le *dernier Jour d'un condamné*, *Cromwell*, et dont on savait que, pour remplacer *Marion Delorme*, arrêtée par la censure, il venait d'écrire *Hernani* en trois mois, dans un accès de fièvre et de génie ; figurez-vous, dans une loge, cette jeune et belle famille, symbole vivant de tendresse et de poésie; vous comprendrez qu'en évoquant ce souvenir lointain, nous ayons à regretter peut-être, mais non pas à nous étonner ou à rougir.

Ce qui se comprend moins, c'est la nouvelle comédie que l'on vient de jouer à propos de ce vieux drame : c'est cette espèce de victoire sans combat, de bataille sans ennemis, de prise d'assaut d'une place démantelée. On se demande quel plaisir les jeunes gens d'aujourd'hui ont pu trouver à enfoncer ainsi les portes ouvertes, à se créer des contradicteurs imaginaires pour s'amuser à les pourfendre. Rien ne ressemble moins à la vérité dans l'art et aux autres vérités promises par le romantisme, que le simulacre d'un succès réglé et noté d'avance. Ces volontaires si exacts à observer la consigne ne se sont pas aperçus qu'en proclamant par ordre la liberté et la réalité, ils glorifiaient la convention et la discipline ; ce soir-là, Panurge avait changé ses moutons en claqueurs.

La littérature et la poésie, nous dit-on, étaient à peu près étrangères à ces manifestations bruyantes. Dès lors nous n'avons plus qu'à nous récuser, M. Hugo et ses fanatiques s'étant depuis longtemps arrangés pour nous rendre suspect le culte de leurs idoles. Laissons donc cette jeunesse de la onzième heure méditer les beautés de la lettre à Juarez, se passionner à froid, applaudir à faux et s'agiter dans le vide, et tâchons d'utiliser nos souvenirs.

Il ne s'agit plus, bien entendu, de revenir sur les détails qui se rattachent au matériel et au personnel de la représentation du 25 février 1830. Ceux-là ont été narrés, dits et redits à satiété, avec une complaisance puérile, par des témoins trop intéressés pour être bien véridiques. Nous ne pouvons, en conscience, prendre fort au vif la question de savoir jusqu'à quel point les acteurs d'alors étaient supérieurs aux acteurs d'à présent. Si la Comédie-Française a cru devoir cette fois se mettre en frais de costumes et de décors, c'est probablement que ce triomphe de la *poésie pure* avait besoin d'un peu d'aide et n'était bien sûr de persuader l'esprit qu'en s'adressant aux regards. Dans tous ces commérages rétrospectifs nous ne relèverons qu'un trait qui nous semble caractéristique; c'est la parfaite ingratitude dont on a payé l'admirable talent de mademoiselle Mars. Ennemie des grands mots et du tapage comme toute personne bien élevée ; habituée à jouer des pièces dont les auteurs se consolaient, en l'écoutant, de n'avoir pas de génie; dispensée, après tout, d'apprécier la valeur des réformes littéraires et dramatiques, mademoiselle Mars ne pouvait juger les novateurs que par les dissonances qu'ils apportaient dans ses habitudes et qui froissaient ses instincts de correction et d'élégance. Leurs allures la mettaient en garde contre leurs idées; la longueur de leurs cheveux lui gâtait l'éclat de leurs vers, et ce n'était pas tout à fait sa faute s'ils donnaient à leurs légitimes entreprises l'air d'une invasion de barbares. Mais si la femme leur refusait ses sympathies, l'artiste ne se ménageait pas à leur service ; sans elle, le drame de *Henri III et sa cour* n'aurait pas eu dix représentations, *Hernani* n'en aurait pas eu six. Les comédiennes les plus vantées de nos jours auront encore bien des progrès à faire avant qu'il nous soit possible d'oublier ce son de voix délicieux, cette diction enchanteresse, cette incroyable justesse de nuances, ces élans merveilleux qui arrivaient au plus haut degré de pathétique sans jamais forcer le ton, sans blesser les oreilles délicates, sans rien sacrifier aux effets de mélodrame.

Ce que nous voudrions rappeler à l'aide de nos souvenirs, c'est l'impression vraie, sérieuse, durable que produisit *Hernani*, en dehors des exagérations enthousiastes ou hostiles, sur un certain nombre d'esprits justes, fins, déjà nourris de Shakespeare et de Gœthe, de Schiller et de Schlegel, parfaitement préparés à une révolution littéraire, et sachant très-bien qu'à cette date de 1830, quatre ans après la mort de Talma, dans l'état de détresse et de désarroi où se trouvait l'art *pseudo-classique*, la littérature et le théâtre n'avaient plus que le choix entre

une éclipse totale ou une réforme complète. On paraît
croire aujourd'hui — et cette version serait en effet fort
commode — que le drame de M. Victor Hugo, lors de
ce baptême de feu, n'eut que des détracteurs enragés ou
des admirateurs frénétiques. Or, comme ces détracteurs
personnifiaient une école désormais morte et enterrée,
nous aurions à en conclure que la question est jugée et
qu'il n'y a plus de place que pour l'apothéose. Il n'en est
rien. A travers cette tempête de bravos et de sifflets, au
bruit des invectives, des parodies et des quolibets, une
opinion ne tarda pas à se former qui finit par prévaloir,
et que nous pouvons regarder comme l'expression la
plus nette et la plus sage de la critique du temps. On re-
marqua, entre autres, un article publié, en mars 1830,
par la *Revue française*, recueil libéral, un peu doctrinaire,
favorable aux idées nouvelles, premier essai de concur-
rence avec les grandes *Revues* anglaises, recommandé
au public sérieux et aux lettrés de bon aloi par les noms
du duc de Broglie, du comte Alexis de Saint-Priest, de
MM. Guizot, de Barante, Vitet, Duvergier de Hauranne,
Charles de Rémusat, Charles Magnin, Prosper Mérimée,
Cousin, de Guizard et quelques autres écrivains du même
groupe [1]. On le voit, ce n'étaient ni des retardataires, ni

---

[1] Ce recueil très-remarquable, et qu'il est bon de relire, afin de
ne pas trop nous enorgueillir des progrès de la critique actuelle,
avait pris pour épigraphe le vers d'Ovide :

Et quod nunc ratio est, impetus ante fuit.

Ce qui veut dire (janvier-juillet 1830) qu'après avoir été impétueux,
nous allions être bien raisonnables ! ! !

des rétrogrades. L'article dont nous parlons fut générament attribué à M. Auguste Trognon. Il a beaucoup
moins vieilli que le drame qu'il discute ; il va nous servir de point d'appui pour réduire à sa juste valeur un
succès qui n'a plus de sens, et lui opposer des raisons
que nous avons vainement cherchées dans ce fade concert de louanges hyperboliques, à peine entremêlé de
quelques airs bouffes. Puisque, en essayant de galvaniser
Hernani, on n'a pas craint d'affirmer que la soirée du
20 juin était la véritable première représentation, acceptons cet anachronisme imprudent. Traitons *Hernani*
comme s'il était né d'hier, et appliquons-lui quelques
procédés d'analyse volontairement négligés par nos confrères : ils sont gens d'esprit : ils ont deviné qu'il s'agissait cette fois de tout autre chose que de décider si
l'œuvre est bonne, médiocre ou pire.

Commençons par rétablir les faits. Interprète du sentiment public, l'écrivain de la *Revue française* plaçait la
question sur son véritable terrain. Dès la fin de mars, le
drame de M. Hugo s'écroulait, non plus sous l'effort d'une
cabale, mais sous la réprobation raisonnée de ce *tiers
parti* littéraire qui exprimait l'opinion de l'immense majorité, et qui n'eût pas mieux demandé que d'applaudir.
Ce qui allait prévaloir contre notre enthousiasme juvénile et
se charger de l'arrêt définitif, ce n'était pas la fureur des
adversaires ; c'était le désappointement de tous ceux que
la préface de *Cromwell*, le talent du poëte, nos confiantes
promesses, le nom de Shakespeare imprudemment évoqué, avaient préparés à des prodiges. Ceux-là — et le

nombre en était grand — furent les vrais juges d'*Her-nani*. Juges bienveillants, mais forcés de se rendre à l'évidence, ils le condamnèrent au nom des doctrines mêmes que l'auteur avait proclamées et qui n'avaient rien de commun avec le rigorisme *classique*.

M. Hugo, disaient-ils, n'a rempli qu'à demi les conditions de son programme. Il a eu le courage d'un réformateur ; il n'en a pas montré le génie. La hardiesse de son entreprise suffit pourtant à mériter le respect, et ce respect aurait probablement été unanime, si « l'aveugle enthousiasme d'un petit peuple de jeunes adeptes n'eût soulevé des passions contraires. » — En réalité, ajoutaient-ils, devant la justice commune le drame est condamné.

Voilà la note exacte, quelque chose comme le résumé du président après des débats passionnés. Maintenant, dirons-nous, si le drame était condamné un mois après sa naissance, dans ce moment unique qui ressemblait à une aurore et dont les prestiges devaient donner le change à l'imagination et au goût, que serait-ce aujourd'hui pour des gens sensés qui voudraient apprécier *Hernani* en dehors des circonstances étrangères à son mérite ? Si dès lors l'aveugle zèle des fanatiques et des énergumènes refroidissait l'estime, paralysait le respect et légitimait la réaction contraire, quel effet produiraient à présent les acclamations de commande et le fanatisme obligatoire sur un public lettré, spirituel, homogène, qui refuserait à ces ovations artificielles l'aumône de sa curiosité, de son indifférence ou de son dédain ?

En somme, *Hernani* était tombé, comme tombèrent
presque tous les drames de M. Hugo. Si nous constatons
ce fait auquel nous attachons assez peu d'importance, ce
n'est pas par esprit de dénigrement systématique ; c'est
pour dissiper des illusions dont le *Hernani* de 1867 prétend recueillir le bénéfice. Jamais M. Hugo n'a réussi
au théâtre. Il n'a jamais eu pour lui ni le suffrage des
connaisseurs délicats, ni l'entraînement des grandes
foules. Trop entier dans ses qualités et dans ses défauts
pour s'assouplir au contact d'autres pensées que la
sienne, trop personnel et trop absolu pour s'assimiler les
sentiments, les caractères et les passions où chacun de
nous veut reconnaître quelque chose de lui-même, il a
dans sa manière un je ne sais quoi de factice et de *voulu*
qui ne peut agir franchement sur les masses populaires.
Instinctivement averti de ce désavantage, voulant en
triompher à tout prix et conquérir ces masses dont la
froideur le réduit aux succès d'estime, il force le ton,
grossit les effets, flatte les passions démocratiques, tombe
dans la déclamation et l'emphase, se fait aider par la
mise en scène, demande aux coups de théâtre et aux
surprises de quoi suppléer à la faculté d'attraction et
d'émotion qui lui manque ; dès lors il s'aliène la sympathie de ceux qui pourraient remplacer à son profit la
quantité par la qualité. C'est à travers ce jeu de bascule,
au milieu de ces inconvénients de *trop haut* et de *trop bas*,
que M. Hugo a poursuivi sa carrière dramatique au
grand détriment des directeurs qui se laissaient prendre
à ses airs de certitude hautaine et à l'éclat de sa renom-

mée. Que l'on consulte, si on ne nous croit pas, les hommes du métier, les archives des théâtres, les survivants d'*Angelo* et des *Burgraves*, toute cette petite presse qui s'amuse à aligner les chiffres et à compter les recettes. L'orage d'*Hernani* servait de prélude à d'autres chutes ou à des demi-succès laborieux et stériles; la critique modérée et impartiale, arrivant après les tempêtes qui s'éteignaient dans le vide, voyait dans cette œuvre une de ces fautes glorieuses qui ont droit à une absolution éclatante.

On veut faire aujourd'hui de cette faute une merveille, et de cette absolution un triomphe; le défi ne nous effraye pas. Chateaubriand, dans l'article célèbre qui fit supprimer le *Mercure*, parle de ces temples de la haute Égypte dont les initiés défendaient l'entrée et où l'on trouvait, au lieu d'un Dieu, quelque monstre horrible. Ce n'est pas un Dieu que nous allons trouver ici, ni un monstre horrible, mais un mannequin habillé de beaux vers.

Et d'abord laissons là, de grâce, la question, plus vieille que la tour de Babel, des *classiques* et des *romantiques*. Oublions Racine et Corneille, Aristote et Schlegel, et ne nous souvenons de Shakspeare que si nous ne pouvons faire autrement. S'il y a des règles variables suivant la différence des temps, les progrès ou la décadence de l'esprit et du goût, il en existe d'immortelles que nul, pas même les hommes de génie, ne saurait enfreindre impunément: le génie consiste à s'accorder si bien avec ces lois, qu'on ne sait plus si c'est lui qui leur communique sa puissance ou si ce sont elles qui lui prêtent leur force et leur harmonie.

Dans l'origine, *Hernani* avait un sous-titre, l'*Honneur castillan*. De deux choses l'une, ou ce sous-titre, dont on s'est tant moqué à propos de l'ancienne tragédie et des affiches de province, n'a aucune espèce de sens, ou il exprime l'*idée mère* du drame. Or, si l'on comprend que le fanatisme, l'amour, la clémence, la haine, le patriotisme, la vengeance, la passion coupable, puissent former ce qu'on appelle une *idée mère*, que peut être l'*Honneur castillan*, prêt à se produire sous cent faces différentes? Et que peut-il être surtout dans la pièce de M. Hugo, où il varie d'acte en acte, de scène en scène, pour la commodité des personnages et selon le caprice du poëte? Tantôt élastique et complaisant, tantôt rigoureux et inflexible, cet honneur permet à Hernani de s'introduire en fraude dans le château de don Ruy Gomez, et de lui prendre sa fiancée au moment où le vieillard lui prodigue la plus généreuse hospitalité ; plus tard il l'autorise à oublier son serment filial et sa vengeance héréditaire, dès que le roi lui pardonne ses erreurs, lui rend ses titres et lui accorde la main de doña Sol. Puis, au dénoûment, il le force de mourir pour ne pas manquer à une parole donnée dans les conditions les plus absurdes et les plus impossibles. On le voit, avant même d'aborder les sentiments, les situations et les caractères, il est facile de deviner par ce détail que tout, dans *Hernani*, va marcher au hasard, que les scènes seront juxtaposées sans s'expliquer les unes par les autres, que

l'auteur, ne reconnaissant d'autre loi que son omnipotence poétique, n'a daigné se préoccuper ni de logique,
ni d'unité.

Ici nous nous permettrons une remarque — cléricale, si l'on veut — au risque de faire rire à nos
dépens. M. Hugo a fixé la date de son drame à l'année
1519, et nous allons voir tout à l'heure que, pour nous
offrir une ombre de vraisemblance et de couleur locale,
il aurait dû choisir une époque beaucoup plus reculée.
Eh bien ! si, dans notre société sceptique, vouée au
culte de la matière et forcée de se créer des idoles pour
essayer de se passer de Dieu, le roman et le théâtre ont
pu donner pour mobile à quelques-uns de leurs héros le
sentiment de l'honneur indépendant de toute idée religieuse, nous nous demandons comment, au seizième siècle, dans la très-catholique Espagne, la religion peut
rester si absolument étrangère aux pensées et aux actions
des personnages. Ni doña Sol, ni Hernani, ni Ruy Gomez,
n'ont l'air de se douter qu'il y a un code supérieur à
l'honneur castillan, ou plutôt que cet honneur cesse
d'exister s'il se place en opposition constante avec la
grande loi morale et chrétienne. On a étourdiment prononcé les noms de Calderon et de Lope de Vega ; on a
représenté *Hernani* comme un chant du *Romancero*,
comme un nouveau *Cid* reparaissant tout à coup dans
son héroïque armure et réveillant, au milieu de nos œuvres mesquines, les échos de la poésie chevaleresque.
Nous voudrions savoir si ces glorieux ancêtres se recon-
naîtraient dans ce singulier héritier, si profondément

oublieux de tout ce qu'ils adoraient, si pressé d'inaugurer en plein moyen âge le règne de la fatalité.

Ceci n'est qu'un préliminaire ; arrivons maintenant à ce qui n'a rien de commun avec les traditions, aujourd'hui abolies, du théâtre classique.

Un drame emprunté à l'histoire doit être fidèle à deux sortes de vérités : la vérité historique et la vérité humaine. C'est désormais, nous ne l'ignorons pas, se montrer bien obstinément naïf que de rappeler les droits de cette pauvre vérité historique. On l'a tellement violentée, défigurée, travestie, mutilée, qu'il n'en reste plus rien qu'un fantôme englouti sous des ruines : c'est en général à l'envie d'amuser le gros public, de caresser sa haine contre les grands, de chatouiller ses appétits révolutionnaires, que nos dramaturges ou nos romanciers à la mode ont sacrifié la vérité de l'histoire ; M. Hugo lui-même, dans les œuvres qui suivirent *Hernani*, ne s'est nullement fait faute de ce moyen de succès. Cette fois, son dédain pour cette vérité gardait encore un caractère lyrique ; il la regardait de haut, du haut de ces sphères pleines de rayons et de nuages, où se complaît le lyrisme, où le poëte n'a d'autre guide que son inspiration et sa fantaisie ; c'est pour cela peut-être qu'il l'a si mal vue. Hélas ! dans ce beau temps, on lui disait : Prenez garde ! abaissez vos regards ! le drame habite la terre. Aujourd'hui on serait tenté de lui dire : Prenez garde ! levez les yeux ! la poésie a besoin du ciel.

Aussi bien, les premiers admirateurs — ceux de 1830, les vrais — comprirent vite que, de ce côté-là, il n'y avait pas de défense possible : quelques-uns même, pour se tirer de ce mauvais pas, exprimèrent le regret que M. Victor Hugo eût choisi pour son drame une époque si rapprochée de nous. Tout était sauvé, dirent-ils, et la couleur historique redevenait merveilleuse d'exactitude et de vérité, si l'auteur eût reculé de deux ou trois siècles la date de son drame, substitué au tombeau de Charlemagne le tombeau du Cid, et à Charles-Quint un de ces Alphonse ou de ces Ferdinand de Castille qui tiennent aisément le milieu entre l'histoire et la légende. L'amitié a de ces maladresses! Nous ne nous apercevions pas que, proposer cette simple variante, c'était reléguer du même coup — un coup de pavé ! — cette merveille de nouveauté et d'audace, cette révolution en cinq actes et en vers, parmi ces honnêtes tragédies qui pouvaient indifféremment se passer chez les anciens ou chez les modernes, et dont les alexandrins bénévoles se transportaient sans notable dégât de l'orient au couchant. S'était-on assez moqué du *Ninus II*, de ce brave M. Briffaut, lequel (c'est de Ninus que je parle) avait été tour à tour, suivant les scrupules de la censure, grec, romain, espagnol et assyrien? L'autre soir, en constatant que ce drame extravagant et, qui pis est, ennuyeux, ne se soutenait que par de beaux vers, en remarquant surtout que les applaudissements redoublaient de frénésie chaque fois que s'offrait un prétexte à allusion, nous ne pouvions nous défendre d'une réflexion mélancolique : Voilà donc, disions-nous, les trois principaux reproches adressés avec une grêle de sarcasmes à la tragédie de l'Empire et

des premiers temps de la Restauration : de beaux vers,
plantes parasites sur un fond stérile et morne ; des allusions politiques, et ce défaut absolu de couleur et de
caractère, qui permet de faire impunément voyager la
pièce dans le temps et dans l'espace !... C'était bien la
peine de battre en brèche le passé, de rédiger de si
superbes programmes ! Grande leçon d'humilité et de
modération pour les conquérants et les novateurs ! Mais
les conquérants ne sont pas modérés, les novateurs
ne sont pas humbles, et ce n'est pas en poésie seulement qu'après avoir tout bouleversé en pays conquis
on retrouve l'ennemi chez soi, en deçà des frontières !

Quoi qu'il en soit, à cette date de 1519, le fameux monologue, dit par un jeune homme de dix-neuf ans, n'est
pas seulement, comme le récit de Théramène, un éloquent hors-d'œuvre, mais un gigantesque contre-sens.
Ou Charles-Quint n'est encore qu'un étourdi et un roi de
théâtre, tel qu'il se montre dans les trois premiers actes ;
et alors il ne peut avoir une seule des idées que ce monologue exprime ; ou son génie a mûri en quelques heures comme un fruit des tropiques, et alors il sait très-bien
que le pape et l'empereur ne sont plus tout, qu'il aura à
compter avec la France, que Luther n'a pas dit son dernier mot, et que ce bizarre mélange de mysticité théocratique, de droit divin et de velléités populaires est
parfaitement contraire à ce que doit penser et dire un
prince subitement appelé à prendre possession d'un
grand empire et à jouer un grand rôle dans la politique

du seizième siècle. Jamais la *ficelle* dramatique n'apparut plus clairement que dans ce monologue, qui n'a pas même le mérite de l'originalité ; car on le retrouve en prose, sous forme rétrospective, dans un volume de Sismondi : jamais auteur ne se gêna moins pour souffler à haute voix ses personnages et leur faire déclamer ce qu'il dirait lui-même, si, les montrant au public, il voulait y ajouter une *glose* poétique. Il en résulte une dissonance plus complète encore que celle que nous venons d'indiquer : l'anachronisme ou le contre-sens fait coup double : dans cette page de 1519, les mœurs, les sentiments et les caractères sont du treizième siècle : les idées et le langage sont du dix-neuvième. Ces contemporains *quand même* du Cid Campéador et d'Alphonse de Castille, ces héros de Lope de Vega et de Calderon, parlent comme s'ils savaient lord Byron par cœur ; lord Byron, qui était en 1830 à l'apogée de sa gloire et dont nul n'évitait l'influence !

On s'explique dès lors l'inconséquence et l'incohérence qui se rencontrent à chaque pas dans *Hernani*. Ce drame a été conçu dans le vague, un vague tout lyrique, propice peut-être à l'inspiration personnelle, mais incompatible avec les exigences du théâtre : il n'en faut pas davantage pour nous rejeter à mille lieues de Shakspeare ; voilà pourquoi, bien loin des sifflets *classiques*, les plus vifs désappointements s'accusèrent tout d'abord chez ceux d'entre nous que nous appelions les *Shakspeariens*, et qui, préparés à une réforme dramatique par leur admiration pour *Hamlet* et pour *Othello*, espéraient trouver dans *Hernani* quelques traits de ressemblance avec les chefs-d'œuvre du poëte anglais.

Dans Shakspeare — et c'est là un des traits qui le séparent le plus profondément de nos tragiques — le personnage n'est pas pris à un moment unique où les événements qui font le sujet du drame décident de son langage, de ses sentiments et de ses actes. Les caractères, se développant dans toute leur ampleur, comme ils se développent dans la vie, ne sont pas obligés d'être tout entiers dans une passion, et cette passion, à son tour, ne se révèle pas tout entière dans une crise. Les créations du poëte vivent de leur vie propre, et c'est l'admirable secret de son génie que les passions qu'elles ressentent et les catastrophes qu'elles subissent les complètent au lieu de les démentir. Chez M. Hugo, les caractères ont été conçus d'une manière si confuse, avec tant d'insouciance hautaine et de décousu, que leur individualité n'existe pas; ils dépendent des hasards du moment, et comme ces hasards varient, comme le poëte les gouverne à son gré, il y a dans les caractères autant de variantes que le hasard a de fantaisies et le poëte de caprices. Charles-Quint, Hernani, doña Sol, Ruy Gomez, n'ont pas sur la scène une autre existence que Pyrrhus, Oreste et Hermione. Mais quelle différence à l'avantage de Racine! Si le caractère, chez lui, s'affirme tout entier dans une passion et si la passion est bornée par un épisode tragique, du moins caractère, passion et drame s'unissent et se fondent dans une incomparable harmonie. D'un bout de la pièce à l'autre, Oreste, Pyrrhus,

Hermione, sont tout à la fois conséquents avec eux-mêmes et avec le sentiment qui les fait agir. Ils sont plus
vivants, plus *acteurs* que les personnages de M. Hugo,
parce que toutes leurs actions et toutes leurs paroles ten-
dent vers un but déterminé. Dans *Hernani,* les personnages ne sont plus que des prétextes à effusions lyriques,
des instruments dociles à l'inspiration du poëte; il en
joue avec une puissance et un excès de sonorité qui dépassent de beaucoup les *tirades* de l'ancienne école.
« M. Hugo, disait en 1830 un homme d'esprit, n'a pas
changé la tragédie française; il l'a multipliée par elle-
même. »

Si vous voulez une bonne fois mesurer les distances et
comprendre quelle fut la déception des *Shakspeariens,*
ouvrez le *Henri V* de Shakspeare[1]. Le héros n'est pas
sans quelque ressemblance avec le don Carlos de M. Victor Hugo. Là aussi nous voyons un jeune prince, doué
de grandes et nobles qualités, mais libertin et débauché,
subissant tout à coup une de ces secousses qui rappellent
les âmes hautes à leurs devoirs et à leur destinée. Sa
conversion ne s'improvise pas en une heure; les évène-
ments qui le transforment ne ressemblent pas au coup
de sifflet d'un machiniste, au ressort d'une poupée mé-
canique. On assiste aux combats intérieurs de cette vaillante nature, engourdie par le plaisir, réveillée par le
remords, et lorsqu'Henri dit adieu à ses compagnons de
débauche, lorsqu'il reprend possession de lui-même, on

---

[1] *Revue française;* dans bien des parties de notre article, nous
n'avons fait que suivre pas à pas le critique de 1830.

se rend parfaitement compte des phases par où a passé
le coureur d'aventures pour devenir un vrai prince et un
héros. Chez don Carlos rien de pareil; pas la moindre
gradation ; on dirait qu'il a deux passions à la fois, et les
plus absorbantes de toutes, l'ambition et l'amour. Il
s'introduit follement chez doña Sol, sachant très-bien
qu'il va s'y trouver en présence du jeune homme qu'elle
aime, ne pouvant ignorer qu'il va offenser mortellement
le vieux Ruy Gomez dont il a besoin; cette folie incompréhensible, il la commet au moment où il vient d'apprendre la mort de Maximilien, empereur d'Allemagne,
et où une seule imprudence peut briser ses rêves de
grandeur et de puissance. S'il aime doña Sol au point de
braver tous les obstacles et tous les périls, à commencer
par le ridicule, c'est qu'aucune pensée ambitieuse ne
peut encore le préoccuper; s'il prend au sérieux et au
vif les graves intérêts qui s'agitent autour de son nom et
qu'une fausse démarche risque de compromettre, c'est
que doña Sol n'est pour lui qu'un de ces caprices éphé-
mères que les ambitieux et les grands de ce monde
réservent pour leurs heures de loisir. Le spectateur, j'en
conviens, a un moyen de concilier ce qui nous semble
inconciliable; c'est de ne croire ni à cette ambition, ni
à cet amour; dans le fait, le don Carlos de M. Victor
Hugo parle et agit de façon à nous donner constamment
envie de le regarder comme un type de mystification
théâtrale et poétique. Pour bien préciser l'effet qu'il
produit et, en général, l'impression que nous laisse ce
drame, nous sommes forcés d'emprunter aux enfants

une de leurs locutions familières et à l'argot littéraire un de ses mots favoris. Évidemment, ce n'est pas *pour de bon*, et on ne peut croire que *c'est arrivé*.

Nous venons de voir comment don Carlos ou Charles-Quint satisfait, dans *Hernani*, à cette condition de vérité ou de vraisemblance historique, d'autant plus essentielle ici que ce personnage tient une place plus large et plus nette dans l'histoire. En nous montrant ce Charles-Quint de fantaisie — d'une fantaisie qui ne respecte pas même les simples données du bon sens — M. Hugo, à qui les Romains de Corneille et les Grecs de Racine n'avaient pas paru assez Romains, assez Grecs et assez vrais, préludait à ce singulier cours d'histoire et d'antithèse comparées, où son bon plaisir de conquérant et de despote réduit les noms historiques à n'être plus que des étiquettes : il faisait pressentir ces rois et ces reines qu'il appelle François Ier ou Marie Tudor, mais qui ne sont, en réalité, que les humbles symboles de l'omnipotence du génie, chargés par le maître de nous intéresser au spectacle de tout ce qu'il peut y avoir d'ignominie sur le trône, de vertu dans le ruisseau, de bassesse dans la grandeur et de grandeur dans l'abaissement.

Avec Hernani, doña Sol et Ruy Gomez, nous pouvons ne plus songer qu'à la vérité humaine. Elle suffit, et au delà, pour les condamner à mort, que dis-je? pour prouver qu'ils n'ont jamais vécu.

Hernani est le plus insensé de ce groupe qui n'a d'autre raison d'être que le désir de versifier un certain nombre d'inspirations lyriques ou personnelles et de les faire ré-

citer par des acteurs, après les avoir découpées en cinq
actes. Il y a chez lui — et nous admettons que ces divers
traits ne s'excluent pas — du grand seigneur, de l'*outlaw*,
du bandit et de l'amant : soit; mais pour que ces éléments variés se combinent et forment un caractère, il
faut que Hernani soit, avant tout, un homme d'action.
Il faut qu'il agisse dans le domaine de la passion —
amour, haine ou vengeance — comme il a dû agir dans
la montagne pour exercer, malgré son jeune âge, sur ses
compagnons de révolte et de périls, l'ascendant nécessaire à ce genre de commandement. Des scrupules, il
n'en a guère, et il ne peut pas en avoir. Sa haine contre
le roi, son état de proscrit, son amour pour doña
Sol, sa vie en plein air, voilà tout son code de morale.
Pour posséder celle qu'il aime, pour se venger de celui
qu'il déteste, il brûlerait au besoin la moitié de la ville.
Qu'un sentiment d'honneur survive encore dans cette
âme de gentilhomme ulcérée par l'injustice et le malheur, c'est possible, mais dans des conditions particulières, dans l'alternative, par exemple, d'un grand péril
et d'une lâcheté.

Dès les premières scènes, Hernani le prend de très-
haut avec tous les sentiments qui vont lui servir de mobile ; ce ne sont qu'imprécations furieuses, rugissements
de lion, hymnes d'adoration, cris de rage, déclaration
de guerre à la vieillesse, à la royauté, à tous les respects
et à toutes les puissances de la terre. Maintenant, qu'il
agisse comme il parle, et nous pourrons avoir un type
de passion fébrile et de sauvage énergie, à la Byron, très-

peu compatible avec l'esprit du quinzième siècle, mais
qui ne manquera pas de caractère. Hélas ! c'est ici qu'il
faut se voiler la face et qu'éclate le vice d'un système
qui est la négation même de tout art dramatique. Sous
la dictée de M. Hugo, Hernani parle, déclame, crie,
s'exhale en strophes ardentes, lance l'éclair et la foudre,
nous donne le spectacle d'un cratère en éruption ; mais
dès qu'il faudrait aller droit au fait et cesser d'être une
ode pour devenir un homme, tout ce beau feu s'éteint
pour faire place à une série de défaillances et d'incohérences. Au premier acte, Hernani a une heure devant
lui ; doña Sol est fort disposée à se laisser enlever et le
lui fait entendre avec une bonne volonté digne d'un chevalier plus entreprenant. Au lieu d'en profiter, il aime
mieux raconter à la jeune fille ce qu'elle sait déjà — procédé de la plus pure tragédie *classique* — nous faire admirer un luxe de poésie qui ne nous apprend rien, et
finalement s'attarder jusqu'au moment où il sera pris
comme dans une souricière. Le second acte nous le
montre plus étonnant encore : là, il n'est plus enfermé,
il est dans la rue ; doña Sol, la nièce mal gardée, est
venue le trouver ; elle lui offre formellement de le
suivre. Leur fuite sera protégée par tous les montagnards
dont il est le chef et qui sont à peu près les maîtres de
la ville : il aime mieux recommencer son *duo* sentimental.
Nous venions d'applaudir miss Smithson et Charles Kemble
dans *Roméo et Juliette*, et la prétention du poëte, apos-
tillée par notre admiration complaisante, était de donner
un pendant à la scène du balcon. Est-ce tout ? Non : il a

une occasion unique de tuer le roi, de le tuer *sans phrase*, ce roi qui n'est plus seulement son ennemi, mais son rival, et qui vient encore d'user d'un vieux moyen de comédie pour lui souffler sa maîtresse. Tuer? agir? la pièce serait finie ; mieux vaut échanger avec le roi une sorte de marivaudage chevaleresque, un assaut de générosité, bon peut-être à mettre en relief deux faces de l'honneur castillan, mais propre surtout à démentir tout le rôle d'Hernani, tel qu'il s'est posé depuis le commencement de la pièce. A dater de ce moment, il est clair que l'auteur remplacera tout par le discours, et que le discours ne sera pas même en situation. Pour lui comme pour son héros, l'urgente nécessité de se défaire du roi et d'emmener doña Sol n'est rien ; ce qui importe, c'est de livrer aux applaudissements du parterre cette *aigle impériale* et cet *œuf* dont l'effet est infaillible. L'allusion et la métaphore substituées à la logique de l'action et des caractères, qu'avait fait de plus et de pire cette pauvre tragédie classique ?

En entrant, au troisième acte, dans le château de son autre rival, le vieux Ruy Gomez de Silva, Hernani a sans doute laissé à la porte le peu qui lui reste d'honneur castillan: une fois entré, il ne peut plus avoir qu'une idée, profiter de son déguisement de pèlerin et de la confiance du vieillard pour s'emparer de doña Sol; or, comme il est bien sûr que Ruy Gomez va élever l'hospitalité jusqu'à des proportions épiques, il se condamne d'avance à un rôle qu'il ne saurait bien jouer s'il ne s'est préalablement débarrassé de tout *préjugé,* de tout scru-

pule et de toute honte. Au quatrième acte, sa défaillance
est d'une autre sorte ; cet *outlaw* formidable, ce proscrit,
ce grand rebelle, ce conspirateur, ce fils qui a juré de
venger la mort de son père, ce gentilhomme qui s'est fait
bandit pour mieux poursuivre sa vengeance, abdique subitement toutes les passions qui nous ont valu tant d'hé-
mistiches pareils à des explosions de chaudière ; pourquoi ? parce qu'il obtient satisfaction dans son amour et
dans sa vanité. Le lion enragé devient agneau caressant ;
Hernani tend le cou, non pas à la hache du bourreau
qu'il défiait, mais au collier de la Toison d'or, dont le
gratifie Charles-Quint transfiguré. Si c'est ainsi que doivent se dénouer, dans un drame héroïque, les haines
héréditaires et les conspirations à grand orchestre, nous
le voulons bien ; mais alors à quoi bon évoquer l'honneur castillan du seizième siècle ? Le nôtre y aurait suffi,
et l'on a tort de nous dire que ce drame a le mérite de
nous enlever bien loin des réalités contemporaines.

C'est pourtant après cette série de déchéances et d'ab-
dications morales, lorsque l'honneur castillan a été tour
à tour sacrifié pour une femme, un titre ou un collier,
que l'on nous demande un effort de complaisance, qui
serait impossible quand même les quatre premiers actes
nous auraient maintenus dans les sphères les plus hautes
de l'héroïsme et de l'immolation chevaleresque. Hernani
redevient esclave de l'honneur castillan, au moment où
les juges les plus rigoureux lui conseilleraient de se dérober à cet esclavage. Quel tribunal d'honneur hésite-
rait à le délier de ce pacte impie, qui est d'ailleurs

rompu de lui-même puisque le complot dont il faisait
partie n'existe plus? Quoi! le Hernani du troisième acte
a sournoisement violé les lois de l'hospitalité; le Hernani
du quatrième a précipitamment abjuré son serment,
le tout sans autre motif et sans autre excuse que son
amour; et quand cet amour, après les jours d'épreuve,
touche à d'ineffables félicités, quand ce jeune homme de
vingt ans, ce Roméo brûlé par le soleil des Castilles,
compte les battements de son cœur et n'a plus qu'à entrer dans la chambre nuptiale, c'est alors qu'il se croit
obligé de mourir et de voir mourir avec lui sa jeune
femme, parce qu'un vieillard qui n'a plus rien d'humain
vient lui rappeler son serment et sonner du cor sous sa
fenêtre!... Ainsi, lorsque Hernani, pour être fidèle à
l'esprit de son rôle et au programme du poëte, devait
agir selon les lois de l'honneur chevaleresque, il s'en est
écarté sans scrupule; et lorsque cet honneur chimérique
n'exige plus rien, lorsque le sacrifice qu'on lui demande
révolte à la fois la raison et la nature, lorsqu'il n'y a plus
là qu'une gageure entre l'auteur, son sujet et son public,
on veut que j'y croie, que j'applaudisse, que je sois ému!
On veut que j'accepte cette immolation soudaine de tout
l'être — l'âme, le cœur, la chair, les fibres les plus violentes et les plus délicates — non pas à un devoir de
conscience, mais à un crime réprouvé par le ciel et par
la terre, par la religion et l'humanité! Non, je proteste
au nom d'un sentiment invincible, supérieur à toute hal-
lucination ou à toute prestidigitation poétique; je dis
tout bas à Hernani : Mais, malheureux! commence par

jeter ce vieux bonhomme à la porte; vous vous expliquerez plus tard!... Maintenant, que l'on éprouve une émotion, ou plutôt une sensation toute nerveuse en voyant ces deux beaux jeunes gens se rouler dans les convulsions de l'agonie sous les yeux du fantôme implacable; que l'élan pathétique de doña Sol, sous les traits d'une actrice de talent, fasse couler quelques larmes, que nous importe? une émotion achetée à ce prix ne compte plus; nous avons vu de vulgaires scènes de mélodrame, dont les titres seuls paraîtraient une insulte à M. Victor Hugo, agiter bien autrement les nerfs et mouiller beaucoup plus de mouchoirs.

Nous serons plus brefs avec doña Sol et Ruy Gomez : le pathétique élan dont nous venons de parler forme à peu près tout le rôle de cette jeune fille qui, disait-on, devait donner une sœur à Ophélia et à Juliette. Dans les quatre premiers actes, elle semble n'être en scène que comme un témoin passif ou un enjeu inanimé. A quoi bon insister? L'effet même de la représentation en dit plus là-dessus que toutes nos remarques; mademoiselle Mars n'avait rien pu faire de ses quatre premiers actes où elle était constamment réduite à écouter d'interminables dialogues; c'est ce qui mit de l'aigreur dans ses relations avec le poëte : son magnifique réveil au dénoûment sauva tout, et c'est ce qu'on a jugé à propos d'oublier. Ce qui n'est pas moins évident, c'est que le caractère de doña Sol, si peu accusé qu'il soit, l'est cependant assez pour révéler deux natures différentes; elle alterne entre la langueur, la *passivité* allemande, et l'ardeur,

l'impétuosité espagnole. L'extrême abandon qu'elle a mis
dans ses rapports avec Hernani, les facilités d'enlève-
ment qu'elle lui a offertes et dont l'héroïque bavard a
si mal profité, rendent fort invraisemblable l'espèce
d'élégie sentimentale et mystique qu'elle oppose à l'amou-
reuse impatience de son amant devenu son époux. Le
hasard, encore une fois, et le caprice du poëte se sont si
absolument substitués à la logique et à la vraisemblance
des caractères, que même ce rôle qui ne dit rien trouve
moyen de se contredire.

Il y a bien plus de contradictions encore dans le personnage de don Ruy Gomez de Silva, le mieux fait pour
jeter, comme on dit, *de la poudre aux yeux* et provo-
quer l'admiration des badauds. Débonnaire, crédule, parleur intarissable, il s'annonce presque, à son entrée,
comme un personnage de comédie : je me souviens qu'à
la première représentation le public s'y trompa : on crut
que M. Hugo, mêlant, en vertu des licences *romantiques*,
la comédie au drame, avait voulu faire de son vieillard
un Cassandre ou un Géronte. Au troisième acte, don Ruy
Gomez est élégiaque, poétique, sentimental, héroïque ;
au cinquième, il est odieux, impie, insensé, monstrueux;
ou plutôt, par un procédé que nous devions retrouver,
l'année suivante, dans *Notre-Dame de Paris*, ce type vénérable de l'honneur castillan, ce représentant de l'antique chevalerie du Cid et de Roland, cesse même d'être
une créature humaine, d'avoir une âme, pour devenir
une espèce de pétrification symbolique. Cet Espagnol du
Romancero, n'ayant vécu que d'honneur, de religion,

d'héroïsme, personnifie en guise de conclusion finale la
fatalité ; il est le Claude Frollo chevaleresque, de même
que Claude Frollo sera le Ruy Gomez sacerdotal. Comme
tout cela nous rend bien l'Espagne du moyen âge, l'Espagne du seizième siècle ! Et comme on a bonne grâce
à persifler les poëtes qui prêtaient aux héros de la guerre
de Troie les sentiments et le langage des habitués de
Versailles! Encore si l'on sentait, sous ces variations, à
travers ces alternatives de bavardages, de magnanimité,
d'amour et de rage séniles, un fond de nature espagnole ! S'il y avait un tissu quelconque, quelque chose
de solide et de saisissable sous ces broderies de formes et
de couleurs si disparates ! Mais non ; le poëte toujours,
rien que le poëte ! De même que les autres acteurs de
Hernani, dont Ruy Gomez, tour à tour voisin d'Arnolphe ou
de Bartholo, faiseur d'élégies et de ballades, rival du vieil
Horace, émule de l'antique *Fatum* et finalement passé à l'état
de vieux monstre, n'est dans le fait qu'un modèle d'atelier, prenant par ordre diverses expressions et diverses
attitudes, dont l'artiste s'empare pour faire briller ses
talents. Voilà donc, en somme, le progrès réalisé par ces
hardis novateurs, qui se vantaient de ramener au vrai
l'art dramatique longtemps asservi à des règles de convention et emprisonné dans le moule académique ! Voilà
le produit le plus net de cette révolution qui devait faire
poser devant nous des créations vivantes au lieu de fantômes habillés d'alexandrins! Nous n'avons plus la tragédie, et nous n'avons pas le drame ; ce que l'on nous
offre sous ce titre, c'est une œuvre de pure imagination

écrite, non pas dans les conditions nécessaires pour ra-
nimer une époque, en retracer les mœurs et les caractères, pour faire agir et parler des personnages réels et
pour nous forcer d'y croire, mais d'après l'inspiration
personnelle et la volonté *actuelle* du poëte. C'est la confusion des genres en attendant la confusion des langues.
Si l'ode, l'élégie, la poésie intime, peuvent et doivent avoir
pour date notre émotion du jour ou de la veille, c'est le
procédé contraire qu'il faut demander au drame : il
n'existe que si le poëte s'oublie et s'absorbe dans son
sujet et ses personnages, si nous, spectateurs, nous pouvons avoir l'illusion d'un temps qui n'est plus le nôtre,
la faculté de redevenir, pour quelques heures, les contemporains des personnages qui passent sous nos yeux. La
personnalité du poëte est-elle ou se croit-elle trop puissante pour abdiquer? Son inspiration est-elle trop éloquente pour qu'il lui refuse la parole? Alors, qu'il ait
recours au chœur antique ; qu'il interrompe, de temps
à autre, ses acteurs pour nous dire sa propre pensée.

Entre des caractères faux, inconséquents, prompts à
se démentir de scène en scène, toujours pressés de parler, jamais d'agir, n'ayant d'autre existence que celle
qu'ils tiennent de l'imagination de M. Hugo, que pouvaient être les situations? Il n'en est pas une qui résiste
à la plus indulgente analyse, et, si nous nous abstenons
de détailler nos preuves, c'est de peur de tomber dans
les redites. Non-seulement les entrées et les sorties ne
s'expliquent pas, mais on chercherait vainement une
scène où les acteurs, la situation étant donnée, fassent

ou disent ce que leur indique le plus vulgaire bon sens,
le raisonnement le plus simple. Bornons-nous aux premières scènes du premier acte : Comment don Carlos,
sachant que Hernani va venir chez doña Sol et qu'elle le
reçoit tous les soirs, choisit-il justement l'heure du berger
pour en faire l'heure du loup? Doña Sol, si inflammable
qu'on la suppose, est fille de bonne maison ; pour être
arrivée vis-à-vis de Hernani au point où elle en est, il
faut, j'aime à le penser, qu'il y ait eu déjà un grand
nombre d'entrevues et de *tête-à-tête*. Comment se fait-il
que le *jeune amant sans barbe* lui raconte ses petites affaires, exactement comme s'il la voyait pour la première
fois? Que deviennent, en présence de cette bizarrerie, les
sarcasmes adressés aux expositions d'*Iphigénie* ou de
Bajazet, où tout du moins est motivé? Don Carlos sort
de son armoire; ainsi qu'on devait s'y attendre, don
Ruy Gomez surprend *les deux hommes chez sa nièce;* qui
expliquera jamais l'espèce de charade que s'amusent à
jouer Ruy Gomez et don Carlos, et qui a plus de soixante
vers? Après avoir patiemment subi ce débordement d'hé-
mistiches, le roi se fait reconnaître. Quelle que soit la
crédulité du vieillard, comment peut-il admettre que ce
prince de dix-neuf ans ait choisi la chambre de doña
Sol pour avoir avec lui une conférence nocturne et politique? Quand l'invraisemblance parvient à ce degré
d'impossibilité et de folie, les beaux vers ne réparent
rien; et Talma, bon juge en pareille matière, aurait dit
qu'ils ne sont qu'un malheur de plus.

Je parle de vraisemblance: que serait-ce, si je discu-

tais la *convenance* , dans le sens même de cet honneur castillan que M. Hugo a hissé sur de longs roseaux
taillés en échasses? Il y a, par exemple, au second acte,
un détail qui vaut de l'or : le roi, entouré de jeunes
seigneurs, donne par distraction, à l'un d'eux, don Ricardo, le titre de comte; puis lorsqu'il s'aperçoit de sa
méprise, un roi ne devant jamais reprendre ce qu'il a
donné, il ajoute : « J'ai laissé tomber ce titre ; ramassez. »
— Vous figurez-vous, en 1519, un grand d'Espagne ra-
massant un titre comme un chien battu se jette sur un
os? Mais songez donc ! Ricardo avale un affront pour avoir
un titre ; M. Hugo commet un contre-sens pour forcer un
applaudissemennt. Un grand d'Espagne et un grand
poëte doivent bien ces politesses à un parterre démocratique.

N'allons pas plus loin; deux motifs peuvent engager la
critique à abréger ou à se taire : la crainte d'avoir tort
et la certitude d'avoir trop raison.

Que reste-t-il donc de ce drame superbe, qui doit être
— c'est le mot d'ordre — le *Cid* du dix-neuvième siècle?
La délicieuse *tirade* qui ouvre le troisième acte, la
scène des portraits, qui est d'une grande allure, des
beautés poétiques que nous n'avons nulle envie de con-
tester, et un certain nombre de vers éclatants, qui, ayant
eu le bonheur de naître au bon moment, à l'heure où
nous étions tous avides et enivrés de poésie, sont devenus
des vers-proverbes pour une génération tout entière.
Hernani a eu sa *légende*, et c'est le privilège de la légende d'admettre et d'embellir ce que rejetterait l'his-

toire. Repris dans des conditions ordinaires, ce drame aurait été écouté avec un mélange d'étonnement railleur et de respectueux ennui. Il a suffi de circonstances favorables admirablement exploitées, d'une *mise en scène* supérieure à tous les chefs-d'œuvre des décorateurs et des machinistes, pour lui rendre une vie artificielle que prolonge en ce moment une curiosité trop cosmopolite et trop affairée pour être bien littéraire. Ce succès d'*Hernani*, presque aussi vif que celui de *la Grande-duchesse de Gérolstein*, de *la Biche au bois* et des lions de M. Batty, méritera en effet de compter parmi les produits de l'Exposition et de l'industrie de 1867.

Pour nous, dont les souvenirs vont plus loin et dont la pensée essaye de monter plus haut, *Hernani* a le double inconvénient de nous rappeler des promesses dont aucune n'a été tenue et de renfermer en germe des défauts qui ont pris, notamment dans ces derniers temps, des proportions formidables. Nos mécomptes s'aggravent et s'enveniment de tout ce que M. Hugo nous avait fait espérer et de tout ce qu'il nous a fait subir. Savez-vous ce qui soutenait *Hernani*, ce qui justifiait alors notre enthousiasme, et ce qui, aujourd'hui encore, nous permet de mêler à nos déceptions, à nos critiques et à nos rancunes un légitime sentiment de fierté ? Il y avait dans ce premier auditoire, comme dans le drame même, du héros et de l'enfant. Ces personnages incohérents, ces situations décousues, ces discours interminables, ces coups de théâtre puérils, tout cela nous parlait notre langue. Cette langue passionnée, véhémente, déclamatoire, au-dessus et au

delà du ton, était bien celle du moment, et s'accordait
avec ce qu'il y avait d'excessif dans les idées, les espérances et les rêves. Nous y retrouvions le spiritualisme
exalté dont les chaudes et vivifiantes influences péné-
traient partout, idéalisaient la vie publique et privée,
renouvelaient la philosophie, retrempaient la littérature,
enflammaient l'éloquence, ennoblissaient les hardiesses
de la politique, élevaient à l'unisson l'art et la poésie,
l'imagination et l'âme : oui, le spiritualisme, et quand
les nouveaux admirateurs de *Hernani* associent je ne sais
quel *hosannah* matérialiste et athée aux ivresses de leur
facile triomphe, ils font acte à la fois d'ingratitude et de
maladresse ; d'ingratitude, car leur cher *Hernani* n'aurait
pas vécu un mois, si l'atmosphère intellectuelle et philosophique de cette époque eût ressemblé à celle d'aujourd'hui ; de maladresse, car ils nous donnent sur le
poëte qu'ils divinisent un triste, mais accablant avantage ; l'avantage d'avoir été dupe, et de ne plus l'être ;
ils nous autorisent à demander ce qu'il y avait de sérieux
et de sincère dans ces effusions spiritualistes qui touchaient au mysticisme, et faisaient dire aux mauvais
plaisants que le *romantisme* était une grimace dans une
auréole. Veut-on savoir quel était alors le diapason ? Veut-
on, pour parler l'affreux style moderne, apprendre dans
quelle *communion* de pensées, de sentiments et de langage vivaient le poëte, ses disciples immédiats et leurs
innocents complices ? J'extrais de mes souvenirs de 1850
le passage suivant, auquel des circonstances récentes
ajoutent un certain intérêt de curiosité et de contraste

Peu de temps après *Hernani*, M. Sainte-Beuve dédiait à M. Victor Hugo son poétique recueil des *Consolations*, et il lui disait dans sa dédicace :

« ...Bien jeune vous avez marché droit, *même dans la*
« *nuit :* le malheur ne vous a pas jeté de côté ; et comme
« Isaac attendant la fille de Béthel, vous vous promeniez
« solitaire dans le chemin qui mène au puits appelé le
« puits de celui *qui vit et qui voit, viventis et videntis.*
« Votre cœur *vierge* ne s'est pas laissé aller tout d'abord
« aux trompeuses mollesses, et vos rêveries y ont gagné
« avec l'âge un caractère religieux, austère, primitif et
« *presque accablant* pour notre faible humanité d'au-
« jourd'hui. Quand vous avez eu *assez pleuré,* vous vous
« êtes retiré à *Patmos* avec *votre Aigle,* et vous avez *vu*
« *clair* dans les plus effrayants symboles. Rien désormais
« qui vous fasse pâlir ; vous pouvez sonder toutes les
« profondeurs; ouïr toutes les voix ; vous vous êtes fa-
« miliarisé avec l'infini... » (Avril 1830.)

Voilà la note dominante; et ne croyez pas que personne parmi nous eût envie de rire en lisant cette page; nous regrettâmes, j'en suis sûr, de ne pas l'avoir écrite; nous fûmes même si certains et si contents de la comprendre qu'il nous sembla que nous l'avions pensée. On était alors naturellement emphatique, naïvement enclin au libre échange entre initiés et hiérophante. Si je rappelle ce magnifique spécimen de galimatias romantique et mystique, ce n'est pas pour prendre une revanche quelconque contre le Sainte-Beuve d'à présent; c'est pour constater que, dans cette température, *Hernani*

devait réussir, et que, maintenant, ce succès est un effet sans cause.

Les années ont marché ; quelques-unes ont pu compter double ; les enthousiasmes se sont éteints, et ceux-là ne peuvent pas se plaindre d'avoir dissipé à leurs dépens nos illusions, qui ont essayé d'absorber à leur profit nos croyances. *On a vu clair*, comme disait M. Sainte-Beuve, non pas dans les plus effrayants symboles, mais dans un mystère plus instructif ; le mystère d'un orgueil immense et d'une *personnalité* énorme, s'enveloppant dans des nuages et se déguisant sous de hautaines formules. Les situations se sont dessinées ; le groupe primitif, ou, si l'on veut, le Cénacle s'est dispersé ; chacun a suivi sa vocation, son intérêt.ou sa nature ; à mesure que la séparation devenait plus nette et plus formelle, chacune des deux fractions s'est exagérée dans le sens qui lui est propre. Les hommes d'infiniment d'esprit — et nous sommes parfois tentés de trouver que M. Sainte-Beuve en a trop — se sont lestement débarrassés de l'appareil hiératique , et si l'on a encore quelque chose à leur reprocher , ce n'est plus un excès de spiritualisme et de mysticisme. On sait où ils sont aujourd'hui — aussi loin que possible du Sinaï et de l'Horeb.

M. Hugo, ainsi qu'on pouvait dès lors le prévoir, a suivi la marche contraire ; entouré d'un petit noyau de fidèles, d'autant plus exaltés qu'ils restaient moins nombreux, il a continué de prendre au sérieux les attributions sacerdot? ' ' et prophétiques qu'on lui avait tout d'abord dé-

cernées. Nous lui avions assigné Patmos pour domicile;
il n'a pas voulu en démordre; seulement Patmos, après
avoir servi de refuge à de doux rêves de poésie et d'a-
mour, a été peu à peu visité par des visions étranges et
des hallucinations alarmantes. Le songe s'est changé en
cauchemar, les lubies du jeune homme en manies
d'homme âgé; ce qui n'était qu'un penchant est devenu
tout le caractère; ce qui n'était qu'un trait du visage est
toute la figure. Le grand poëte a passé grand pontife.
A présent le pli est pris; chaque nouvel ouvrage, chaque
manifeste épistolaire, chaque démarche concertée en
vue du public, révèlent un nouveau symptôme de cette
maladie morale. Ce qu'y a gagné son génie, ce qu'y
gagnera sa gloire, M. Hugo le saura un jour; ou, s'il
l'ignore, la postérité le saura pour lui.

C'est le moment qu'a choisi une jeunesse sans lien
avec nos chimères, sans engagement avec nos erreurs,
pour applaudir avec passion — presque avec menace
— un drame qui ne peut plus avoir désormais d'autre
valeur que celle d'un renseignement. Les illusions qui
nous aveuglaient sur *Hernani*, elle ne les a pas; les expé-
riences qui nous ont éclairés, elle n'a pas voulu les
mettre à profit; il lui a plu de se créer le mirage du
passé, comme nous nous étions livrés au mirage de l'a-
venir. Les conditions ne sont pas les mêmes, et il vaut
mieux se laisser abuser par des espérances que par des
souvenirs. Renfermé dans le domaine littéraire, *Hernani*
n'est plus discutable : hors de la littérature cesse notre
compétence. Ce qui est positif, c'est que ces ovations

tapageuses seront tôt ou tard funestes à la légitime renommée de M. Victor Hugo. Nul n'aura plus à perdre
que lui quand viendra l'heure du déchet et du triage, et
la soirée du 20 juin 1867 figurera pour sa part dans le
règlement définitif.

chacune de ses victoires au dedans et au dehors le rap-
prochait de la catastrophe finale, je dépasserais de beaucoup mon cadre. Si je voulais citer ou seulement indiquer
au courant de la plume les beautés de détail, les passages dignes d'admiration ou de respect, les portraits tracés
de main de maître, les touchants ou éloquents hommages
adressés à des hommes bien divers, tels que Pie IX, lord
Aberdeen ou le comte Rossi, j'aurais l'embarras du choix ;
enfin, si j'entamais le chapitre des objections, je risque-
rais de tomber dans les redites.

Ces objections ont été de deux sortes : M. Guizot avait-
il assez tenu compte du double effet de ce dénoûment
fatal dont ses récits avaient à subir le contre-coup, et qui
peut se résumer en deux mots : diminution et changement? Diminution d'intérêt et changement de points de
vue !

Ainsi, pour nous borner à un exemple emprunté à ce
huitième volume, deux cent trente-huit pages sur les
mariages espagnols, n'est-ce pas trop, quand on songe
que ces mariages, dont la politique française eut assurément à s'applaudir, ne devaient être, quinze mois plus
tard, que les épaves du grand naufrage où s'engloutirent
tant d'heureux présages et d'espérances? D'autre part, en
présence de souvenirs tels que l'épisode de Belgrave-
Square ou les agitations soulevées dans tout le pays par
la réforme électorale, peut-on admettre qu'un homme
d'État, un penseur de premier ordre, apaisé par des
années de recueillement, de réflexion et de retraite, fasse
si peu de concessions à l'expérience et s'abstienne de

M. GUIZOT

Neuf ans se sont écoulés depuis la publication du premier volume de ces *Mémoires* ; avec quelle vaillance et quel succès l'œuvre a été menée jusqu'au bout, vous le savez. Lorsque j'eus l'honneur, en mai 1858, de rendre compte du tome Ier, j'espérais bien que l'énergique et laborieuse vieillesse de l'illustre écrivain arriverait sans encombre à sa dernière page ; mais je n'espérais guère me trouver encore à mon poste, en juillet 1867, pour parler des derniers chapitres, comme j'avais parlé des premiers.

Aujourd'hui, si je ne me trompe, ce n'est pas une analyse, c'est une conclusion que demandent à la critique les *Mémoires* de M. Guizot.

S'il fallait le suivre à travers ces années singulières où

---

[1] Huitième et dernier volume des *Mémoires pour servir à l'Histoire de mon temps.*

tout ce qui ressemblerait, je ne dis pas à un désaveu,
mais à l'expression ou à l'ombre d'un regret?

Ces objections, nous n'avons plus à les formuler ; elles
subsistent ; mais si M. Guizot a péché par excès de confiance en lui-même, de fidélité à ses idées, de complaisance pour ses souvenirs, s'il s'est trop figuré qu'il
vivait et pensait, parlait et écrivait encore à l'époque où
il se revoit premier ministre, maître de la majorité dans
les deux Chambres, subjuguant par son éloquence ceux
mêmes qu'il ne ramène pas à ses doctrines, autorisé à
compter sur la prospérité du pays, sur le bon esprit de
l'armée, sur les sympathies d'une bourgeoisie intelligente, gardons-nous, à notre tour, de commettre, en
petit et dans un autre genre, la même faute ; nous n'aurions pas les mêmes excuses. Nous lui reprochons d'avoir
écrit tout ou partie de ses *Mémoires* comme s'il oubliait
qu'il y a eu une Révolution de février, et quelles en ont
été les suites : n'ayons pas l'air, nous, de traiter comme
non avenus les neuf ans que nous avons traversés entre le
commencement et la fin de cette publication mémorable.

Ces neuf ans qui semblaient devoir nous éloigner de
plus en plus du temps que M. Guizot nous raconte et
de la politique dont il s'est fait l'historiographe après
en avoir été l'interprète, nous en rapprochent, au
contraire, en ce sens qu'ils ont accrédité et ravivé,
par comparaison, bien des idées, bien des images que
l'on pouvait regarder alors comme des illusions rétros-
pectives. En 1858, il fallait pousser jusqu'au fanatisme
— les gens impolis disaient au radotage — le goût des

libertés parlementaires, des immunités de la tribune et
de la presse, pour les regretter ou s'en souvenir au milieu des satisfactions orgueilleuses d'une situation magnifique, sereine comme un lendemain de victoire, faite
pour flatter notre amour-propre national, pour affermir
notre sécurité, pour tripler nos capitaux, et où nous n'a-
vions à craindre que de nous réveiller, un beau matin,
trop glorieux et trop riches. Il fallait exagérer jusqu'à
l'idolâtrie le culte des personnes, pour s'inquiéter de
savoir en qui se personnifiait, à une époque fabuleuse, le
régime constitutionnel, quand on voyait le système opposé combler de joie l'industrie et l'agriculture, vaincre
ou pacifier l'Europe, édifier à la fois le prochain et les
maisons, aligner les idées, les soldats et les rues, et nous
donner à tous le plaisir d'être enfin, après trois ou quatre
essais malheureux, gouvernés selon nos mérites.

On ne pouvait parfois se défendre d'un mélancolique
sourire en songeant à ces trésors de talent, de style, de
fermeté, de persévérance, dépensés sur la question de
savoir si, décidément, l'affaire Pritchard avait laissé
intact l'honneur de la France, si le droit de visite nous
avait humiliés devant la perfide Albion, et si les *satisfaits*
avaient eu tort ou raison dans leur optimisme. Il nous
semblait, révérence parler, voir un pauvre compter sa
monnaie pendant que nous entassions nos billets de
banque.

Aujourd'hui, nous ne sommes plus si dédaigneux ni
si fiers; quand M. Guizot nous dit, dans son beau langage : « Je ne me dissimulais pas que la France gardait,

des derniers incidents diplomatiques et militaires, une
impression amère... C'était uniquement dans la complète publicité et la discussion approfondie des faits,
c'est-à-dire dans la forte et franche pratique du gouvernement libre, que je voyais une arme efficace contre le péril de cette situation, et le moyen de relever
la bonne politique à son juste rang, malgré le fardeau
qu'elle avait à soulever; » quand il nous représente
les bienfaits de la liberté comme le seul dédommagement
de ces déceptions, de ces humiliations passagères, égra-
tignures d'amour-propre dont la guerre peut faire d'incurables blessures, nous n'avons plus envie de le traiter
de retardataire, et peu s'en faut que ce souvenir d'il y a
vingt-sept ans ne devienne à nos yeux la leçon d'hier ou
de demain.

Lorsque M. Guizot nous dit : « Il y a, pour le pouvoir,
un sûr moyen de se prouver étranger à toute corruption ; c'est de la poursuivre partout où il en aperçoit
la trace. Corrompus ou seulement corruptibles, les
intéressés ne s'y trompent pas ; ils savent parfaitement
que le pouvoir qui ne leur accorde pas la faveur du silence n'est pas plus leur pareil que leur complice ; et le
public, malgré sa crédulité méfiante, en est bientôt aussi
convaincu que les intéressés. » — Lorsqu'il ajoute, avec
une sévérité qui nous semble excessive, mais qui, sous
sa plume, n'est pas suspecte : « De graves soupçons
s'élevèrent contre un homme de talent, naguère membre
du cabinet, et qui en était sorti pour devenir l'un des
présidents de la cour de cassation. Nous y regardâmes

avec une attention aussi scrupuleuse que douloureuse ;
dès que nous eûmes seulement des doutes, M. Teste fut
traduit devant la cour des pairs, qui porta dans l'instruction de son procès autant de fermeté que de patience;
et de question en question, de débat en débat, l'ancien
ministre fut amené à l'aveu du CRIME, et en subit, ainsi
que ses complices, la juste peine ; » — loin de nous
plaindre que cette page et quelques autres ne nous disent plus rien, que le temps, la distance, le changement
complet des institutions et des mœurs publiques leur
aient fait perdre leur intérêt et leur sens, nous sommes
presque d'avis qu'elles nous en disent trop, qu'elles se
lient trop étroitement à nos réflexions présentes ; qu'à
force d'être opportunes, intéressantes et significatives,
elles deviennent involontairement satiriques ; et nous
arrivons par une pente bien naturelle à la conclusion
suivante : Mon Dieu ! quels honnêtes gens nous étions
alors, et quelle salubre atmosphère que celle des gouvernements au grand jour, au grand soleil et au grand
air ! Dans ce temps-là, d'après les lois primordiales de
proportion philosophique entre le relatif et l'absolu, on
qualifiait de crime ce qui, maintenant, nous semblerait
à peine une légère peccadille, amnistiée d'avance par
l'adoucissement de nos mœurs et les progrès de l'intelligence moderne ! ! !

On le voit — et nous pourrions multiplier nos exemples — en vertu d'une singularité d'optique et d'un caprice de perspective que je ne me charge pas d'expliquer,
les *Mémoires* de M. Guizot paraissent plus actuels neuf

ans plus tard qu'ils ne l'étaient neuf ans plus tôt. Les
trois grands sujets de préoccupation qui, sous des formes
infiniment variées, traduits en événements plus ou moins
graves, se présentent tour à tour ou tout ensemble aux
gouvernants et aux gouvernés, la prospérité ou la sécurité financière, la question de grandeur ou d'humiliation
nationale, et la répression sévère, publique, en pleine
lumière, des hommes corruptibles ou corrompus, égarés
par les fantaisies du hasard dans les hautes régions sociales, ces trois sujets, en y joignant la nécessité d'être un
peu plus libres pour se consoler d'être un peu moins
grands, sont devenus ou redevenus si intéressants, que
personne ne reprochera plus à M. Guizot d'avoir été trop
prolixe en y ramenant nos souvenirs ou nos idées. Que
si vous insistiez et me demandiez l'explication de ce phénomène, je vous répondrais d'abord, comme M. de Mont-
rond à son créancier, que vous êtes bien curieux ; ensuite, qu'il en est probablement des vérités politiques et
des œuvres excellentes comme des bons vins, qui s'amé-
liorent en vieillissant. Rien de plus innocent, de plus
naturel, de plus légitime et de plus simple.

Voilà pour la première objection ; le trop d'insistance
que, d'après les esprits chagrins, M. Guizot avait mis à
retracer en détail et par le menu tous les actes de sa vie
politique, tous les événements rattachés par un lien
quelconque à l'ensemble de cette vie. D'insistance à persistance, il n'y a pas loin, et, après l'avoir accusé de trop
développer, on devait aussi logiquement l'accuser de
trop se complaire. Ne pas céder un pouce de ce terrain

qui s'effondra tout à coup sous ses pas, ne pas articuler
un doute, non-seulement sur les intentions, mais sur les
effets, raisonner et raconter comme si un accord exact
s'était maintenu entre l'effort et le résultat, entre le
succès du moment et le succès définitif, tel est en effet,
nous l'avons déjà dit, un des traits caractéristiques de
ces *Mémoires*; et, comme le style est l'homme, ce trait
qui fixe la physionomie du livre n'est pas moins remarquable dans l'attitude et la figure.

Eh bien, là encore mes idées se sont modifiées avec le
temps ; si je constate cette obstination de la pensée présente, vivant dans le passé et refusant d'y accepter une
expérience, un regret ou un blâme, je ne suis plus
tenté d'en sourire.

Est-ce à dire que cette persistance nous ait peu à peu
converti à toutes les idées que M. Guizot a transplantées
intactes et entières, avec toutes leurs branches et toutes
leurs racines, de 1846 à 1867, comme on transporte dans
les squares les beaux arbres du Luxembourg? Non; ainsi,
dans ce dernier volume, le plus intéressant de tous, il y
a notamment trois dates où nous aurions désiré quelques
lignes, quelques phrases — elles coûtent si peu! — ne
fût-ce qu'en guise de *post-scriptum* ou d'épilogue. Nous
voulons parler du voyage du comte de Chambord en Angleterre ; de l'avénement de Pie IX et des premières phases de son pontificat ; enfin de la question de réforme
électorale, de ses *prodromes* et de ses suites.

A propos de l'épisode de Belgrave-Square et de son
retentissement dans les Chambres, nous n'aurions pas

demandé à M. Guizot de démonstration sentimentale, mais seulement une impression plus exacte et plus complète, un mot qui séparât pour toujours de la passion du moment le jugement définitif, et reconnût tout ce que l'entêtement des ministres et du gouvernement (personnel cette fois), autour du fameux paragraphe de *la flétrissure*, avait produit de mécontentement dans les provinces, d'irritation dans la bonne compagnie, de divisions parmi les députés, d'hésitations chez un grand nombre d'hommes dévoués à la monarchie de 1830.

L'émotion fut douloureuse, l'agitation profonde, la réconciliation indéfiniment retardée, les blessures rouvertes. L'auteur des *Mémoires* ne nous dit pas, mais nous ne pouvons oublier, que les députés *flétris*, MM. Berryer, la Rochejaquelein, Blin de Bourdon, de Larcy et le duc de Valmy, furent réélus, aux applaudissements de ceux mêmes qui partageaient le moins leurs opinions politiques; ils eurent pour eux tout à la fois les hommes graves et les rieurs. En dehors de toute question de sentiment et de principe, de pareils incidents, quand ils tournent comme celui-ci tourna, ne peuvent qu'affaiblir une royauté et ses ministres. Ils aigrissent le parti qu'ils veulent atteindre sans contenter celui qu'ils veulent satisfaire. « L'arrestation de Chateaubriand et l'anecdote de la *flétrissure* me font comprendre la révolution de février, qui serait d'ailleurs incompréhensible, » me disait un sceptique spirituel et lettré. Voilà la note juste ; un mot dans ce sens n'eût pas déparé ce chapitre des *Mémoires*.

Il est impossible de rêver des pages plus vraies, plus

touchantes, plus respectueuses, plus sympathiques, que celles que M. Guizot a consacrées au pape Pie IX, à son avènement et à ses premiers essais de réforme. La religion même de l'illustre écrivain l'a servi en cette circonstance ; elle ajoute plus de prix à la justice qu'il rend et ne permet pas de chercher l'admiration qu'il refuse. Là pourtant (page 372), je me heurte à un singulier contraste qui me force à réfléchir. En regard de ses idées qui étaient aussi celles du comte Rossi, à ce moment d'enthousiasme de la noblesse et du peuple de Rome qui créèrent autour du nouveau pape une atmosphère d'illusions libérales bientôt dissipée ou assombrie, M. Guizot place une lettre de Mazzini, et une opinion, longuement et finement développée, du vieux prince de Metternich. Aux deux extrémités de l'échelle politique, en deux langues absolument contraires, le tribun italien et le chancelier d'Autriche arrivent à des conclusions analogues : le juste milieu est impossible à Rome ; les réformes de la veille seront la révolution du lendemain... L'événement a donné raison à tous deux et brisé les légitimes espérances des amis de la papauté réformiste, conservatrice et libérale. Un an après cette belle correspondance entre Rossi et M. Guizot, le premier était assassiné, le second en exil, et le pape à Gaëte. On est profondément ému en lisant, à la fin de cet éloquent chapitre, les lignes suivantes qui, écrites par cette plume habituellement si sereine, font l'effet d'un nuage passant tout à coup sur un ciel pur :

« On dit qu'à quatre-vingt-deux ans, en apprenant la mort du maréchal de Berwich emporté, devant Philipsbourg, par un boulet de canon, le maréchal de Villars s'écria : « J'avais toujours bien dit que cet homme-là « était plus heureux que moi. » — La mort de M. Rossi peut inspirer la même envie, et il était digne du même bonheur. »

Ici l'effet est d'autant plus grand que la sensibilité de M. Guizot, très-réelle et très-profonde, est d'habitude moins démonstrative. Pourtant, après ce pathétique souvenir, j'aurais voulu une ǀpage où l'erreur commise en Italie et en France par des esprits généreux fût plus nettement reconnue et définie. Étant donnés ce grand style, ce beau sujet, cette naturelle exaltation du sentiment réveillé par la mort de Rossi, quelle magnifique élégie chrétienne et libérale nous aurions pu avoir, à deux pas de ce tombeau, entre les ruines de Rome et les barricades de Paris !

Je serai beaucoup plus bref sur la réforme électorale, qui m'était dès lors et qui m'est restée fort indifférente. Je pourrais, quoique je ne sois ni le prince de Metternich, ni Mazzini, faire remarquer que mes répugnances instinctives furent justifiées ; car la réforme électorale, appliquée et pratiquée sur une échelle gigantesque, a donné tout juste le contraire de ce qu'on lui demandait alors. Mais enfin, quand un grand pays tel que la France, habitué à se laisser gouverner par son imagination, composé de millions de gens d'esprit enclins à se passionner pour des sottises, en arrive, sur une question quelconque, à un pareil état de surexcitation et de fièvre, il ne s'agit plus de savoir s'il a raison ou tort, mais d'y regarder de près. Il

ne suffit pas de se retrancher dans une légalité factice,
abrogée d'avance par le vœu des multitudes : il faut de
deux choses l'une : réprimer, si on se croit le plus fort ;
ou céder, si on est le plus faible. Le gouvernement ne
voulut pas réprimer, ce qui l'honore ; et il ne sut pas
céder au bon moment, ce qui le perdit.

On s'étonne que M. Guizot ait résisté à l'envie de dire
là-dessus toute sa pensée d'après l'*Histoire de son temps*.
Il s'était évidemment trompé sur le fait même et ses résultats immédiats ; il était dans le vrai en se demandant
si l'idée dominante de toute sa vie, la rare et précieuse
alliance de la liberté et de l'ordre, n'avait pas à se méfier de ce redoutable auxiliaire, et si la politique devait,
comme l'algèbre, aller du connu à l'inconnu. Une confes-
sion, semble-t-il, ne saurait être ni bien humiliante, ni
bien pénible, quand les événements lui ont donné de telles revanches et assuré de telles indemnités.

Et cependant, je veux le répéter avant de finir, je ne
sais trop si ces lacunes sont vraiment blâmables ou re-
grettables dans les *Mémoires* de M. Guizot, si on ne
pourrait pas traduire en leur honneur la vieille formule
romaine : *Sint ut sunt aut non sint*. Quel est aujourd'hui
le péril, le vrai péril des intelligences ? Ce n'est plus l'erreur persistante sur tel ou tel point discutable du présent ou du passé : c'est le scepticisme politique auquel
nous expose cette étrange série d'incidents, de catastrophes, d'opinions, de victoires et de défaites qui se contredisent, s'enchevêtrent, se fractionnent et se morcellent.
Un grand écrivain, un penseur éminent, un homme

d'État qui, du fond de sa retraite, viendrait nous dire :
« Je me suis trompé; si ce que j'ai fait était à refaire,
j'agirais ou je parlerais tout autrement; » aurait peut-
être raison, à ne consulter que les apparences ; en réalité, il nous rendrait un mauvais service. Ce n'est pas la
vérité qui profiterait le plus de ses aveux, mais ce dangereux penchant de l'esprit moderne, qui après tant de
mécomptes et de naufrages, tant de sujets donnés à notre
reine et maîtresse l'analyse, veut se reposer dans le
doute, sauf à se laisser tomber dans le vide. Les *Mémoires* de M. Guizot sont d'un meilleur exemple ; ils nous
disent comment une âme fortement trempée peut gran-
dir encore et s'affermir dans ses épreuves, se consoler,
en les racontant, de les avoir subies ; comment un
vaincu, en gardant sa ferme attitude, peut se faire envier
par ses vainqueurs et admirer par ses adversaires.

SAINT JÉROME ET SAINTE PAULE [1]

I

Juillet 1867.

Vous connaissez le joli conte de Voltaire, où l'on trouve ce vers :

Et, depuis quelque temps, j'ai choisi saint André.

moi, depuis quelque temps, j'ai choisi saint Jérôme ; je ne sais, mais il me semble que ce saint du Danube, anachorète croisé de journaliste, aurait aujourd'hui beaucoup à dire. Les séances de madame Rachel *sur* la jeunesse et la beauté lui rappelleraient ces élégantes patriciennes du quatrième siècle qui abusaient du blanc de céruse, du minium et du noir d'antimoine, pour suppléer à la fraîcheur de leur teint ou relever l'éclat de leurs

[1] *Saint Jérôme*, par M. Amédée Thierry ; — *Histoire de sainte Paule*, par M. l'abbé Lagrange.

yeux. Il demanderait aux lions de Batty s'ils n'ont pas
honte de faire réussir les nudités d'une féerie, eux dont
les ancêtres avaient noblement partagé sa mystique solitude. Génie indépendant, original et fier, d'une âpreté
savoureuse, ennemi du cérémonial et des conventions
mondaines, censeur impitoyable de la flatterie et du
mensonge, les textes ne lui manqueraient pas pour fla-
geller de sa rude éloquence la vanité des grandeurs de
ce monde, le zèle des courtisans, le luxe des fêtes, l'emphatique platitude des historiographes, le contraste des
prodigalités ruineuses avec les souffrances des pauvres.
Enfin, s'il lui plaisait de profiter de cet apparat, de ce
bruit, de cette cohue, de ces fausses joies, de ce vide
mal déguisé sous des fleurs artificielles, pour nous vanter les douceurs et les poésies du désert, j'affirme, faute
de mieux, qu'il aurait au moins un prosélyte.

Il est impossible de raconter la vie de saint Jérôme
sans parler beaucoup de sainte Paule, et il est tout aussi
difficile d'écrire l'histoire de sainte Paule sans rencontrer saint Jérôme à chaque page. On ne saurait donc s'étonner si M. Amédée Thierry et M. l'abbé Lagrange se sont
souvent trouvés dans leur récit en présence l'un de l'autre.
Faut-il ajouter qu'ils se contredisent ? Ce serait beaucoup
trop fort ; il existe pourtant dans leur manière de présenter les événements et les personnages des différences
notables, et c'est en discutant ces nuances que je vais
rendre compte de leurs livres.

Un mot d'abord sur l'état de l'Église au quatrième siècle. Prêtant également à l'admiration et à la critique, il

peut fournir des arguments bien contraires, suivant
qu'on est décidé à voir tout en beau ou disposé à tout
rembrunir.

Assurément, à ne consulter que les calculs de la sagesse
humaine, rien de plus triste que de voir le christianisme,
encore si près de son divin berceau, entamé déjà et
assombri par tout ce que la nature humaine a de plus misérable. Ce qui, dans ce spectacle, nous afflige le plus, ce
ne sont pas les hérésies; elles étaient prédites par les
Évangiles et les prophètes ; c'est de songer à quel point
les mauvaises passions de l'homme avaient été, en
somme, peu modifiées par cette date indélébile de régénération et de lumière. On voudrait que tout fût grand,
pur, bienfaisant, surnaturel, à une époque où vibrait la
grande voix des mystères et des miracles, où la chaîne
des traditions en était à ses premiers anneaux, où le pays
qui avait assisté aux scènes sublimes de la Rédemption
en gardait encore l'empreinte. On abaisse involontairement son regard ; on le promène de Rome à Constantino-
ple, et que voit-on? Le Bas-Empire, c'est-à-dire le synonyme de toute décadence sociale, intellectuelle et morale ;
toutes les forces actives, toutes les facultés de l'âme
absorbées dans un dédale de subtilités et d'arguties ;
des penseurs illustres, des hommes de génie et de science,
tels que Tertullien et Origène, n'ayant pas même le bénéfice de leur rôle d'apologistes et de confesseurs, et mou-
rant hors de l'Église ; des colères furieuses, des multitudes ameutées, des séditions meurtrières, le sang coulant
à flots, non pas pour une de ces causes qui peuvent don-

ner le change à notre orgueil — la patrie à sauver, la
liberté à défendre, un grand résultat à obtenir par un
effort héroïque, — mais pour une vétille, une préséance,
pour la question de savoir si tel mot doit s'écrire avec une
syllabe de moins ou de plus ; des querelles sacerdotales
s'armant du pouvoir civil et mêlant ainsi tout ce qu'il y a
de pire dans l'ordre spirituel et dans l'ordre temporel ; un
je ne sais quoi de louche, d'équivoque, de compliqué
dont se compose le type byzantin, et qui trouve moyen
d'enlaidir le crime et d'envenimer le vice; le manteau de
Basile sur le torse d'un satyre ; Rome païenne tombée en
ruines et en enfance ; Rome chrétienne en proie à des
divisions étranges qui nous montrent d'une part d'admirables vertus, de l'autre une population hybride, n'ayant
de chrétien que le nom, jouant la comédie d'une religion
dont elle ne pratique ni les dogmes ni la morale, perpétuel sujet de scandale ou de triomphe pour les adora-
teurs obstinés de Saturne et de Jupiter.

Ces vertus mêmes auxquelles nous rendons hommage,
que d'objections ne soulèveraient-elles pas, si on les
jugeait au point de vue de la raison et de la société moderne? D'abord, presque toutes ont leur envers : Jérôme
a pour envers Rufin, odieux homonyme de cet exécrable
Rufin, préfet du prétoire et ministre d'Arcadius, immor-
talisé par l'*abstulit hunc tandem* de Claudien. Paula ou
sainte Paule a pour envers Mélanie, une de ces volontaires
de la viduité errante ou claustrale ; Mélanie qui semble
créée tout exprès pour nous faire voir, dans une situation
analogue, où mènent l'abus et l'excès de ces vocations

7.

particulières qui jetaient alors certaines âmes hors de la
nature, de la famille et des devoirs de la vie commune.

Les objections s'arrêtent-elles là? non, et il est bien
entendu que nous raisonnons ici en moraliste d'une
société et d'un siècle rentrés dans les voies ordinaires.
Qui oserait aujourd'hui conseiller à une femme restée
veuve avec quatre filles et un fils en bas âge, de quitter
son pays, d'abandonner ses enfants, de dépenser toute sa
fortune en fondations pieuses, et d'aller créer, à 200 ou
300 lieues de son foyer, un monastère exposé d'a-
vance à tous les périls de la guerre, de l'invasion et du
schisme? On regarderait, de nos jours, comme un fanatique ou un fou l'homme qui conseillerait la virginité en
thèse générale et absolue, et qui engagerait les maris et
les femmes à vivre comme frère et sœur; conseil que
bien des maris de ma connaissance se hâteraient de prendre au pied de la lettre et qui les mènerait partout
ailleurs qu'à l'édification de leur prochain. A tous moments, dans le récit de M. Amédée Thierry et même à
travers les pieuses réticences de M. l'abbé Lagrange, on
se sent arrêté par un détail, un trait de mœurs et de
caractère, qui donne envie de protester ou de murmurer.
Chose singulière! Les martyrs des premiers siècles, les
confesseurs de la foi nouvelle, les chrétiens des Cata-
combes, tous ces groupes intrépides d'apôtres, de disciples et de vierges, décimés par les empereurs et les
bourreaux, nous apparaissent tels qu'ils sont; des héros
incomparables qui n'ont pu tenir que de Dieu et de la
grâce divine la constance de leur foi et de leur courage.

Ils dépassent la nature, ils ne la contredisent pas ; ils humilient notre faiblesse, ils ne choquent ni notre esprit, ni notre cœur. L'or est sans alliage, et, chaque jour, la persécution, ce creuset céleste, en augmente la pureté et le prix. On voit, d'un côté, tous les vices du paganisme armés de l'omnipotence des Césars ; de l'autre, toutes les vertus du christianisme, sans arme, sans pouvoir, sans défense, protégées seulement par la certitude de souffrir pour la vérité. On ne se dit pas : Je voudrais bien avoir été à leur place !... Mais on est forcé de se dire : Vivant dans leur temps, placé dans la même situation, à moins d'être un sceptique ou un lâche, j'aurais essayé de les imiter.

Autour de saint Jérôme, rien de pareil. Le bien et le mal ne vont plus par lignes droites et ne procèdent plus par moyens simples. On dirait que les distances se sont accrues, que l'atmosphère s'est épaissie entre l'homme et le Calvaire. Le mal est au cœur de la place, dans la puissance temporelle de l'Église opprimée naguère, dans les richesses qui ont remplacé sa pauvreté, dans l'esprit d'erreur et de chicane qui a succédé aux persécuteurs. La sainteté même participe alors du malaise universel ; non pas que les sources en soient altérées ou taries ; témoins saint Augustin et saint Jérôme ! Mais désormais l'ennemi est à l'intérieur, et celui-là est plus difficile à reconnaître et à combattre. Quels sont les adversaires les plus acharnés de saint Jérôme ? Des moines, des prêtres, des évêques, des chrétiens orthodoxes qui le détestent ou des chrétiens égarés qui voudraient l'avoir pour complice. Toute sa vie, il est forcé de défendre la pureté de sa doctrine contre des hommes qui ne pardonnent pas à son génie de les reléguer dans l'ombre. Je ne crains pas de me tromper en affirmant que, parmi les demeurants du paganisme, ceux qui conservaient le goût des lettres et de l'éloquence, éprouvaient un secret penchant pour ce merveilleux improvisateur dont le langage nerveux, coloré, original, saisissant, tuait la vieille rhétorique et rajeunissait une littérature appauvrie. Les haines implacables dont les signaux se croisèrent sans cesse de Rome à Jérusalem, agissaient et parlaient au nom de cette vérité qu'il ne se lassait pas de défendre ; elles portaient le même habit que Jérôme et priaient aux mêmes autels.

Savez-vous à qui je le compare, toute proportion gardée entre les caractères et les temps? Au P. Lacordaire. Les deux génies ne sont pas de la même famille. Il y a chez le dominicain du dix-neuvième siècle des trésors de tendresse, des effusions de cœur et d'âme que l'on chercherait vainement chez saint Jérôme, bien qu'il ait souvent fait preuve, dans ses lettres, d'une sensibilité très-vive et très-vraie. En revanche, la raillerie, dont il se fit une arme si puissante, est presque inconnue à notre éloquent contemporain. Tous deux offrent pourtant ce trait de ressemblance, qu'ils ont eu à se méfier ou à se plaindre des inimitiés du *trop près* plutôt que des dissidences radicales. Comme saint Jérôme, le P. Lacordaire a exercé un mystérieux attrait et parfois une féconde influence sur les spirituels païens de son époque,

déguisés en indifférents, voltairiens ou libres penseurs.
Comme lui, il a été, ainsi que le prouvent plusieurs de ses
écrits, surveillé, dénoncé ou tracassé par ces gardiens
trop vigilants, ces casuistes trop timorés, qui croient défendre l'autorité, la tradition et l'orthodoxie quand ils
s'inquiètent pour le maintien de la routine ou les intérêts
de leur vanité.

A Rome, sans la protection du pape Damase, saint
Jérôme eût infailliblement succombé aux attaques d'une
partie du clergé romain. Celui-ci se liguait, au besoin,
avec l'aristocratie païenne pour feindre une indignation
ou une épouvante pharisaïque chaque fois que le grand
publiciste, emporté par la hardiesse de son génie et soutenu par le témoignage de sa conscience, risquait une
expression neuve ou plaidait une thèse d'apparence paradoxale. A Bethléem, dans le couvent créé par sainte
Paule et sa fille Eustochium, dans cette savante et pieuse
retraite dont saint Jérôme, à force de sainteté et de gloire,
avait fait le rendez-vous du monde chrétien, il n'était ni
plus tranquille, ni plus épargné. Rufin et Mélanie, ces
contre-épreuves poussées au noir de Jérôme et de Paule,
régnaient au monastère des Oliviers, leur création et leur
œuvre. Bethléem! Les Oliviers! Ne semblait-il pas que le
berceau du Sauveur et les témoins de son agonie dussent
être unis entre eux par des liens indissolubles, qu'un
même hymne d'amour et de paix dût s'échanger entre
l'étable où le Christ était né et les arbres qui avaient prêté
leur ombrage à son dernier sacrifice? Eh bien! non;
partout où l'homme passe, il faut qu'il apporte ses peti-

tesses et ses misères là où Dieu a laissé les traces vivantes
de sa grandeur et de sa bonté. Mélanie et Rufin furent
les vrais persécuteurs de Paule et de Jérôme ; ils eurent
pour auxiliaire Jean, évêque de Jérusalem ; même en
rabattant quelque chose des récits de M. Amédée
Thierry, on ne peut se défendre d'une tristesse profonde au spectacle de ces discordes qui démentaient
si violemment l'esprit évangélique sur les lieux mêmes
d'où l'Évangile était parti pour conquérir l'univers.

Jérôme, il faut bien l'avouer, prêtait quelque peu,
humainement parlant, sinon à la calomnie, du moins à la
controverse. C'est lui, on le sait, qui contribua plus que
tout autre à faire prévaloir la doctrine de la virginité
quand même, du renoncement absolu, qui, si on le
poussait à ses conséquences extrêmes, aboutirait à la fin
du monde ou le livrerait aux méchants. Ceci nous amène
à juger la conduite de sainte Paule d'après les données du
simple bon sens, et comme la jugeaient ses parents, ses
amis, le patriciat romain resté fidèle au polythéisme et
même la majorité des chrétiens retenus par les attaches
mondaines.

Paula était de naissance illustre ; le sang des Scipions
coulait dans ses veines, et son mari, non content d'une
noblesse historique, prétendait être de la race d'Aga-
memnon, *qui ne finit jamais*. Encore plus riche que
noble, chrétienne de conviction et de cœur, douée de
toutes les vertus solides et de toutes les qualités aimables,
Paula pouvait faire un bien immense dans sa famille et
son entourage. Son mari meurt, lui laissant quatre filles,

Blesilla, Eustochium, Paulina et Rufina, et un fils, Toxotius, encore enfant. Ses joies maternelles devaient la protéger à la fois contre les désespoirs et les tentations du
veuvage. Ses enfants à élever, les pauvres à secourir, de
beaux exemples à donner, des païens à convertir, la
chasteté chrétienne à opposer à la corruption romaine,
une ligne droite à suivre avec le ciel pour horizon et la
charité pour guide, quel admirable programme! Il ne
suffit pas à cette soif de perfection qui déjoue toutes nos
idées vulgaires. Paule commence par créer, à Rome
même, un premier essai de vie religieuse sous le nom
d'Église domestique. L'aînée de ses filles, la plus charmante selon le monde, Blesilla, après quelques années
d'élégance et de dissipation patricienne, se convertit,
rivalise d'austérités avec sa mère et ses pieuses compa-
gnes, tombe malade et meurt.

C'est alors que, jetée hors des voies communes par
cette nouvelle douleur, dégoûtée de Rome par la mort de
Damase, les tribulations et le départ de Jérôme, entraî-
née par une nostalgie de Terre Sainte, Paule part pour
Jérusalem, emmenant avec elle Eustochium, mais laissant
au logis ses trois plus jeunes enfants, Paulina,
Rufina et Toxotius, qu'elle ne doit plus revoir !

Ce voyage, très-facile aujourd'hui, plein de périls et
de fatigue à cette époque, est raconté avec beaucoup de
charme par M. Amédée Thierry et par M. l'abbé Lagrange.
Nous n'oserions faire pencher la balance entre les deux
écrivains. L'historien — nous allions dire l'hagiographe —
de sainte Paule, a mis notamment dans cette partie de

son ouvrage une onction pénétrante qui va au cœur. On
sent que, lui aussi, il est attiré par le mystique aimant
vers ces lieux saints qui seraient encore les plus poétiques du monde, les plus dignes de parler à l'imagination et à l'âme, quand même ils n'auraient pas reçu une
consécration supérieure à toutes les poésies. On comprend qu'il les a parcourus en artiste et en prêtre, qu'il
s'est imprégné de leurs parfums; en dehors de toute
objection de détail, ces beaux noms, évoqués par cette
plume chrétienne, produisent sur nous une impression irrésistible. Ce sont comme des ailes d'aigle ou de colombe
qui nous emportent vers les cimes de l'Horeb et du
Carmel.

Dirai-je que l'abbé Lagrange, malgré sa conviction et
son talent, ne m'a pas persuadé? Ce serait trop dire, et
telle ne sera point, à Dieu ne plaise! la conclusion de
cette étude. Mais, pour un moment encore, je reste neu-
tre, et, si je ne craignais de parodier un mot pathétique,
j'ajouterais que j'en appelle à toutes les mères. Paula
brisait tous les liens de la sociabilité et de la vie de
famille ; elle pouvait être accusée de rompre l'équilibre
des vertus et des devoirs, de sacrifier le nécessaire au
superflu. Ses trois plus jeunes enfants restaient à Rome,
seuls, sans appui, exposés à des influences contradictoires. Elle dissipa leur fortune et la sienne, sapant ainsi la
tradition domestique par ses deux bases, l'éducation maternelle et le patrimoine. Assurément, sa présence et
son installation à Bethléem ne furent pas perdues pour
l'Église ; elle donna l'impulsion à des sacrifices admira-

bles ; elle anima de son souffle toute cette colonie qui
vivait de ses bienfaits et de ses exemples ; elle inspira le
génie et piqua au jeu l'érudition de saint Jérôme ; c'est à
elle que l'on doit l'initiative de ces beaux ouvrages qui
tiennent une si grande place dans la littérature sacrée ;
mais, encore une fois, ses enfants? Elle apprit leur mort,
doublement séparée d'eux par de vastes espaces et par
cette autre distance que la vie monastique interpose
entre le cœur et les objets naturels de sa tendresse. Elle
les pleura, mais ce n'est pas si loin du lit de mort des
enfants que doivent tomber les larmes de leur mère. Il y
a des œuvres originales dont on dit que n'ayant pas de
modèle, elles ne peuvent pas en servir. Cet éloge et cette
restriction s'appliquent, selon nous, à des vies pareilles
et à de semblables vertus. En doutez-vous? Essayez de
descendre d'un degré l'échelle de beauté morale ; vous
arrivez à ces vulgaires épisodes d'enfants sacrifiés, à ces
litiges entre couvents et familles, qui ont trop souvent
fourni des textes ou des prétextes aux déclamations et
aux épigrammes ; ou mieux encore, pour rester dans
notre sujet, vous arrivez à Mélanie. Mélanie n'a plus rien
d'humain ; elle commence comme une sainte et finit
comme une mégère. Elle abandonne son fils, à peine âgé
de cinq ans ; lorsque ce fils, bon et heureux malgré elle,
est devenu le mari d'une pieuse et aimable femme, elle
fait tout ce qu'elle peut pour les séparer. Complice de
Rufin dans toutes les basses manœuvres dirigées contre
saint Jérôme, elle devient le fléau de cette religion à
laquelle elle a tout immolé.

Maintenant, comment se fait-il que le blâme, au moment de se formuler, se change, devant saint Jérôme et sainte Paule, en admiration et en respect? Comment une époque d'exception demandait-elle des vertus exceptionnelles? Comment notre morale, bonne au fond et applicable, doit-elle se récuser ici? Étant donné l'état des âmes et du vieux monde à la fin du quatrième siècle, comment M. Amédée Thierry n'a-t-il pas toujours été juste, et comment M. l'abbé Lagrange a-t-il peut-être été trop timide? Ce sera le sujet d'un second article.

II

Dans la première partie de ce travail, nous n'avons rien dissimulé de ce qui place, selon nous, la doctrine de saint Jérôme et l'histoire de sainte Paule en dehors des règles ordinaires du devoir et de la vie.

Il est évident qu'une société régulière, une morale établie, une civilisation favorable à la stabilité et au développement de la famille, auraient le droit de dire à ces fanatiques de veuvage et de cloître, de virginité et de désert : Allez! rompez tous les liens qui vous attachent au monde; sacrifiez à votre idéal de sainteté tous les êtres qui vous sont chers et que Dieu lui-même vous ordonne d'aimer. Abandonnez votre patrie, laissez crouler vos maisons, dépouillez-vous de tous vos biens pour être sûrs de vivre pauvres et de mourir insolvables; imitez à votre

guise cette *folie de la croix* qui a triomphé de toutes les
sagesses; enivrez-vous de ces mystiques extases auxquelles un soleil de feu communique ses ardeurs et qui
demandent à l'immensité des solitudes un avant-goût de
l'infini céleste. Oui ; mais, après, ne vous étonnez pas si
les places que vous quittez sont usurpées par le vice et
le mensonge. Les passions de l'homme n'abdiquent jamais, et, en enlevant au bien son équilibre, vous ôtez au
mal son contre-poids. Ce mal sera de deux sortes. Près de
vous, il exagérera votre langage, se parera de vos couleurs,
abondera dans votre sens, se fera votre plagiaire et votre
émule, en attendant qu'il soit votre espion et votre dé-
lateur; car c'est le trait distinctif des vertus d'exception,
qu'il suffit d'un abus ou d'une déviation légère pour leur
faire produire d'odieuses conséquences. Bonnes pour les
âmes d'élite, funestes aux âmes faibles ou basses, les
vocations excessives ressemblent à ces liqueurs qui se
conservent dans les vases d'or et s'aigrissent dans les
vases de cuivre.

Loin de vous, le mal s'emparera de tout le vide que
vous aurez fait. N'ayant plus à redouter vos leçons et vos
exemples, il s'installera en maître. Plus vous vous effor-
cerez d'échapper aux conditions de la nature humaine,
mieux il réussira à la prendre pour complice, à la séduire
par le contraste de ses faciles maximes avec vos préceptes impraticables. Tandis que vous vous élèverez dans
les sentiers de l'impossible, il se postera sur la grande
route, détournant à son profit les consciences hésitantes
qui auraient pu se partager entre ses influences et les

vôtres. Étrange travail, bizarre propagande, qui, procédant par les contraires, supprimerait à la longue les honnêtes gens, les mères de famille, la moyenne des vertus et des vices, pour ne laisser de places qu'aux athées et aux mystiques, aux libertins et aux ascètes!

Tout cela est vrai, d'une vérité relative comme presque toutes les vérités. Mais, pour parler ainsi, il faudrait que la société pût croire en elle-même ; pour avoir le droit de tenir ce langage, il faudrait que la famille fût sûre de son lendemain : pour faire accepter ces objections raisonnables, il faudrait que la civilisation opposât quelques forces vives à ceux qui veulent la détruire, offrît à ceux qui la servent quelque gage de sécurité.

Or jetons un regard rapide sur l'Empire romain au quatrième siècle. Je dis l'Empire romain ; il serait plus exact de dire le vieux monde, dont Rome avait cessé d'être le centre unique, puisque l'empire d'Orient en prenait la moitié. Ici comme là, dans la capitale de Constantin comme chez l'antique souveraine des rois et des peuples, ce sont, sous des formes diverses, les mêmes symptômes. On sent qu'une amélioration quelconque n'est pas possible, et ne serait ni efficace, ni suffisante : c'est la destruction qu'il faut, une destruction féconde d'où sorte un nouvel univers. Partout se manifeste une lassitude de vivre, une négation ardente de toutes les lois de conservation, de tous les intérêts de durée ; négation et lassitude que ne peuvent vaincre ni les calculs du bien-être, ni les voluptés profanes, ni les affections de la famille, ni les devoirs de la vie publique, ni les menaces du bar-

bare ennemi qui s'agite aux frontières de l'Empire. Non ;
les plaisirs ne suffisent plus, parce que l'homme a entrevu dans une révélation soudaine les joies célestes et
les ivresses infinies ; la famille ne dit plus rien, parce que
les âmes aspirent à une famille idéale où les liens de
frère et de sœur, de père et de fils, d'époux et d'épouse
se détendront sur la terre pour se resserrer dans le ciel.
La patrie n'attache et n'exalte plus, parce que, dans cette
immense dissolution de tous les éléments de la vie civile,
on n'a plus de refuge que dans la patrie invisible et immortelle.

Le vieux monde, en un mot, comprend qu'il va finir
ou se régénérer par des moyens tout autres que les
moyens humains. Dès lors, il est facile de s'expliquer ce
qui, à distance, nous semblait inexplicable. Puisque la
société n'avait plus que le choix entre la mort ou le suicide d'une part, et, de l'autre, une régénération surnaturelle, il n'est pas étonnant que toutes les facultés de
l'homme, tous les ressorts ordinaires de ses pensées et
de ses actions fussent, à ce moment, absorbés et remplacés par un seul mobile, les passions religieuses. Il n'y
y a plus lieu d'affecter une ironique surprise, si, aban-
donnant tout ce qui fait battre son cœur ou captive son
intelligence, l'homme se livrait avec une ardeur exclusive
à ces subtilités de dogme et de doctrine qui nous paraissent aujourd'hui oiseuses et puériles.

Qu'allait être, que pouvait être, à cette heure suprême,
cette société agonisante ? Païenne ? L'essai de Julien,
l'espèce d'impossibilité monstrueuse contre laquelle il

s'était brisé, ne laissait là-dessus aucun doute, et pas
n'est besoin de représenter Julien comme un infâme scélérat pour tirer du grotesque avortement de sa tentative
tout l'enseignement qui en résulte. Barbare? c'était le
plus vraisemblable, et, alors, à quoi bon vivre? Pourquoi
maintenir intactes la famille, la propriété, la fortune
privée et publique? Quelle résistance matérielle ou morale opposer à ces masses formidables, à ces tourbillons
armés, qui devaient tout anéantir, et dont le pressentiment populaire faisait les représentants visibles de la colère de Dieu? Chrétienne? oui; là était l'unique chance
de salut; mais alors ce qui importait à l'humanité, ce
n'était plus ses appuis habituels; ce n'était pas de ré-
parer les maisons, d'amasser des richesses, de perpétuer
les familles et de recruter des armées; c'était de créer
une phalange de héros, c'est-à-dire de saints; car les
héros de cette époque ne pouvaient être que les saints ;
c'était d'élever une force mystérieuse, une muraille vivante entre ces terribles envahisseurs dont on entendait
déjà retentir les pas et les armures, et ce qui pouvait
encore être sauvé au milieu de tous ces débris.

A cette tâche les vertus ordinaires, même chrétiennes,
ne suffisaient pas. Les persécutions avaient cessé : l'Église,
traitée en égale ou en souveraine par les puissances de
la terre, participait de leur décadence et de leur faiblesse. Les hérésies altéraient cette séve nouvelle que le
christianisme avait infusée dans des veines appauvries.
Le martyre n'était plus là pour tout retremper dans ses
victorieuses souffrances et donner à la foi autant de dé-

fenseurs qu'il versait de gouttes de sang. Il fallait donc déplacer l'atmosphère sociale et morale, changer toutes les relations de conscience et de cœur, mettre l'inconnu dans le devoir comme il existait déjà dans les intimes angoisses de cette société qui voulait mourir pour revivre. Il fallait des aspirations plus hautes, plus absolument détachées de tout intérêt terrestre et de toute affection humaine. Nous voici revenus bien près de saint Jérôme et de sainte Paule.

Le dégoût de ce qui était, le pressentiment, de ce qui allait être, la certitude de ne pouvoir se sauver que par l'intervention divine, la nécessité de conjurer une situation extrême par d'extrêmes vertus, c'est plus qu'il n'en faut, non pas pour justifier Paule et Jérôme, — ce mot serait presque une offense — mais pour réintégrer dans notre admiration respectueuse ce qui, dans la détermination de l'une et les préceptes de l'autre, semble défier la prudence mondaine.

Ils vont où Dieu les mène, où les attire la mystique étoile, où les pousse le souffle invincible, souffle de mort qui ranimera la vie, vent du désert qui doit repeupler le monde. Autour d'eux se groupent, soit à Rome, soit en Terre Sainte, des patriciens, des sénateurs, des veuves, des jeunes filles, héritières des grandes familles romaines ; tous sont voués à la même œuvre ; tous veulent faire du suprême abandon l'éternelle conquête. A quoi bon donner quelques générations de plus à cette noblesse qui a fait son temps, qui n'est plus qu'un fantôme assis sur des ruines ? C'est d'une autre noblesse qu'il s'agit ; les

Scipion, les Camille, les Paul-Émile n'auront plus de descendants ; qu'importe? Ceux en qui ces grands noms vont s'éteindre deviendront à leur tour des ancêtres.

Le désert, ai-je dit ? Saint Jérôme et sainte Paule visitèrent ou connurent par leurs disciples ces géants de la vie solitaire, les Antoine, les Macaire, les Hilarion, les Pacôme, hommes étranges qui confondent l'imagination et auxquels on ne peut songer sans vertige. Ils s'incrustent dans le roc, ils s'enveloppent dans le sable, ils vivent en commun avec les lions et les aigles. On dirait des êtres intermédiaires entre les anges et les bêtes sauvages; ils ne tiennent plus à la terre que par un fil invisible ; chez eux, le corps est si bien annihilé qu'il ne garde un semblant de vie que pour laisser à l'âme le temps de s'acclimater dans le ciel. Leur sainteté fait l'effet d'une pétrification sublime. J'aurai bientôt, en vous parlant d'un des plus beaux livres de notre époque, l'occasion de signaler les différences entre le moine d'Orient et le moine d'Occident. Elles s'expliquent par les influences du climat et de la race, par les diversités profondes de la tâche à accomplir. L'un contemple, l'autre agit; l'un, achevant son extase dans la lumière et le soleil, ne sait plus ce qui se passe ici-bas et n'a plus de contact qu'avec ces régions célestes qu'il croit sentir à la portée de sa main; l'autre, travaillant sur un sol lointain, sous la brume et les nuages, a conscience de l'effort nécessaire pour déchirer ces voiles et remettre l'homme en la présence de Dieu. Celui-là, placé à l'extrémité d'une société qui finit, n'a plus à s'occuper d'elle, et peut se complaire dans un égoïsme divin ; celui-ci, jeté au seuil d'une civilisation qui commence, sait qu'il en répond devant son maître, et que c'est de lui qu'il dépend de la purifier, de la nourrir et de l'instruire. Le moine d'Orient est le passé, le moine d'Occident est l'avenir, avec l'éternité pour trait d'union.

On peut comprendre maintenant la critique que nous adresserons à M. Amédée Thierry et celle que nous paraît mériter le livre de M. l'abbé Lagrange.

M. Amédée Thierry — et nous sommes loin de lui en faire un reproche — s'est passionné pour saint Jérôme. Mais il l'admire en artiste, en homme du monde, frappé de cette grande et originale figure, et il a parfois le tort de juger d'après les idées de notre temps ce qui n'est vraiment beau que si l'on ne perd pas de vue les conditions particulières de l'époque où saint Jérôme écrivit ses ouvrages et exerça sa mission. Il y a, dans ces récits un singulier mélange d'impartialité et d'injustice : impartialité, chaque fois qu'il met en relief les vertus et le génie du saint dont il nous raconte l'histoire, chaque fois qu'il retrace ces luttes vaillantes contre l'erreur et le vice, qu'il nous le montre assailli tour à tour par les colères du paganisme et les haines ombrageuses d'une fausse orthodoxie; injustice, lorsque, sans tenir compte du moment et des circonstances, il s'attache à prouver ce que certaines doctrines de saint Jérôme eurent d'excessif, ce qui choque la raison vulgaire dans ce perpétuel sacrifice des intérêts et des sentiments humains à une vocation surnaturelle. Dès lors cette belle et sainte

8

vie change de caractère : l'humanité reprend ses droits
dans cet ensemble où il faut tout rejeter ou tout admettre,
et qui existe par des causes supérieures aux procédés de
la critique et de l'analyse modernes. Je ne vois plus qu'un
artiste de talent, ayant à peindre un tableau religieux, et,
au lieu de s'inspirer de la foi de ses modèles, au lieu de
se transporter dans l'atmosphère où ils ont vécu, les ramenant à lui pour en faire ses contemporains.

Dès lors aussi, l'existence et l'influence de saint Jérôme,
la grande place qu'il occupe dans les annales de l'Église,
le noble groupe dont il est le guide, qu'il enflamme de
son éloquence et qu'il entraîne sur ses pas, tout cela ne
forme plus qu'un glorieux épisode, sans horizon et sans
lendemain, parlant à l'imagination, mais discuté par la
conscience et condamné par le bon sens. Tout cela con-
tracte un je ne sais quoi d'accidentel dont on n'aperçoit
que les conséquences immédiates : Rome dépeuplée,
l'antique société tombant en lambeaux, les fortunes en-
glouties, les grands noms éteints, les maisons illustres
frappées de stérilité et de mort, la place livrée aux barbares, l'abandon des enfants, la dispersion des familles.

M. Thierry ne refuse pas ses sympathies aux femmes vraiment dignes d'être les disciples de saint Jérôme, et qui,
étroitement unies à sa mémoire, ne pourraient être mé-
connues sans qu'il en fût lui-même défiguré ou amoindri.
Pourtant, si Albina, Paula, Marcella, Blesilla obtiennent
grâce devant le sénateur-historien, si Eustochium nous
apparaît dans son livre avec toute sa grâce virginale, il
insiste trop et trahit ses préoccupations trop modernes,

dès qu'il peut surprendre une dissonance dans cette
pieuse harmonie. Passe pour Mélanie et Rufin, pour
lesquels il n'y a pas à plaider de circonstances atténuantes ; ils servent de repoussoirs à Paule et à Jérôme,
et, en se déclarant contre notre saint, ils ont violemment
séparé leur cause de la sienne. Mais Fabiola ? Mais Furia ?
M. Amédée Thierry est-il juste ? Est-il même exact ? Obs-
tiné à faire la part de l'humanité — j'allais dire du diable
— dans l'oratoire du mont Aventin, il nous représente
Fabiola un peu trop semblable à ce personnage de la
Henriade,

> Qui prit, quitta, reprit la cuirasse et la haire.

passant du monde à Dieu et de Dieu au monde, ardente
au plaisir, mondaine par goût, dévote par passion, affligée
de deux maris vivants, ce qui ne pourrait la rattacher au
système favori de saint Jérôme que si deux affirmations
valaient une négation. Quant à Furia, « qui apportait au
« sein de l'humilité chrétienne les plus hautes préten-
« tions aristocratiques, » si cette descendante de Camille
était en effet trop fière, si cette veuve songeait à se re-
marier, ces faiblesses, fort peu authentiques d'ailleurs,
ne sauraient compromettre la communauté de l'Aventin ;
car Furia, à cette époque, n'avait que cinq ou six ans, et
saint Jérôme, dans la seule lettre qu'il lui ait écrite, dit
nettement qu'il ne l'a jamais vue.

Ces détails sont assurément très-secondaires ; mais
ils suffisent pour faire mieux comprendre ce que nous

reprochons à M. Amédée Thierry tout en reconnaissant le vif intérêt de ses récits et le mérite de son ouvrage. C'est un sénateur jugeant un saint ; un sage, soumettant au contrôle de sa sagesse des choses qui seraient folles si elles n'étaient divines ; c'est un amateur de chefs-d'œuvre coupant dans une toile un portrait qu'il admire, et le détachant de son cadre.

Prenez l'envers de cette critique, et vous aurez mon opinion sur le livre de M. l'abbé Lagrange. Il l'a écrit avec son âme, avec toute l'ardeur communicative de sa piété et de sa foi, ce qui ne fait tort, Dieu merci! ni à l'élégance du style, ni à la beauté des descriptions, ni à cette faculté précieuse de donner aux lecteurs l'envie de s'offrir comme compagnons de pèlerinage à travers ces grands souvenirs et cette terre sacrée. Seulement, si le laïque s'accuse trop chez M. Amédée Thierry, l'abbé Lagrange est trop souvent dominé par une sorte de pudeur sacerdotale : il ne montre qu'un côté des questions et une face des événements, comme si l'autre pouvait être dangereuse ou redoutable.

Le biographe de sainte Paule glisse trop légèrement et trop vite là où l'historien de saint Jérôme insiste trop complaisamment ; il rejette ou maintient dans une ombre discrète ce que l'écrivain profane étale sous un jour trop vif. C'est à peine s'il nous laisse voir Mélanie et Ruffin dans l'odieuse vérité de leur antagonisme contre Jérôme et Paule. C'est à regret qu'il renonce à faire de Mélanie une sainte. Il a des respects exagérés, des prétéritions timides, des frayeurs de sensitive toutes les fois qu'il faudrait raconter le mal, constater l'inconvénient ou avouer l'excès. Il ne semble pas se douter, en plein dix-neuvième siècle, des objections qu'éveillent tous ces détails de sainteté et de renoncement à outrance, cette façon, par exemple, d'offrir à Dieu le premier enfant des familles chrétiennes, c'est-à-dire de vouer au cloître et à la virginité un petit être dont on ne sait rien encore et dont on peut, par ce vœu imprudent, faire le malheur sur la terre sans aucun profit pour le ciel. Il n'a pas l'idée d'écrire ou de laisser deviner en marge de toutes les pages où revivent ces vertus extraordinaires : « admirable, mais non imitable. »

En d'autres termes — et l'on pouvait s'y attendre — M. Amédée Thierry a avancé de quinze cents ans ; M. l'abbé Lagrange a reculé de quinze siècles : le premier a forcé saint Jérôme de devenir notre contemporain ; le second est devenu le contemporain de sainte Paule.

Mais suis-je sûr, à mon tour, de ne pas m'égarer dans ces distinctions subtiles ? Ce n'est pas ainsi que je voulais conclure ; je voulais dire : Prenons garde ! nous n'avons plus, parmi nous, de sainte Paule et de saint Jérôme, et s'il y a eu dans leurs vertus quelque chose d'excessif, c'est un genre d'excès dont il est parfaitement inutile de dissuader notre siècle. Ce qui leur donnait raison, ce n'était pas seulement la religion qui les compte dans son nobiliaire, c'était l'état misérable de la société de leur temps. Eh bien ! sommes-nous assurés contre le retour des mêmes misères ? La corruption des mœurs, l'abaissement des caractères, la vénalité des consciences, la dé-

8.

gradation des âmes, l'oubli de toutes les grandes idées au profit d'intérêts vulgaires et de honteux plaisirs, la controverse puérile substituée à la discussion libre et vivante, l'ignoble mélange d'effronterie et de servilisme, le règne du simulacre, du cérémonial et du mensonge, tous ces maux, et d'autres que je sais, et beaucoup que j'oublie, étaient-ils donc le partage exclusif du quatrième siècle? Ont-ils absolument disparu avec le Bas-Empire? Sommes-nous certains qu'il n'y a plus de barbares? Ne connaissons-nous pas des Claudiens qui insultent les majestés tombées, des sophistes croisés de courtisans qui flattent les mauvaises passions populaires? Ne peut-il pas revenir, le moment où l'idéal vaincu par les orgies de la matière, nous dira comme Blanca au dernier de Abencérages : Retourne au désert? Ne soyons donc ni si raisonnables, ni si fiers. Au lieu de chicaner saint Jérôme et sainte Paule, tâchons de nous préserver des vices qui *légitimaient* ces vertus.

M. DE MONTALEMBERT [1]

I

Août 1867.

Il y a des ouvrages que leur médiocrité dérobe à la critique; il en est d'autres qui lui échappent par l'excès contraire; ils sont si beaux qu'ils nous découragent; ils effrayent notre faiblesse; ils déconcertent nos habitudes d'analyse; ils ne laissent point de place à ces réserves plus ou moins piquantes dont nous aimons à entremêler nos plus sincères louanges.

Obligé par état de lire les livres qui me sollicitent, j'ai parfois le chagrin d'omettre ceux qui me laissent à l'écart, soit qu'ils espèrent se confier à un plus digne, soit que le sentiment de leur force n'ait rien à attendre de mon infirmité. C'est ainsi que j'étais arrivé jusqu'à ce

[1] *Les Moines d'Occident.*

moment sans avoir lu *les Moines d'Occident*, de M. de Montalembert ; non-seulement la seconde partie, dont la publication est récente, mais les deux premiers volumes, qui datent de 1861. Je m'accuse de ce retard, je ne m'en plains pas ; je lui dois une des jouissances les plus élevées et les plus exquises qui puissent consoler nos tristesses. De l'éloquente introduction qui n'a pas moins de trois cents pages et qui est à elle seule un livre, jusqu'à cet épilogue sur l'*armée du sacrifice* que je n'hésite pas à qualifier de sublime et où le chrétien de génie a pour jamais consacré la paternelle blessure, j'ai pu embrasser, sinon dans son ensemble définitif que l'on ne possède pas encore, au moins dans toute l'harmonie du péristyle et des lignes principales, ce monument qui suffirait à la gloire d'un écrivain et où se révèle à chaque pas une âme fière et tendre, ardente et virile, servie par un admirable talent.

On goûte un charme inexprimable à se laisser entraîner par ce souffle puissant et pur qui nous emporte naturellement sur les hauteurs, comme d'autres nous font descendre au niveau des plus basses réalités. Les hagiographes nous parlent de ces saints qui, dans leurs effusions mystiques, avaient le don de s'élever au-dessus du sol, comme si la prière et l'extase leur prêtaient des ailes et les faisaient participer de la nature des anges. On éprouve ou on devine une sensation analogue en lisant M. de Montalembert. Il semble que, si l'on résistait à cet appel de toutes les forces vives de la poésie et de la foi, on n'aurait pas plus d'excuse que le voyageur qui refuserait de suivre son guide à travers les paysages alpestres, et lui dirait : Vous me faites respirer un air balsamique, imprégné du vague parfum des plantes aromatiques et des essences résineuses : vous me faites contempler le soleil levant sur des cimes que le pied de l'homme n'a pas foulées et dont les neiges se teignent de rose aux doux rayons du matin ; ces grands spectacles me causent une incroyable impression de bien-être qui redouble en moi le sentiment de la vie, ranime mon corps, dilate ma poitrine, dissipe mes molles langueurs, exalte mon imagination, purifie mon intelligence, me rapproche de ce Dieu créateur que j'entrevois dans toutes ses magnificences... Eh bien! je n'en veux pas ; je vous quitte et retourne en arrière ; je vais retrouver les marécages de la plaine que nous traversions tout à l'heure et dont j'ai eu peine à secouer la boue !

Ces images sont usées, je le sais; mais je n'en ai pas trouvé de meilleures pour exprimer le bienfait de cette lecture. Tandis que se soulevait à mes yeux « le voile de l'oubli et de l'indifférence qui s'est abaissé entre nous et ces siècles lointains, » tandis que sortaient de l'ombre et se dressaient devant moi les héros de cette épopée chrétienne, les conquérants pacifiques de l'Europe barbare, Benoît, Grégoire le Grand, Columba, Patrice, Wilfrid et tant d'autres, je ne vivais plus de notre vie moderne, si plate, si froide, si vulgaire, en dépit des prétendues merveilles de l'industrie et du progrès. Je parcourais en idée ces âges de floraison mystérieuse et de vertus surnaturelles qui créèrent comme une seconde

Église primitive, et rachetèrent une seconde fois le monde partagé entre la corruption de la veille et la barbarie du lendemain. Je me reportais à cette heure si courte de notre jeunesse , où le romantisme nous apparaissait comme l'intime et féconde alliance de la jeune liberté avec le moyen âge chrétien, où la poésie nouvelle semblait n'avoir de fleurs que pour orner le sanctuaire. Dans cette phase rapide, bientôt suivie de tant de déceptions et de ruptures, M. de Montalembert était déjà l'interprète éloquent et inspiré de la renaissance poétique et catholique. Il la dégageait des derniers restes de mauvais goût et de sensiblerie chevaleresque qui l'avaient d'abord défigurée et compromise ; il la défendait contre le vandalisme des bureaux, le badigeon des sacristies, les variations et les frivolités de la mode; il l'évoquait dans ses écrits, il la poursuivait dans ses voyages. C'est elle qui, visible à ses regards sous les yeux d'une sainte, lui dicta les pages enchanteresses d'*Élisabeth de Hongrie*. Dès cette époque, pour me servir d'une expression qui est de lui, « il priait là où les autres rêvaient. »

Aujourd'hui, dans un cadre plus vaste, en tête d'une œuvre plus monumentale, avec toutes ses qualités mûries par l'épreuve, le combat et la souffrance, nous le retrouvons encore tel qu'il fut au début ; car c'est là un trait caractéristique de cette figure *passionnante* et passionnée. M. de Montalembert, en dehors des événements qui ont marqué sa vie publique de leur empreinte, est resté ce qu'il a été d'abord : le *romantique* et le *libéral* du bon moment de la Restauration, de ce moment fugitif, unique, maintenant presque imperceptible, où le libéralisme n'était pas encore le complice et la dupe de la démocratie, où le romantisme signifiait réhabilitation de l'art catholique étouffé pendant deux ou trois siècles sous les feuilles d'acanthe de l'art grec, romain et païen. Dans ce groupe de la première aurore, où il put appeler Lamennais son maître et Victor Hugo son ami, la plupart ont dévié; plusieurs sont tombés ; pour un grand nombre le point d'arrivée aura été diamétralement contraire à ce que promettait le signal du départ. Lui seul n'a pas changé, et ce beau livre, *les Moines d'Occident*, résume l'accord suprême entre son adolescence et sa maturité.

Jamais écrivain et sujet ne furent mieux faits l'un pour l'autre. Il y avait bien des manières diverses de traiter de cette conquête de l'Occident par les moines. Sans parler du dénigrement systématique, de la raillerie voltairienne, qui révolterait aujourd'hui toutes les intelligences droites, il est facile, même sans parti pris hostile et malgré des études profondes, de commettre bien des injustices de détail : je n'en voudrais pour preuve que certaines pages d'Augustin Thierry. On connaît, en outre, ce procédé plus actuel, plus dissolvant peut=être, qui consiste à dire : Oui, ce sont là de grandes figures, des vertus surhumaines, des œuvres créées et fécondées par une sorte d'inspiration divine : nous nous inclinons avec une respectueuse tristesse devant ces illustres ruines des époques de foi; mais enfin ce sont des ruines. Qu'est-ce qu'une dizaine de siècles dans les destinées

d'un monde qui ne croit plus pouvoir finir depuis qu'il
n'est plus sûr d'avoir commencé? Ces moines étaient des
héros, des saints, des savants, des travailleurs infati-
gables ; ils ont creusé le roc, dompté le chêne, chassé
les bêtes fauves, bâti des édifices admirables, sauvé les
lettres, fertilisé la terre, adouci les mœurs, préparé la
civilisation qui les dédaigne ou les repousse, nourri les
pauvres qui ne peuvent plus vivre de leurs dépouilles,
protégé les petits contre les grands, et les faibles contre
les forts. Tout cela est vrai ; mais, à présent, la sainteté
n'est plus qu'une pâle copie de ces modèles : l'héroïsme
a d'autres champs de bataille, la science porte d'autres
habits, le travail se produit sous d'autres formes ; c'est
l'industrie qui abat les chênes et perce les montagnes :
il n'y a plus d'animaux féroces que dans des cages où,
sous la cravache d'un dompteur pailleté, ils servent aux
plaisirs du public ; la population des campagnes ne doit
plus qu'à elle-même la fertilité des terres qu'elle cul-
tive ; ce sont des architectes patentés qui construisent les
édifices et les revêtent de marbre, d'or et de porphyre ;
la civilisation n'est plus en tutelle ; les lettres se sauvent
en permanence par leurs propres moyens de salut et de
sauvetage ; elles se soutiennent simultanément par le
décorum, la décoration et le décor; les mœurs sont
d'une douceur que troublent à peine quelques assassi-
nats ; la question du paupérisme est en bonnes mains,
entre les statisticiens, les économistes et les philan-
thropes ; il n'y a plus de grands ni de petits, ni de faibles
ni de forts, mais des citoyens dont l'égalité parfaite,

proclamée par la loi, n'a plus besoin de patronage, parce qu'elle ne craint plus d'oppression.

La transformation est complète ; comment se fait-il donc que ce qui était nécessaire alors ne soit plus même utile aujourd'hui, que ce qui était vivant soit mort ? Si cette séve était divine, pourquoi a-t-elle tari ? Si l'esprit de Dieu vivifiait ces ouvrages, pourquoi s'en est-il retiré ? Si les habitants de ces demeures étaient des délégués du ciel, pourquoi est-il venu un moment où cette délégation a cessé, comme cessent les pouvoirs d'un ambassadeur révoqué par son souverain ? Pourquoi l'obscurité et la solitude sont-elles descendues sur ces cellules peuplées et éclairées d'en haut ? L'herbe croît à travers les dalles où s'agenouillait la famille monastique ; le bruit du marteau frappant sur l'enclume a partout remplacé les chants et la prière.

Enfin, comme pour répliquer aux sournoises doléances de ces élégiaques qui ont l'air de regretter afin de mieux se dispenser de croire, une autre école, se plaçant à l'extrémité opposée, s'empare violemment de ces tristes contrastes et y cherche un sujet d'anathèmes contre la société contemporaine ; elle ne veut voir dans l'esprit moderne qu'un destructeur de l'idée divine, dans les libertés acquises que des démentis infligés à ces trésors de foi, de piété, de vérité et de science ; elle se hâte de déclarer incompatible l'inspiration qui suscita et multiplia les moines, et cet ensemble d'institutions, d'intérêts et de travaux où s'absorbent les générations nouvelles ; elle excommunie ce qu'elle ne peut pas éteindre, et place dès

9

lors les consciences sincères dans la fatale alternative ou de rompre avec ces religions du passé et d'en effacer même la trace, ou de demander leur refuge à je ne sais quel idéal d'autorité et de servitude qui n'est plus de ce monde et n'y reparaîtra jamais.

On peut comprendre maintenant tout ce qu'il y a de consolant et de vrai dans le point de vue choisi par M. de Montalembert, et quelle vocation spéciale il apportait à une œuvre que lui seul peut-être, parmi les écrivains de notre siècle, pouvait aborder et mener à bien. Nul n'était mieux préparé que lui à retrouver sous ces apparences de mort une vie impérissable, dans l'austérité de ces règles et de ces disciplines un irrésistible souffle de liberté, dans ces semblants d'immobilité taciturne un perpétuel accord avec les lois du mouvement et du progrès. Nul ne pouvait mieux nous aider à résoudre ce problème alarmant pour notre faiblesse : comme quoi ce que l'on croit détruit n'est que transformé; comme quoi ce qui a l'air de ne plus exister existe encore, dans la meilleure partie de soi-même, assez pour être reconnu immortel. Mais, afin de faire mieux saisir notre pensée, ne serait-ce pas le moment d'essayer de nous représenter, dans sa personne, dans son œuvre et dans sa vie, l'auteur des *Moines d'Occident?* Nous le voyons, malgré des souffrances qui fléchiraient les plus mâles courages, rester vaillamment sur la brèche et donner l'exemple de la persévérance et de l'énergie à ceux qui, sans avoir la même gloire et la même excuse, seraient tentés de chercher un droit au repos dans leurs mécomptes ou leurs

lassitudes. Il semble que M. de Montalembert, notre contemporain et notre maître, nous appartienne de plus près
encore, à cette heure de crise où sa guérison est au
nombre des plus chers intérêts de la France catholique
et où notre admiration inquiète se fait plus affectueuse
et plus familière.

Je l'aperçois, dans mes souvenirs déjà lointains, tel
qu'il m'apparut, presque au sortir du collége, avec une
indicible auréole d'enthousiasme, de ferveur et de jeunesse. Tout était jeune, en effet, l'âme, le cœur, l'esprit,
le visage, chez ce défenseur des antiques croyances et
des traditions insultées. Rattaché par sa naissance au
parti du passé, il s'élançait vers l'avenir, plein de cette
généreuse confiance que les hommes ont souvent trom-
pée, mais que Dieu ne trahira pas. Sa taille svelte était
relevée et comme grandie par une démarche leste et fière,
l'allure d'un pèlerin infatigable qui n'a rien à taire et
rien à cacher. Ses cheveux, retombant sur ses épaules,
lui donnaient l'air, non pas, comme on l'a dit, d'un sémi-
nariste, mais d'un jeune ministre presbytérien en quête de
la vérité catholique. Un front haut, large et pur, le regard très-vif et très-franc malgré sa vue basse, un sourire
charmant où les dents blanches et aiguës achèvent la
fine expression des lèvres, une voix nette, accentuée,
mordante, qui se prête admirablement à toutes les
nuances de l'ironie, à toutes les variantes du dédain, à
toutes les gammes de l'éloquence, voilà l'esquisse, et si
elle donnait l'idée d'un portrait *parlant*, elle n'en serait
que meilleure.

Si nous arrivons maintenant à l'homme intérieur, si
nous voulons nous rendre compte des vicissitudes de
cette existence constamment aux prises avec les misères
et les vulgarités de son temps, comment réussir à saisir
la ressemblance, à éviter la confusion au milieu de traits
si divers? M. de Montalembert est un grand artiste
ardemment catholique et passionnément libéral. S'il y a
là de quoi suffire à la gloire d'un nom et d'une vie, il y
a aussi de quoi expliquer comment il n'a jamais été et
ne peut pas être populaire, comment les positifs et les
sages, tout en admirant en lui l'orateur et l'écrivain, ont
pu, sans même l'avoir mis à l'essai, lui refuser les qualités de l'homme d'État. La passion et la perspicacité se
concilient rarement ; la faculté d'émotion, d'entraînement, de croyance, n'est pas celle qu'on remarque le
plus chez les observateurs, et, pour parler le langage de
l'école, la synthèse n'est pas toujours du même avis que
l'analyse. A deux époques décisives, au début et au déclin de sa vie publique, M. de Montalembert s'est trompé
sur deux hommes dont je veux taire le nom ; car si je
nommais le premier, il me faudrait nommer le second,
ce qui serait fort embarrassant[1]. Ils ont exercé en lui,
dans ces facultés maîtresses qu'on pourrait appeler les
grands ressorts des pensées et des actes, une influence,

---

[1] On ne saurait assez se méfier de ces rapprochements symétriques, qui sont, dirait un coiffeur, de la *brillantine* littéraire.
En réalité, des deux personnages auxquels on fait ici allusion, il
en est un sur les intentions duquel M. de Montalembert a pu un
moment se méprendre, mais qui n'a jamais exercé sur lui la
moindre fascination.

j'allais dire un ravage dont il se ressent encore. De ces
deux hommes, qui se sont assurément bien peu ressemblé, l'un a donné le change à ceux qui ne voulaient pas
la religion sans la liberté ; l'autre à ceux qui redoutaient
la liberté sans la religion. Sous le coup de deux révolutions plus différentes dans leurs effets que dans leur principe, il y a eu deux moments, très-courts, mais très-réels,
d'inévitable méprise, où les catholiques ont cru, ici, devoir dégager à tout prix leur cause de celle de l'autorité
qui tombait, là, pouvoir l'abandonner sans péril à l'autorité qui allait naître. Le malheur politique de M. de Montalembert a été de personnifier tour à tour cette double
erreur, non pas, à Dieu ne plaise! assez pour en sortir
moins catholique ou moins libéral, mais de manière à
éveiller quelques méfiances ou quelques rancunes, tantôt chez les serviteurs de la monarchie tombée, tantôt
chez les amis de la liberté vaincue, tantôt chez les gens
qui croient tout sauvé si l'ordre extérieur est maintenu
et si l'on bâtit des églises. Est-ce tout? Pas encore :
gentilhomme, aristocrate, artiste, catholique, libéral,
autant de titres pour être impopulaire. Notre siècle n'est
pas artiste, il est bourgeois; notre pays n'est pas libéral,
il est égalitaire; notre société n'est pas catholique; elle
l'est, hélas! si peu que toutes les fractions, toutes les
variétés des anciens partis révolutionnaires, depuis l'étudiant jusqu'au membre de l'Institut, ne sont plus d'accord que sur un point, leur haine commune contre
l'Église. Voilà un personnage médiocrement sympathique,
tant soit peu sifflé dans un essai de cours public, mo-

lesté par une jeunesse frondeuse dans ses promenades au Luxembourg, accusé de courtisanerie et de césarisme. Qu'il monte à une tribune quelconque ; qu'il y prononce trois phrases hostiles au christianisme ; qu'il donne pour commentaires à ces phrases des lettres que le huis clos enhardit et qui, colportées par des compères, deviennent le secret de la comédie. Aussitôt les bravos succèdent aux sifflets ; notre homme est le héros du jour ; compliments, cartes de visite, adresses, pleuvent à sa porte ; désormais, il peut impunément flagorner les princes, hanter les salons des princesses, prodiguer ses fleurs aux abeilles, toiser les naïfs et les imbéciles qui réclament les libertés promises et pleurent nos grandeurs déchues, se faire dorer et broder sur toutes les coutures ; il est sauvé, hors d'atteinte, acclamé, applaudi ; que personne désormais n'y touche! C'est en se moquant des choses saintes qu'il a réussi à être sacré.

Mais nous voilà bien loin de notre sujet. Nous parlions d'une âme haute, d'un noble cœur, d'une vie pure, d'une intelligence fière, d'un grand artiste, d'un chrétien illustre, d'un libéral sincère, d'une conscience dévouée aux opprimés et aux petits, aux faibles et aux vaincus. Pour retrouver tout cela, ouvrons les *Moines d'Occident.*

II

Si j'osais comparer le sacré au profane, je dirais que
l'*Introduction* des *Moines d'Occident* ressemble à une de
ces magnifiques ouvertures de Mozart ou de Weber, où
l'oreille peut déjà saisir la pensée du maître, où se des-
sinent d'avance, sur un fond discrètement mêlé de
lumière et d'ombre, le sujet, le plan, les figures, les
scènes principales. Détachées de l'opéra qu'elles précè-
dent, ces ouvertures restent d'admirables symphonies.

Il en est de même de cette Introduction où M. de Montalembert a su faire vibrer les cordes les plus hautes,
les plus délicates de l'intelligence et du cœur avant de
nous raconter l'histoire de ses héros et de nous demander de croire à toutes ces merveilles. Demeurons autant
que possible fidèle à la critique littéraire sur un terrain
que tant de surprises charmantes, tant de fleurs miracu-
leuses et mystiques disputent à l'analyse. Sans doute la
raison moderne — cette superbe raison qui n'accepte le
surnaturel que sous un uniforme de zouave — a besoin
d'un effort pour suivre l'éloquent écrivain sur la trace
de ces saints et de ces moines, qui, non contents d'abattre les forêts, de défricher les campagnes, de bâtir des
villes, de civiliser les barbares, de sauver du grand naufrage les lettres et les arts, prophétisent l'avenir, guérissent les malades, ressuscitent les morts et se font cares

ser dans leurs cellules ou aider dans leurs travaux par
des buffles et des ours, des aurochs et des loups. Mais
que cet effort est léger et que ce sacrifice est doux ! L'artiste s'y est pris si bien, ou plutôt son inspiration personnelle s'est si heureusement accordée avec l'art le plus
exquis, que l'histoire et la légende, au lieu de se con-
trarier, se servent mutuellement de commentaire et
d'appui. On ne veut plus savoir, en le lisant, où l'une
finit, où commence l'autre. L'histoire, c'est la vérité ; la
légende, c'est la foi, et toutes deux s'unissent pour mieux
répondre à la pensée de l'auteur, à l'épigraphe du livre :
Fide et veritate !

Les moines! quel mot, quel souvenir et quelle image !
Que de difficultés à vaincre pour dégager cette lointaine
figure des préjugés amassés de siècle en siècle et où chaque époque a mis du sien ! Remarquez en effet que, dès
les préludes de la Renaissance, il y a eu, tous les cinquante ans, un trait particulier qui a dû ajouter au dis-
crédit de l'institut monastique. Pour nous borner aux
points culminants, que voyons-nous depuis le début de
la Réforme jusqu'à la défaite de la Ligue? Ce fut une
sorte de fatalité dans l'existence des ordres religieux,
que leurs premiers symptômes d'affaiblissement et de
décadence aient coïncidé avec le réveil de l'imagination
profane, de la tradition païenne et de l'esprit d'examen,
quelle que soit d'ailleurs son expression dominante, qu'il
apparaisse sous la figure morose du protestantisme,
sous le masque de la poésie ou de la science, ou bien
avec le rire épanoui du sarcasme rabelaisien. Autant

d'ennemis, joyeux ou sinistres, sérieux ou frivoles, pour qui le moine devint un inépuisable sujet de railleries ou d'invectives. Ces railleries proverbiales passèrent dans la langue des honnêtes gens, de ceux-là même qui n'y apportaient aucun sentiment hostile ; elles s'infiltrèrent dans le peuple, dans ces classes pauvres et délaissées pour qui les moines avaient été si longtemps des délégués de la Providence ; elles traduisirent en cent façons tout un arriéré de rancunes secrètes ou d'obscures ingratitudes ; car c'est une des infirmités morales de la pauvreté ignorante, qu'elle ressemble à ces vases où les meilleures liqueurs s'aigrissent. Les bienfaits ne font pas précisément haïr le bienfaiteur ; mais peu à peu ils changent d'aspect ; l'obligé commence par ne les regarder que comme l'acquittement d'une dette ; il finit par se dire qu'il lui serait bien plus commode d'intervertir les rôles, de posséder au lieu de recevoir et de faire de sa créance une propriété.

Un peu plus tard, quand les guerres de religion, envenimées par toutes les passions grossières ou perverses qui peuvent souiller une grande cause, changèrent l'Europe en champ de bataille et portèrent les derniers coups à la féodalité, la physionomie du moine subit une altération nouvelle. Il fut nécessairement amené sur un terrain qui n'était pas le sien. Voyant leur antique foi menacée, étroitement liés à une période de violence, entraînés dans un tourbillon de colères et de représailles, les ordres religieux apparurent comme des instigateurs ou des complices de ces fureurs qui allumaient des bûchers et en-

9.

sanglantaient le monde. Ils personnifiaient une puissance,
immatérielle et divine, une idée de paix, de liberté et de
charité; mais cette puissance et cette idée étaient, par
le malheur des temps, placées dans l'horrible alternative,
ou de rester inertes au milieu de ces luttes de la vérité
contre l'erreur, ou de se laisser momentanément absorber par les forces brutales qui faisaient de la théologie à
coups d'arquebuse. Le sang répandu par les hommes
d'armes éclaboussa la robe du moine et y resta comme
une tache.

Puis vint le dix-septième siècle, cette rapide et trom-
peuse phase d'alliance entre l'esprit moderne et la foi.
Mais alors, sauf quelques exceptions mémorables, le
clergé régulier fut effacé par l'incomparable éclat du
clergé séculier et de l'épiscopat; la veine gauloise d'ailleurs, bien qu'avec plus de finesse et de génie, continuait son œuvre anti-monastique, et le diable n'y perdait
rien. Que dire du siècle suivant? Il suffit de le nommer
pour donner l'idée d'une place assiégée, où les habitants
ne cesseraient pas de conspirer avec les assaillants.
Enfin, de nos jours, si l'animosité est moindre — et on
pourrait parfois en douter — c'est un fond d'indifférence
railleuse et d'étonnement moqueur que l'immense majorité bourgeoise oppose à la réapparition du moine. Vous
est-il arrivé de rencontrer un de ces hommes à la robe
brune ou blanche, dont le capuchon abaissé découvre la
large tonsure? Était-ce dans un quartier populeux d'une
de nos grandes villes? Aussitôt la physionomie des pas-
sants offrait une expression de surprise narquoise qu'ils

croyaient sans doute prodigieusement spirituelle, et qui signifiait : ce n'est plus un ennemi peut-être, mais c'est un anachronisme et un contre-sens.

Parlerons-nous d'autres points de vue où se placent involontairement les moins malveillants ou les plus polis? Pour ceux-ci, le moine est une création des âges barbares, un spectre enfoncé dans sa stalle et que l'on ne pourrait en détacher sans mêler les ténèbres au jour et la mort à la vie. Pour ceux-là, ce n'est qu'un rouage de la grande machine féodale, une portion de cet ensemble où figuraient les chefs des races conquérantes, les seigneurs suzerains, les grands vassaux et jusqu'aux héros de contrebande, toujours prêts à sortir de leurs tourelles pour rançonner les voyageurs, et enlever les femmes ou les filles. Bien peu songent à se demander si, dans cette société naissante, divisée en conquérants et en vaincus, en oppresseurs et en opprimés, en maîtres et en serfs, en forts et en faibles, les moines n'avaient pas représenté une idée, une influence, une autorité diamétralement contraires à celles qu'on affecte de confondre avec eux; s'ils n'ont pas sans cesse combattu, adouci, conjuré, éclairé, fléchi ceux dont ils passent pour avoir été les alliés et les complices. D'autres, qui veulent être tout à fait justes et se conformer à un vague programme de religiosité poétique, réclament en faveur des monastères et des moines au nom des blessés ou des naufragés de la vie, des âmes malades ou inquiètes, des imaginations désabusées de leur rêve, de quiconque, n'ayant pas trouvé ou n'ayant pas voulu sa place

en ce monde, mourrait de douleur ou d'ennui, si on lui
fermait ces pieuses retraites. A les entendre, l'âme aurait ses invalides comme le corps, et l'institution monastique serait surtout bonne en guise d'ambulance pour les
plaies et les infirmités morales.

C'est devant cette masse d'erreurs, d'antipathies pré-
ventives, de dénis de justice ou d'adhésions incomplètes,
que s'est hardiment posé M. de Montalembert. Il a plaidé
avant de raconter et de peindre. Quelle éloquence et
quel charme dans ce plaidoyer où l'auteur se montre tour
à tour orateur, historien, poëte, et que, parmi nos contemporains illustres, lui seul peut-être pouvait écrire !
Enfant du siècle parlant aux chrétiens; chrétien s'adressant aux enfants du siècle; laissant entrevoir Alfred de
Musset derrière le P. Lacordaire ; faisant vibrer un écho
de *Rolla* à travers le chœur solennel des Pères de l'Église
et des grands moines ! Ces injustices, ces erreurs ou ces
ignorances, il s'accuse avec une sincérité touchante de
les avoir partagées. Lui aussi, au sortir du collége, après
une éducation brillamment universitaire, il savait à peine
ce que c'était qu'un moine ; il ne connaissait que par
ouï-dire, sur la foi des traditions mondaines, ceux dont
il devait être l'historien et le vengeur.

Mais, invinciblement attiré vers le siècle et le nom de
saint Bernard, sollicité par cette immortelle figure qui
résumait à ses yeux l'apogée et la perfection suprême du
moyen âge catholique, il fallait bien chercher à savoir
comment le genre humain, la civilisation chrétienne, la
foi, les lettres, les arts, tous les éléments de la vie maté-

rielle, intellectuelle et morale, avaient pu arriver jusqu'à cette hauteur et cette lumière en traversant les
deux gouffres du Bas-Empire et de la barbarie ; quels
avaient été les flambeaux de cette nuit, les vainqueurs de cette crise, les sauveteurs de ces naufrages,
les gardiens de ces trésors. Il y avait en cet endroit
de l'histoire un fleuve ou un torrent : les pèlerins
que l'on avait aperçus sur l'une des deux rives, on
les voyait s'acheminer sur l'autre. Il était naturel
d'interroger l'horizon jusqu'à ce que l'on eût trouvé
le pont ou la barque qui avait servi au passage. C'est
cette recherche qui a ouvert à l'auteur des *Moines d'Occident* de nouvelles perspectives, et, de ce qui devait être
l'histoire de saint Bernard, a fait l'histoire de l'institut
monastique tout entier. Le sujet était si riche, les documents si nombreux, la vérité si impérieuse et si évidente,
l'écrivain si consciencieux et si inspiré, que l'œuvre a
pris des proportions imprévues. Primitivement, M. de
Montalembert n'avait voulu sans doute que préparer, par
quelques études et quelques chapitres préliminaires, la
mission de ce grand homme, de ce grand saint qui a jeté
un tel éclat sur son époque. Peu à peu, les études sont
devenues un monde ; les chapitres sont devenus un livre ;
un tel livre, qu'il a mérité à son tour d'être précédé
d'une introduction, et que jamais plus beau monument
n'eut un plus admirable portique. Maintenant, que ces
pages pleines de miracles fassent un autre miracle! A ce
glorieux lutteur dont aucune souffrance ne peut abattre
le courage, que Dieu donne assez de force et de vie pour

mener jusqu'au bout cette gigantesque entreprise! Si
notre vœu se réalise, la littérature chrétienne de notre
triste temps n'aura plus rien à envier aux siècles vers
lesquels remontent nos hommages et nos regrets. Il y a
déjà, dans ces *Moines d'Occident*, de quoi nous consoler
de n'être pas les concitoyens de Dante et les contemporains de Bossuet.

On éprouve un sentiment d'épouvante, on se sent profondément humilié dans son ignorance et sa paresse,
quand on songe à la prodigieuse quantité de lectures et
de travaux de toutes sortes qu'ont dû coûter ces cinq volumes. Il semble qu'une vie de centenaire pourrait à
peine y suffire; et cependant on ne peut oublier que
l'homme, jeune encore, qui a écrit ce livre et lui a consacré tant d'heures laborieuses et fécondes, a été, dès sa
première jeunesse, obligé de disputer ces heures aux
combats et aux orages de la vie politique, à d'autres œuvres improvisées et publiées d'urgence, à la direction
de bon nombre de revues ou de journaux dont il a été le
coopérateur énergique, aux devoirs de la famille, aux
exigences du monde, aux voyages enfin, à ces voyages
d'où il a rapporté l'impression exacte et vivante de tous
les lieux où devaient nous transporter ses récits; de
même que le don des langues qu'il possède à un degré
merveilleux le rendait maître de toutes les littératures
où il avait à puiser. Mais que dis-je, et que sont ces sujets
d'étonnement, comparés aux surprises journalières que
M. de Montalembert prodigue aux gens admis dans son
intimité? Cet érudit, cet artiste, cet orateur, cet écri-

vain, ce lecteur infatigable des vieilles chartes et des
vieux livres, il se tient au courant des plus fugitifs épisodes de l'esprit, de la fantaisie ou de la bêtise moderne;
lui qui aurait le droit de tant dédaigner, il ne néglige
rien. Il n'y a pas de journal qu'il ne lise, pas d'ouvrage
nouveau qu'il ne connaisse, pas de feuille légère qu'il
n'arrête au passage, pas de renseignement ou d'indice
qu'il ne recueille. La partition qu'il faut entendre, il l'en-
tend; le tableau qui mérite d'être vu, il l'étudie. Il peut
causer, en juge compétent, de Beethoven et de Meyerbeer,
d'Ingres et d'Eugène Delacroix, de Cornélius et d'Over-
beck. Il a ses jours de dilettantisme, comme il a ses soi-
rées de promenades; promenades singulières, pleines de
rêverie, de causerie et de charme; tantôt à la campagne,
sous le rayon du soleil couchant, à ce moment délicieux
où s'éveillent les harmonies du soir, où la clochette des
troupeaux répond aux tintements de l'*Angelus;* tantôt
dans Paris, le cigare aux lèvres, sous la pâle clarté du
gaz, alors que les premiers silences de minuit évoquent
les fantômes du passé et rendent à nos rues désertes un
peu de poésie. Je parlais de miracles tout à l'heure;
encore une fois, en voilà un qui fait paraître tous les
autres vraisemblables. S'intéresser à tout, exercer tour à
tour toutes les aptitudes, monter sans effort, descendre
sans dédain, saisir au vol tout ce qui peut aiguiser
l'arme, aider à la lutte, faire voir dans le jeu de l'ad-
versaire; en face d'une société désœuvrée ou affairée,
savoir renfermer dans une seule vie ce qui suffirait à
en remplir dix; exiger et obtenir de ce maître mobile

et fantasque qu'on appelle le temps ce que nul ne
lui demande et ce que personne n'en obtient ; mettre
chaque jour, depuis quarante ans, ces facultés extraordinaires au service de Dieu, de la vérité, de toutes les
nobles et saintes causes, certes, c'est là un prodige aussi
surnaturel que le don de prophétie ou la guérison des
malades !...

Quoi qu'il en soit, l'auteur des *Moines d'Occident*
voulut savoir, et il sut. Il s'enfonça dans le passé comme
le plongeur dans les profondeurs de la mer, et, comme
le plongeur, il reparut les mains pleines de perles ra-
massées au fond de ces âges de foi, pareils à des océans
inconnus. Perles mystiques et d'un éclat divin, les vertus
et les bienfaits des moines ! Quelle joie et quelle récompense pour un génie chrétien que la découverte de ces
mystérieux trésors ! Pendant les siècles d'oppression, les
moines représentaient cette liberté de la conscience et
de l'âme, qui ne plie que devant Dieu ; dans un monde
tombant en pourriture, ils furent la pureté et la vie ;
dans une société barbare, ils furent le salut et le refuge
de toutes les délicatesses de l'esprit et du cœur ; sous un
régime de haine, de colère, de guerres acharnées, d'ex-
terminations implacables, ils furent la paix, le pardon, la
clémence, l'amour surtout, l'amour, et, si vous en doutez, lisez cette *adorable* page qui vous dédommagera de
ma prose.

« ... Mais voici la gloire et la force non pareille de la
religion ; c'est que, tout en donnant le mot de tous les
problèmes sociaux et l'intelligence de toutes les révolu-

tions historiques, elle tient partout et surtout « la clef de nos cœurs. » Elle a un baume pour toutes nos douleurs et un but pour toutes nos tendresses. Elle sait discipliner la passion sans l'amoindrir ; elle fait mieux qu'essuyer nos larmes trop chères ; elle les fait couler d'une source à jamais purifiée pour un objet éternel. Elle remplace le crépuscule de nos rêves fugitifs par la radieuse et enchanteresse sérénité de la lumière qui ne s'éteint pas. Elle embrase nos cœurs de cette flamme dont les clartés rayonnent sur l'infini. Elle a inventé et consacré le triomphe suprême de l'amour. Elle surmonte les passions les plus tendres et les plus indomptables par quelque chose de plus fort et de plus doux encore, le bonheur et la gloire de les sacrifier à Dieu. C'est dans les monastères que cette science du vrai bonheur et du véritable amour a été le plus longtemps enseignée et pratiquée. On a vu qu'elle n'interdisait aux âmes unies en Dieu ni les élans de la passion, ni les accents attendris de la plus pénétrante sympathie. N'entrons donc qu'avec un tendre respect dans ces cellules où l'on vivait surtout par le cœur. Écoutons quels sons se font entendre dans ce silence sacré ; ils révéleront peut-être quelque suave et touchant mystère de l'histoire des âmes. Prêtons l'oreille au doux et perpétuel murmure de cette fontaine que tout cloître renfermait autrefois ; c'est l'emblème et l'écho de la source d'où jaillit l'intarissable amour... »

Toute l'introduction est écrite de ce style irrésistible. Chaque page porte avec elle je ne sais quel parfum de jeunesse et de franchise qui vous pénètre, vous persuade,

vous fait vivre un moment de la vie de ces héros de
l'amour pur et du sacrifice. C'est une ineffable impression de fraîcheur et de bien-être, une source vive où
toutes les victimes de nos sécheresses modernes devraient
tremper leurs mains et leurs fronts. Que parliez-vous,
railleurs insensés, de désœuvrement et d'inutilité? Nul
n'aura mieux accompli que les moines la loi divine du
travail : tout ce. que nous cultivons, ils l'ont défriché ;
tout ce que nous récoltons, ils l'ont ensemencé. Sans eux,
cette Europe fertile, riche, sillonnée de canaux et de
routes, admirablement préparée aux inventions de la
science et de l'industrie, fût restée un inextricable fouillis de forêts et de bruyères, un repaire de brigands vivant
pêle-mêle avec les bêtes fauves. Il n'est pas une de nos
jouissances qui ne soit due à un de leurs labeurs. Que
parliez-vous d'origine commune et d'alliance avec un régime d'oppression féodale, né des sanglantes étreintes de
la corruption et. de la barbarie? c'était justement le
contre-poids providentiel de ces violences et de cet arbitraire ; mains et prières incessamment levées vers le ciel
au nom de l'humanité et de la justice ; protecteurs des
petits contre les puissants, et, tâche plus difficile encore,
des puissants contre leurs propres passions et contre eux-
mêmes !

Nous aussi, à quelle vulgarité servions-nous d'échos,
en parlant d'existences mornes, sombres, exténuées, em-
prisonnées, asservies, accablées sous le poids des déceptions humaines? C'était, au contraire, la moins impar-
faite image du bonheur et de la joie en ce monde ; c'était

la vie en plein air, en communication familière avec toutes les forces et tous les sourires de la nature; le détachement de toutes les servitudes terrestres ; l'indépendance morale la plus absolue; la complète possession de la conscience et de l'âme, vaillamment arrachées aux tyrannies de l'homme et librement soumises aux volontés de Dieu. Que parlions-nous enfin d'esprits débiles et malades, de cœurs trop faibles pour la lutte, brisés dans leurs premiers conflits et allant s'abriter dans le cloître faute de pouvoir lutter encore ? La vigueur et la santé de l'âme et du corps, le plein déploiement des facultés intellectuelles et physiques, tel fut, pendant des siècles, le caractère des vocations monastiques; jamais sang plus pur ne coula dans des veines plus robustes ; c'étaient comme des recrues permanentes, comme une conscription céleste, pour laquelle le recruteur divin n'admettait que les organisations les plus saines. — « La vie religieuse, dit excellemment M. de Montalembert, loin d'être le refuge des faibles, était au contraire l'arène des forts. »

Voilà le plaidoyer, et l'illustre écrivain qui est, lui aussi, de la race des forts, antipathique aux mièvreries et aux subterfuges, avait à peine besoin de nous avertir qu'il ne déguiserait rien, ni les taches, ni les ombres. Ce qui est positif, c'est que la cause est gagnée avant même qu'il ait abordé son récit, et c'est pour cela que j'ai tant insisté sur cette introduction magnifique. Rapprochez de la page que j'ai citée celle qui termine le cinquième volume et qu'on ne peut lire qu'à travers des larmes : « ... La voilà qui apparaît déjà parée pour le sacrifice, étincelante et charmante, avec un sourire angélique, avec une ardeur sereine, rayonnante de grâce et de fraîcheur, le vrai chef-d'œuvre de la création. Fière de sa riante et dernière parure, vaillante et radieuse, elle marche à l'autel, ou plutôt elle y court, elle y vole comme un soldat à l'assaut, contenant à peine la passion qui la dévore, pour y courber la tête sous ce voile qui sera un joug pour le reste de sa vie, mais qui sera la couronne de son éternité... »

Entre ce point de départ et ce point d'arrivée où tant d'idées et de sentiments se rejoignent, placez deux véritables épopées chrétiennes, *les Moines en Gaule sous les Mérovingiens*, et *la Conquête de l'Angleterre par les Moines*, épopées si vraies, si vivantes, si pittoresques, si surnaturelles à la fois et si humaines, qu'elles donnent aux plus indifférents, sinon la nostalgie du cloître, au moins celle des siècles qui furent témoins de ces merveilles, et des sites grandioses où s'élevèrent comme par enchantement les innombrables créations monastiques. Puis demandez-vous quelle est donc cette foi, quelle est cette vérité, quel est ce génie qui a pu enfanter alors de pareils miracles et qui peut inspirer aujourd'hui un pareil livre.

Dans la dernière partie de ce travail, j'essayerai, non pas d'analyser, mais d'indiquer les principales parties de ce grand tableau. Le critique, en ces circonstances fort rares, n'a plus qu'à dire : Voyez, lisez et jugez! Sa tâche est plus humble, mais plus douce, et la littérature contemporaine ne lui offre pas souvent l'occasion d'abdiquer en admirant.

III

Forcé de choisir dans ce cadre immense, au milieu de tous ces trésors de poésie et de foi, je me bornerai à signaler quelques points principaux, où se révèle l'âme du livre ; car les livres ont une âme comme les hommes.

Ces cinq volumes nous offrent le pathétique et émouvant spectacle d'un génie admirablement disposé au sujet qu'il traite, aux prises avec les difficultés de ce sujet formidable, réunissant à les vaincre sans qu'il en coûte rien ni à l'intégrité de ses croyances, ni à son amour pour la vérité, ni à ses idées libérales, ni à la gloire de cet institut monastique qu'il nous apprend à connaître, à vénérer et à chérir ; arbre mystique dont la cime touche au ciel et dont les racines plongent plus avant qu'on ne le croit au cœur de la société moderne.

Dès le début, il est facile de pressentir où seront les prédilections de l'historien. Il préférera la rudesse barbare à la corruption romaine, l'Occident à l'Orient, les contrées neuves et sauvages, les nations sans passé et presque sans nom, aux provinces et aux cités qui, après avoir brillé dans le monde, ne sont plus bonnes qu'à infecter de leurs vices les vertus de l'Église primitive, à l'envelopper dans leur décadence, à lui appliquer leurs dissolvants. Placé au point de rencontre et de choc entre ces puissances abâtardies qui finissent et ces forces in-

connues qui commencent, le christianisme, après sa première phase de révélation et d'expansion, après avoir
affirmé sa céleste origine dans le voisinage de son divin
berceau, devait nécessairement se porter là où l'appelaient la vie, l'avenir, les nouvelles destinées de l'humanité, là où il avait à écrire ses lois sur une page blanche,
à pétrir, à dompter, et finalement à s'assimiler une matière forte et vierge, des races grossières et féroces, mais
pleines de jeunesse et de sève ; races qui allaient être les
arbitres du monde et qui pouvaient tout pour le mal ou
pour le bien.

Voilà donc le rideau qui se lève sur cette scène inquié-
tante et sublime : d'une part, l'Orient, dépositaire de
toutes les traditions antiques, héritier de la poésie, de la
civilisation et de l'histoire, témoin et confident des patriarches et des prophètes, des mystères de la Rédemption, des miracles de l'apostolat, illustré par ses martyrs
et ses évêques, ses docteurs et ses saints, mais semblable
à une source qui se troublerait ou tarirait après avoir
abreuvé des pèlerins prêts à partir pour une terre lointaine, et, comme s'il sentait sa mission finie, revenant
aux subtilités de sa nature, mêlant le mensonge à la vérité, l'ombre à la lumière, communiquant je ne sais
quel germe de stérilité et de mort à ce qui devait être la
fécondité et la vie. D'autre part, l'Occident, traversé plutôt que conquis par les légions romaines, à peine entrevu
par Tacite, ignoré, dédaigné ou redouté du sybaritisme
oriental, donnant à son idolâtrie des formes sanguinaires
et effroyables, hérissé de forêts, peuplé de bêtes fauves,

sans cesse ravagé et renouvelé par l'invasion, séparé de
l'univers civilisé par des espaces, des solitudes, des chaînes
de montagne et des bras de mer que l'imagination populaire remplit de visions étranges, de fantômes sinistres,
d'écueils et de naufrages. Là tout est à faire; là peut librement se déployer l'activité humaine. Mais pour que cette
activité mène son œuvre à bien, pour qu'elle triomphe
d'obstacles insurmontables, un intérêt terrestre ne suffirait pas; il faut qu'elle soit guidée par une inspiration
divine. Pour que cette inspiration porte tous ses fruits,
pour qu'elle se manifeste à la fois dans ses caractères sur-
naturels et humains, historiques et légendaires, il faut
qu'elle s'accorde expressément avec le génie, les mœurs,
les idées, la physionomie des peuples dont elle s'empare,
et qu'elle devienne, après la première lutte et le premier
effort, une partie essentielle de leur nationalité.

Mais comment garder la parole, quand je puis la céder
à M. de Montalembert?

« Un nouvel empire est fondé, nous dit-il; un nouveau
monde commence. Venez maintenant, ô barbares! L'Église
n'a plus à vous redouter. Régnez où vous voudrez; la
civilisation vous échappera, ou plutôt c'est vous qui dé-
fendrez l'Église et qui referez une civilisation. Vous avez
tout vaincu, tout conquis, tout renversé; vous serez à votre
tour vaincus, conquis et transformés. Des hommes sont
nés qui deviendront vos maîtres. Ils vous prendront vos
fils, et jusqu'aux fils de vos rois, pour les enrôler dans
leur armée. Ils vous prendront vos filles, vos reines, vos
princesses, pour en remplir leurs monastères. Ils vous

prendront vos âmes pour les enflammer; vos imaginations,
pour les ravir en les épurant ; vos courages, pour les
tremper dans le sacrifice ; vos épées, pour les consacrer
au service de la foi, de la faiblesse et du droit.

« L'œuvre ne sera ni courte ni facile. Mais ils en vien-
dront à bout. Ils domineront les peuples nouveaux en
leur montrant l'idéal de la sainteté, de la grandeur, de
la force morale. Ils en feront les instruments du bien et
du vrai. Aidés par ces vainqueurs de Rome, ils porteront
l'empire et les lois d'une Rome nouvelle bien au delà des
frontières qu'avaient jamais fixées le Sénat ou rêvées les
Césars. Ils iront vaincre et bénir là où n'ont pénétré ni
les aigles ni même les apôtres. Ils seront les pères nour-
riciers de toutes les nations modernes. On les verra à côté
des trônes de Charlemagne, d'Alfred, d'Othon le Grand,
créer avec eux les royautés chrétiennes et la société nouvelle. Enfin ils monteront avec saint Grégoire le Grand
et Grégoire VII sur le siége apostolique, d'où ils préside-
ront, pendant des siècles de lutte et de vertu, aux destinées de l'Europe catholique et de l'Église glorieusement
servie par des races croyantes, viriles et libres. »

Cette page termine le beau chapitre sur saint Benoît.
Elle est comme la péroraison des éloquents préliminaires où M. de Montalembert, ayant esquissé à grands
traits l'état de l'Empire romain après la paix de l'Église,
et les précurseurs de la vie monastique en Orient et en
Occident, dit adieu au vieux monde, qu'il abandonne sans
regrets, pour aborder ce monde nouveau que ses héros
vont conquérir, convertir et subjuguer. On entre, avec

saint Benoît et saint Grégoire le Grand, dans cette phase
si mal connue, dont l'histoire profane tient si peu de
compte, et qui est au moyen âge proprement dit ce que
l'aurore est au jour. Saint Benoît, c'est le type le plus accompli du moine; il en a les vertus, le courage et le génie; il en a surtout cette incroyable faculté de création,
d'expansion et de propagande, qui est un des caractères
les plus frappants de la grande ère monastique, et qui
fait paraître timides et mesquins les prétendus prodiges
du travail moderne, servis pourtant par toutes les conquêtes de l'industrie et de la science. Saint Grégoire le
Grand, c'est le moine fait Pape, c'est-à-dire les deux plus
puissantes manifestations de l'action catholique se résu-
mant en un seul homme. Le moine et le Pape se complètent l'un par l'autre; la Papauté donne force de lois
aux leçons du cloître. Songez à ceux qui représentaient,
vers cette même époque, l'idée du pouvoir, à ceux qui,
les pieds dans le sang ou dans la boue, jouaient les rôles
de rois ou d'empereurs dans la tragédie humaine; à ces
misérables successeurs de Constantin et de Théodose,
dont on ne saurait dire s'ils personnifiaient la bassesse de
l'empire ou l'empire de la bassesse; à ces Clodion, à ces
Mérovée, à ces Lothaires, croisés de Brunehaut et de Fré-
dégonde, vivant dans le crime comme dans leur atmosphère naturelle. Comparez ces figures féroces ou abru-
ties, ces variétés de scélératesse ou d'opprobre, aux Benoît,
aux Grégoire, aux Cassiodore, et demandez-vous quels
étaient les véritables souverains de cette société mourante
ou naissante, les vrais initiateurs de cette civilisation

qui devait renier plus tard ses bienfaiteurs et ses maîtres.

Suivons-les, ces hommes prédestinés, sur les traces de
M. de Montalembert, à travers l'Espagne du sixième
siècle, qui n'est pas encore, croyez-le bien, l'Espagne de
l'inquisition et de l'absolutisme théocratique; puis en
Gaule, auprès des premiers Mérovingiens, dont les relations avec les moines offrent de singulières alternatives
de libéralité ou de violence, de douceur ou de barbarie,
de piété ou de fureur, selon que la passion crie ou que la
foi parle, que la bête revient à ses instincts sauvages ou
que l'homme se laisse pénétrer par l'esprit chrétien.
Suivons-les surtout, ces intrépides pionniers de la vérité
et de la foi, sur l'immense chantier où vont s'opérer leurs
merveilles ; *en face de la Nature ;* et que notre siècle, si
follement épris de naturalisme, nous dise si ces envoyés
de Dieu n'avaient pas, eux aussi, le sens intime et profond des forêts et des solitudes, s'ils ne savaient pas écouter et comprendre ces grandes voix qui ne disent leurs
secrets qu'aux âmes simples et croyantes, ces échos du
ciel qui parlent tour à tour dans le frémissement du
feuillage, dans le murmure du vent, dans le cri, le chant
ou la plainte de toutes les créatures, dans les vagues harmonies des étangs et des futaies. Le magnifique chapitre,
les *Moines et la Nature,* couronne admirablement ce qui
peut être maintenant regardé comme la première partie
de l'œuvre publiée. C'est là que l'on se sent tout d'abord
doucement enlacé par cette poésie mystique et légendaire
que nous retrouverons tout à l'heure avec saint Colomban
et saint Columba.

Pionniers, ai-je dit? Qui ne serait frappé d'un rapprochement entre ces pionniers de la belle époque monastique et ceux que l'on a vu, que l'on voit encore, en Amérique, faire reculer peu à peu les forêts et le désert, vaincus par de nouveaux prodiges de patience et d'énergie? Quelle différence pourtant! Dans la lutte engagée par les moines contre la nature sauvage, il y avait quelque chose d'affectueux et de familier, un mélange de force et de tendresse. Ces bois qu'ils changent en clairières, ces bruyères dont ils font des champs cultivés, ils y installent la prière, la charité, l'hospitalité, le refuge. Ils deviennent les détenteurs passagers de ces richesses territoriales, au profit des pauvres et en l'honneur de Dieu. Les animaux qu'ils troublent dans leurs retraites, ils ne les tuent pas, ils les apprivoisent ; ils les enrôlent comme des compagnons et des amis, et les amènent à rentrer avec eux dans cet ensemble d'harmonie et de douceur dont ils sont les ouvriers. Partout s'éveille à leur voix et sur leur passage ce symbolisme de la Nature, cher aux imaginations pieuses, hommage rendu par la création au Créateur, forme sensible de cette âme universelle qui monte incessamment de la terre vers Dieu. Ces populations indigènes qui les voient tout à coup paraître au seuil de leurs cabanes et de leurs cavernes, ils ne les persécutent pas ; ils ne leur donnent pas la chasse comme à d'autres bêtes fauves qui gêneraient leur installation triomphante : ils leur apprennent à user de ces biens demeurés stériles entre des mains ignorantes ; ils leur enseignent une religion de paix, de liberté et de lumière.

Si elles sont opprimées, ils les protégent ; si elles sont pauvres, ils les secourent ; si elles souffrent, ils les guérissent. Ils n'usurpent rien, ils ne détruisent rien, ils ne prennent la place de personne ; c'est une vie nouvelle qu'ils apportent dans un pli de leur robe ; c'est une place au foyer céleste qu'ils offrent en échange de cet air qu'ils respirent, de ces arbres qu'ils abattent, de cette terre qu'ils fécondent. Le jour, la clarté, le bien-être, pénètrent avec eux dans ces huttes enfumées ; l'image du Dieu crucifié succède aux idoles grossières qui exigeaient du sang humain. Artistes d'autant plus merveilleux qu'ils font de l'art à leur insu, ils remplissent les vides formés par le défrichement des landes et l'abattage des chênes en élevant des églises, des chapelles et des cloîtres dont les restes, mutilés par le temps ou la main des hommes, forcent notre admiration et humilient notre orgueil.

Encore une fois, comparez les entreprises de l'activité ou de l'avidité contemporaine à ces invasions pacifiques où chaque conquête était un bienfait. Ici tous les ressorts de l'égoïsme tendus vers une œuvre qui n'a d'autre but et d'autre récompense qu'elle-même ; là, tous les efforts du dévouement collectif, obéissant à une pensée plus haute qui assure au travail l'immortel salaire. Ici *la dure loi* du chacun pour soi, de la raison du plus fort, de la victoire acquise au plus énergique et au plus hardi ; là, le rayonnement d'un cœur qui n'a rien à lui, qui ne veut posséder que pour donner, et qui fait de ses victoires matérielles le prélude ou l'emblème de triomphes bien autrement utiles au salut de l'humanité.

IV

Colomban et Columba ! Les deux noms se ressemblent : les deux saints eurent pour commune patrie cette Irlande, cette catholique et malheureuse Irlande à laquelle M. de Montalembert a dès longtemps voué une tendresse profonde et dont il ne peut parler sans une émotion douloureuse. Pour tous deux, comme pour saint Wilfrid, qui domine tout le quatrième volume, nous ne pouvons que renvoyer le lecteur aux *Moines d'Occident*. L'analyse, même la plus brève, nous entraînerait au delà de toutes les limites, même les plus larges. D'ailleurs, nous l'avons dit, ce n'est pas un critique qu'il faut à cet admirable livre ; il est au-dessus des chicanes, des objections et des éloges. Ce qui lui conviendrait plutôt, ce serait une sorte de glose homérique ou dantesque ; une jeune et ardente pléiade de disciples qui réciteraient entre eux et commenteraient avec un pieux enthousiasme, tantôt *les Moines et la Nature*, tantôt saint Colomban, fondateur de Luxeuil et de Bobbio ; tantôt *Columba, apôtre de la Calédonie ;* puis, saint Augustin de Cantorbéry ; puis saint Wilfrid ; puis l'influence sociale et politique des moines ; et enfin, ce chapitre des *Religieuses anglo-saxonnes*, qui a ramené l'illustre écrivain au temps présent, à ses impressions personnelles, aux religieuses d'aujourd'hui, à son propre sacrifice, et lui a inspiré son pathétique épilogue, larme

10.

bénie, tombée de l'œil d'un père et mêlée aux saintes rosées du ciel.

Au milieu de toutes ces figures qui se ressemblent par le caractère surnaturel et par l'auréole, mais dont les traits offrent de curieuses différences, saint Columba domine et dépasse tout. Ce saint, que nous connaissions à peine, que nous confondions presque avec les personnages fabuleux d'Ossian et du ciel scandinave, devient, sous la plume de M. de Montalembert, le héros d'un poëme dont l'idéale et originale beauté doit subjuguer les plus indifférents. Ce que je ne me lasse pas d'admirer dans cet épisode comme dans le reste de l'ouvrage, c'est cette puissance d'attraction poétique et religieuse qui sait constamment intéresser l'imagination aux récits de la foi, et force l'une d'accorder tout ce que l'autre lui demande. Désormais l'île d'Iona, patrie adoptive de saint Columba, austère refuge de l'Irlandais exilé, sera pour nous un de ces phares sur lesquels on aime à reporter ses regards à mesure qu'on avance vers l'ombre et le déclin.

Tout est merveilleux dans l'existence de Columba, en qui s'incarne le génie de la race celtique, transformé par l'Évangile sans rien perdre de son intensité. Même, telle est cette exubérance de sève et d'originalité, qu'elle aurait pu devenir un péril. On pouvait craindre que, dans ce pays si profondément attaché à ses traditions et à ses mœurs, où la poésie nationale inspirait tout ensemble les bardes et les moines, où chaque site avait sa légende, il ne se formât une Église celtique, trop celtique, séparée de la

métropole par excès de couleur locale. Sauf quelques dissidences de détail, notamment une erreur de date pour
la fête de Pâques, ce péril fut conjuré, grâce à l'ardente
et héroïque piété de ces saints primitifs, grâce surtout à
Wilfrid, qui fut le grand conciliateur entre le christianisme celte et Rome, comme Columba avait été le grand
propagateur et le grand apôtre, parti de l'Irlande pour
catéchiser la Calédonie. Il y eut là, proportion gardée,
bien entendu, entre les temps, les caractères, la saillie et
l'aspérité des croyances, quelque chose d'analogue à ces
conflits si faciles à envenimer; querelles liturgiques, ruptures avec le Saint-Siége, scission des gallicans et des
ultramontains. A toutes les époques, l'obéissance a fait
plus de difficultés que la foi. Il y a chez l'homme un principe tellement vivace de révolte intérieure, que, même
en se décidant à adorer et à croire, il voudrait croire et
adorer à sa manière; il voudrait que sa soumission fût
encore de l'indépendance. Dieu, qui avait ses desseins sur
cette contrée si passionnément et si sérieusement chrétienne, la préserva pour cette fois, et ce n'est qu'en par-
courant en idée un espace de huit ou dix siècles que M. de
Montalembert a la douleur de rencontrer l'ivraie sur cette
terre ingrate où saint Columba, saint Augustin, saint Wilfrid, saint Cuthbert, avaient semé tant de bon grain.

Il l'aime encore, il l'aime inconstante, c'est-à-dire hé-
rétique; qu'est-ce donc à cette aurore, à ce premier
éveil où tout est grâce, pureté, fraîcheur, force virile et
candeur virginale? Qu'est-ce donc sous ce délicieux
rayon du matin dont il nous donne l'impression péné-

trante, qui n'avait de clartés que pour monter vers Dieu,
de fleurs que pour les répandre sur ses autels, d'harmonies que pour célébrer ses miracles? On peut dire, sans
malice, que M. Montalembert a fait bonne mesure à l'Angleterre. Même dans ses allusions rapides aux ravages de
la Réforme, aux destructions sacriléges où s'est englouti
ce passé si poétique et si riche, on sent un fond de tendresse; on devine un affectueux reproche plutôt qu'un
inflexible anathème. On dirait que les institutions politiques de l'Angleterre obtiennent grâce auprès de l'éloquent écrivain pour ses aberrations religieuses, qu'il lui
pardonne d'être protestante en songeant qu'elle est restée
libre. Son aversion dédaigneuse, ses hautaines colères
contre la *hideuse domination romaine* et les formes diverses du césarisme, il les transporterait volontiers sur
tout ce qui offre quelque ressemblance avec les objets de
sa haine ou paraît enclin à les flatter.

Mais restons sérieux en un sujet où tout éveille des
pensées graves et douces, hautes et mélancoliques. Dans
cet ouvrage où on rencontre à chaque pas le genre le plus
rare de perfection, — la perfection passionnée, — il y
avait deux écueils; avoir l'air de tout accepter et de tout
admirer dans ces créations monastiques qui eurent leurs
abus comme tout ce qui associe la faiblesse humaine à
l'infaillibilité divine; donner prise à cette idée chagrine
ou revêche qui, tout en consentant à s'incliner ou à s'é-
mouvoir, demanderait à quoi bon tous ces prodiges, si
le froid de la nuit et de la mort devait si vite retomber
sur ces œuvres radieuses, si la robe monastique devait

sitôt se changer en linceul. Ce n'est pas nous qui répondrons, c'est en rouvrant *les Moines d'Occident* que nous trouverons les deux réponses.

« ... J'aurais bien mal réussi, nous dit M. de Montalembert, à faire comprendre l'histoire de ces temps, et bien mal servi la vérité, si le lecteur n'était pas frappé du singulier mélange de bien et de mal, de paix et de guerre, de liberté et de servitude, qui, dès ce premier siècle de la chrétienté anglo-saxonne, se manifeste dans toutes les relations de l'Église avec la société. Il est évident que le bien l'emportait sur le mal, mais que le mal était déjà formidable, les dangers constants et flagrants, les prévaricateurs et les malfaiteurs encore plus nombreux que les saints. C'est là cependant ce que l'on a nommé l'*Age d'or* de la religion en Angleterre, non sans raison, s'il ne fallait que le comparer aux siècles postérieurs, mais à tort, s'il s'agissait de le juger par ses seuls mérites. C'est que, dans l'histoire vraie, il n'y a pas d'âge d'or. Tous les siècles, sans exception, sont infectés par le mal qui naît de la corruption naturelle de l'homme. Tous attestent son incurable infirmité; mais tous aussi attestent sa grandeur et sa liberté, en même temps que la justice et la miséricorde d'un Dieu créateur et rédempteur. »

Voici maintenant pour ceux qui croiraient éteints ces foyers de chaleur et de vie où naissaient tant de vocations religieuses, d'où s'élançaient tant d'aspirations à la sainteté, à l'idéal et à Dieu : « ... De ce monde perdu, dont nous nous efforçons de retrouver l'empreinte, tout a disparu, tout a péri ou tout a changé, hormis l'armée du sacrifice. Le vaste et magnifique édifice de l'ancienne société catholique s'est écroulé sans retour. Il en surgira, il en surgit déjà une autre, qui aura, comme l'ancienne, ses grandeurs et ses misères. Mais ce que nous venons de raconter a duré, dure encore et durera toujours...

« ..... Oui, chaque jour, depuis le commencement du siècle où nous sommes, des milliers de créatures aimées sortent des châteaux comme des chaumières, des palais comme des ateliers, pour offrir à Dieu leur cœur, leur âme, leur corps virginal, leur tendresse et leur vie. Chaque jour, parmi nous et partout, des filles de grande maison et de grand cœur, et d'autres d'un cœur plus grand que leur fortune, se donnent, dès le matin de la vie, à un époux immortel.

« C'est la fleur du genre humain, fleur encore chargée de sa goutte de rosée, qui n'a encore réfléchi que le rayon du soleil levant et qu'aucune poussière terrestre n'a ternie; fleur exquise et charmante, qui, respirée même de loin, enivre de ses chastes senteurs, au moins pour un moment, les âmes les plus vulgaires, » etc.

Arrêtons-nous; on voudrait tout citer; on ne se lasse pas de boire à cette coupe d'or, digne de la liqueur qu'elle contient. Ce n'est pas un éloge que nous adresserons, en finissant, à M. de Montalembert; qu'en ferait-il? C'est un témoignage de profonde reconnaissance. Il y a, pour les imaginations vives, et qui restent vives jusqu'au bout, des lectures qui ressemblent à des crises, qui réveillent tout un monde inconnu ou oublié, peuplé de visions magiques ou sacrées. Mais ces crises varient suivant le sentiment qu'on y apporte, la longueur du chemin parcouru, l'horizon que l'on voit s'ouvrir ou se fermer devant soi. Ce que les romans de Walter Scott avaient été pour mon insoucieuse adolescence, les *Moines d'Occident* vont l'être pour ces jours de tristesse où l'on sent déjà les frissons de la nuit. Peut-être, si j'avais lu ce beau livre au milieu de la grande rumeur parisienne, dans l'étourdissement de cette vie factice, l'impression eût été moindre ; mais à la campagne, dans la solitude, sans cesse ramené de ma lecture vers l'illustre malade à qui je dois ces pures jouissances, il me semble que j'appartiens de plus près à l'auteur et à son ouvrage ; je me laisse emporter par ce souffle invincible qui ranime la poussière, réchauffe les cendres éteintes et fait sortir de leurs tombeaux ces apôtres et ces bienfaiteurs. J'assiste à ces grandes scènes ; je vois passer sur ces plages hérissées d'écueils, voilées de sombres nuées, battues par l'Océan, ces figures vaillantes et sereines ; peu s'en faut que je ne m'agenouille et ne dise : Saint Columba, saint Wilfrid, et vous, chastes héroïnes du sacrifice, priez pour votre noble historien !... Et priez aussi pour tous ceux qui l'admirent et qui l'aiment !

VOLTAIRE [1]

Octobre 1867.

Nous ne connaissons pas de situation plus embarras-
sante que celle du critique de bonne foi vis-à-vis de ce
diable de Voltaire. Il y a des moments de trêve où l'on
voudrait jouer, en ce qui touche à cette terrible mémoire,
le rôle de conciliateur, se poser entre les deux partis
comme M. Robert entre Sganarelle et Martine, dire à
ceux-ci : Prenez garde ! si vous êtes bien décidés à faire
de nécessité vertu et à accepter les immortels principes
de 89, ce qui sera, faute de mieux, un acte de résignation
chrétienne, il est bien difficile de ne pas amnistier les initiateurs de l'esprit moderne, les précurseurs de ces glorieuses conquêtes; — répliquer à ceux-là : Qu'allez-vous

[1] *Voltaire et la police,* par M. Léouzon-Leduc.

faire ? Une statue, sur une place publique, en l'honneur
d'un homme qui a passé sa vie à se moquer d'autrui et
de lui-même, qui a fait de la plupart de ses écrits autant
d'outrages, non-seulement contre la religion dont vous
ne voulez plus, mais contre la morale dont vous cherche-
riez vainement des variantes *à base nouvelle!* Votre hommage n'est au fond qu'un défi ; un défi imprudent et coupable, jeté à tous ceux qui adorent ce que Voltaire a
insulté. Vous criez à l'illégalité si l'on autorise d'inoffen-
sives processions dans des villes où une immense
majorité catholique se trouve en présence de quelques protestants. Mais supposez que ces mêmes catholiques soient obligés de passer une fois par jour devant
la statue de votre idole, n'y a-t-il pas là une oppression
de conscience bien autrement illégale ? Le temps seul, un
grand maigre comme Voltaire, peut apaiser les colères et
les rancunes que vous allez réveiller. Ce n'est pas l'affaire
du *Siècle*, mais des siècles. Attendez ! quand il sera bien
prouvé que les *philosophes* et leur illustre chef ont contribué à nous donner le surplus de leur sagesse, des idées
vraiment libérales, des gouvernements non moins libéraux, un équilibre philosophique entre les impôts et les
recettes, une somme de bien-être supérieure à nos misères, une floraison de vertus soigneusement cultivées par
le scepticisme, alors nous souscrirons tous. Jusque-là,
laissez en suspens un procès que les avocats enveniment ;
ayez chez vous, dans votre oratoire, une statuette de
Voltaire ; couronnez-la d'immortelles ; et, surtout, pour
que rien ne trouble vos dévotions à huis clos, tâchez d'ou-

blier que la France a eu un roi qui s'appelle saint Louis,
et a été sauvée par une jeune fille qui se nommait Jeanne
d'Arc!

Ainsi voudrait parler la critique en gardant une neutralité bienveillante, au risque d'être également injuriée
ou battue par Sganarelle et par Martine. Mais voyez le
malheur! Sitôt qu'elle regarde de près cet homme qu'elle
ne veut ni diviniser ni maudire, elle se heurte à un détail
qui fait immédiatement pencher la balance du mauvais
côté. Ce détail, ce n'est pas le talent ou le génie de Voltaire; ce n'est pas tel ou tel de ses ouvrages; c'est son
caractère; il se peut qu'on l'admire; on ne peut pas l'estimer; or, l'admiration sans estime aura beau multiplier
les monuments et les sculptures, la statue sera de marbre,
le piédestal sera d'argile.

Quel est donc ce caractère, désespérant pour ceux-là
même qui auraient envie de pardonner à l'ouvrier en faveur des résultats de son œuvre? C'est l'oubli constant du
respect de soi-même; c'est un défaut absolu de dignité
morale; c'est un bizarre mélange de servilisme et d'in-
solence, de souplesse et d'audace; un penchant invétéré
à se déguiser, à mentir, à rester clandestin pour être plus
destructif, à se cacher pour frapper plus juste et plus fort,
à faire de ses supercheries le passe-port de ses hardiesses.
Ce parleur de liberté et d'humanité, cet ennemi des priviléges et des abus, ne se lassait pas d'invoquer les abus
et les priviléges qui pouvaient le servir contre les droits
qui l'offensaient. Il ne négligeait rien pour intéresser à sa
cause ceux dont il préparait la ruine. Ses sarcasmes sont

obséquieux, ses bravades ont un air de génuflexion, ses coups sont des coups d'encensoir. Il y a en lui du factieux et du courtisan, et le courtisan passe son temps à conjurer les périls ou les disgrâces que s'attire le factieux ; il y a aussi, tranchons le mot, du valet de grande maison, valet de génie au service de maîtres prodigues et aveugles. Figaro, arrivant quelques années plus tard, n'est qu'un Voltaire en livrée, profitant du rapide progrès des idées nouvelles pour démasquer ses batteries.

Essayez d'échapper au prestige de cet esprit pour pénétrer jusqu'à cette âme, si toutefois un pareil mot peut s'écrire à propos d'un pareil homme. Partout vous retrouverez les traits du caractère que je cherche à signaler. Rien de loyal et de sincère dans ces attaques qui ne pouvaient être légitimées que par leur franchise. Cet assiégeant commence, comme le cheval de Troie, par s'introduire en fraude dans la place assiégée. Ce marchand de *vérités* vend en contrebande ; ce n'est pas un agresseur, c'est un intendant infidèle. Il démolit à domicile, tout en adressant un madrigal à la maîtresse de maison et une flatterie au propriétaire. Ses œuvres les plus dangereuses ressemblent à des lettres anonymes dont l'auteur songe à faire autant de mal que possible en restant invisible ou impuni. Esprit merveilleusement français, il se moque des Français et de la France ; il rit de nos humiliations et de nos défaites pour amuser le roi de Prusse. Fanfaron de philanthropie, il sacrifierait cent fois les intérêts du peuple et du pauvre pour plaire à un grand seigneur dont l'amitié caresserait son orgueil. Son talent est essentiellement aristocratique ; la fibre populaire n'y a jamais vibré. Il a toutes les grâces et tous les vices de cette aristocratie qui va périr, victime de ses folies. Supposez que Louis XV, qui possédait d'ailleurs les qualités de l'emploi, fût un peu plus lettré, plus sensible aux jouissances de l'esprit ; qu'un reste de sens royal et d'instinct de race ne l'eût pas mis sur ses gardes vis-à-vis ce rival de royauté, et qu'il eût pleinement répondu aux avances sournoises de Voltaire ; on a honte de calculer jusqu'à quelle profondeur de courtisanerie celui-ci aurait pu descendre. C'est bien dans son dictionnaire que *courtisan* serait devenu le masculin de *courtisane*. Madame de Pompadour n'eût pas suffi à sa ferveur d'adulation. Les souscripteurs à 25 centimes, les démocrates de 1867, auraient le noble plaisir de concourir à l'apothéose de l'émule du nègre Zamore, de l'adorateur de madame Du Barry. Ils peuvent, faute de mieux, se dire que la froideur de Louis XV a été la pudeur de Voltaire.

On comprend tout ce que les circonstances présentes ajoutent d'à-propos à ce titre friand : *Voltaire et la police.* — « Voudra-t-on voir dans cette publication, nous dit M. Léouzon-Leduc, une façon de protester contre la souscription dont il s'agit ? Je ne m'en défendrai pas. Je comprends une statue de Voltaire dans une salle d'académie, une bibliothèque, un théâtre, un musée ou tout autre monument d'ensemble. Là, elle est à sa place et toute méprise est impossible. C'est l'hommage manifeste au grand écrivain. La place publique, à Paris surtout, a d'autres exigences... Paris ne doit avoir à contempler,

sur ses places publiques, que les images de ces hommes
dont le nom s'impose non-seulement à l'admiration,
mais encore au respect, et dont la vie hautement digne
et méritante peut allumer l'émulation et s'offrir en exemple... »

Voilà la note juste, et tous ceux qui ouvriront ce petit
volume, — j'allais dire ce dossier, — ne seront pas tentés d'accuser M. Léouzon-Leduc d'une sévérité poussée
jusqu'à la pruderie. En regard de ces lignes si sages,
plaçons celles-ci, qui complètent la pensée de l'auteur :

« Voltaire et la police, Voltaire invoquant l'arbitraire
d'un magistrat contre des éditeurs qu'il a dupés, des
contrefacteurs qu'il a provoqués, des critiques par lesquels il se dit insulté, des censeurs dont l'arrêt lui fait
peur, des comédiens dont la malice l'exaspère ; mentant,
calomniant, dénonçant ; faisant de sa cause la cause de
la vertu, du droit et de l'humanité ; étouffant la vérité
sous l'intérêt, la justice sous la passion ; s'humiliant, se
faisant pauvre, malade ; déployant, en un mot, pour intéresser à sa personne, une fécondité de moyens à dé-
concerter nos intrigants les plus *tarés ;* et, au milieu de
tout cela, une grâce exquise, une aisance infinie, un talent suprême, un style dont le type ne se retrouve nulle
part, voilà la correspondance qui va nous occuper. »

Voilà, dirons-nous à notre tour, un petit portrait en
taille-douce, que l'on pourrait graver, en guise de correctif, sur le socle de la fameuse statue.

C'est à Saint-Pétersbourg que M. Léouzon-Leduc a copié
les pièces de cet accablant dossier. Elles avaient été, le

14 juillet 1789, enlevées de la Bastille par des gens qui ne se doutaient guère que cette conquête-là ne profiterait qu'à la Russie, et qu'ils préparaient des armes contre un de leurs *libérateurs*. Le prix qu'y ont dès l'abord attaché Catherine et ses successeurs, M. Léouzon-Leduc nous le dit, et nous n'avons pas de peine à le croire. Un seul trait peut en donner l'idée. « En 1812, lorsque la grande armée avait déjà franchi la frontière de leur pays, les Russes craignant que, si elle pénétrait jusqu'à Saint-Pétersbourg, Napoléon ne mît tout d'abord la main sur un bien qu'il considérait à bon droit comme bien national, clouèrent les manuscrits dans des caisses, et prirent des mesures pour les envoyer, à la première alerte, au fond du gouvernement d'Olonetz... »

Maintenant voici ces documents redevenus français sans invasion et sans secousse ; Voltaire n'y figure que pour une petite part au milieu d'un groupe de rois, de reines, de princesses et de personnages historiques ; mais cette part nous suffit, et nous ne profiterons pas même de tout ce que M. Léouzon-Leduc livre à notre curiosité ou à notre malice. Les démêlés du grand philosophe avec ses éditeurs, notamment avec le sieur Jore, seraient trop longs et trop compliqués. Sa querelle avec Desfontaines nous semble profondément humiliante pour les lettres et promène l'imagination sur d'ignobles souvenirs. Dans ces deux épisodes, comme dans tous ceux où nous ramène ce volume si bien nommé, nous voyons Voltaire s'appuyant tantôt sur M. Hérault, tantôt sur M. Berrier, les deux lieutenants de police de l'épo-

que; cherchant sans cesse à s'appliquer le bénéfice de
la *raison du plus fort*; agissant comme ces écoliers qui,
en faisant niche à leurs professeurs, dénoncent leurs
voisins de pupitre, ou qui, si leurs camarades les mena-
cent de représailles, s'abritent sous l'autorité du maître;
voulant qu'on l'épargne après n'avoir rien épargné; se
couchant à plat ventre après avoir donné le signal de la
fusillade; ne souffrant et ne pardonnant rien de ce qu'il
inflige à autrui; ardent à se faire protéger dans un ensemble d'œuvres et d'entreprises qui, pour être glorieux
ou seulement excusable, devrait se poursuivre à ses ris-
ques et périls, au grand soleil, dans toute la liberté de
la lutte et de la riposte; portant des blessures mortelles
et criant pour une égratignure; tel enfin, qu'il n'est pas
un principe, pas un sentiment d'honneur, de générosité,
d'égalité, de haine contre l'arbitraire ou la délation, invoqué par ses souscripteurs d'aujourd'hui, qui ne subisse
dans ces pages un démenti et une entorse.

Forcé de nous borner à propos d'un homme qui savait
si bien écrire, nous allons choisir un épisode qui semble
fait à peindre pour les délices du feuilleton.

Si vous étiez auteur dramatique, et si l'on vous disait :
votre pièce va être parodiée, vous seriez ravi. Les honneurs
de la parodie ! Le mot est consacré, et c'est, en effet, une
sorte de consécration décisive sans laquelle un succès ne
semble pas complet. Qu'une parodie spirituelle mette en
relief, en les exagérant, les côtés vulnérables de votre
œuvre; qu'elle y fasse découvrir des défauts que le public
du premier soir n'avait pas aperçus; qu'elle tourne au

comique et même au grotesque des caractères pris au
sérieux ou des situations pathétiques ; que l'amour-propre
d'auteur ait à souffrir de ces exagérations ou de ces métamorphoses, peu importe ! mieux la *charge* sera réussie,
plus la vogue de l'original sera populaire et authentique.
N'est pas parodié qui veut. Ceci a force de loi dans le
monde des théâtres ; loi si bien établie et si généralement
acceptée, qu'on ne saurait en parler sans tomber dans le
lieu commun et les redites.

Dans tous les cas, alors même qu'un auteur serait assez
susceptible ou assez modeste pour redouter cette épreuve,
il se garderait bien d'en souffler un mot ; et s'il prenait
un confident, ce ne serait ni le préfet de police, ni le
procureur impérial, ni aucun des grands personnages de
l'État ; une démarche dans ce sens, une plainte de ce
genre, suffirait à le couvrir d'odieux et de ridicule.

Voltaire ne l'entendait pas ainsi : il venait d'écrire
(1748) sa tragédie de *Sémiramis* ; et, certes, quand on a
sur la conscience un tel péché en cinq actes et en vers,
on devrait être doux, indulgent et humble. M. Berrier,
d'Argental, le duc de Richelieu, le premier gentilhomme
de la chambre, la cour et la ville, la justice et la police,
tout le monde est mis en réquisition par l'irascible poëte
pour faciliter la représentation du chef-d'œuvre, le dérober aux griffes de la censure, conserver intacts quelques-uns de ces vers où l'auteur d'*OEdipe* avait l'habitude
d'attaquer le sacerdoce et l'Église sous le pseudonyme
des prêtres de Thèbes ou de Babylone. Mais ceci n'est
rien encore : on joue *Sémiramis*, qui réussit tant bien

que mal. Tout à coup Voltaire apprend que la comédie
italienne se dispose à jouer à Paris et à Fontainebleau une
parodie de sa pièce. Une parodie, juste ciel ! quelle irrévérence ! quel scandale ! Ce contempteur des dieux et
des hommes, ce railleur impitoyable et inépuisable cessait
d'entendre la plaisanterie, dès que c'était lui que l'on
voulait plaisanter. Les mystères du christianisme, les
beautés sublimes de la Bible, les miracles de l'Évangile,
la divine figure du Sauveur, rire de tout cela, c'est de
bonne guerre. Mais l'ombre de Ninus ! pour épargner à
Voltaire un affront pareil, à la France une pareille honte,
à la poésie un pareil sacrilége, ce n'est pas trop de l'intervention de toutes les puissances sociales et mondaines.

« A qui n'écrit-il pas? » nous dit M. Léouzon-Leduc.
— M. d'Aiguillon, M. de Maurepas, la *piété* de la duchesse de Villars, la *bonté* de madame de Luynes, la
facilité bienfaisante du président Hénault, puis madame
de Pompadour, M. d'Argental, le duc de Gèvres, le duc
d'Aumont, l'abbé de Chauvelin, le duc de Fleury, le
lieutenant de police, que sais-je? On referait une édition
de l'almanach de la cour en 1748, rien qu'avec la liste
des patrons et des protectrices dont Voltaire se fait le
solliciteur et le suppliant.

Mais ce qu'il y a de plus curieux, c'est sa lettre à la
reine, qu'on ne s'attendait guère à voir en cette affaire ;
à cette pauvre Marie Leczinska, qu'on pourrait appeler,
elle aussi, la reine-martyre ; car il existe des martyres
par le cœur comme par la torture et l'échafaud. Je vou-

11.

drais pouvoir citer en entier cette incroyable lettre ; je suis
sûr qu'elle ferait perdre au moins vingt mille souscripteurs à la statue. Jamais le bon apôtre — ni apôtre, ni
bon, — n'avait déployé ce luxe d'adulation, d'obséquio-
sité et d'hypocrisie. « Daignez considérer, madame, que
je suis *domestique* du roi, et par conséquent le vôtre !...
J'espère qu'après avoir peint la vertu (la vertu de Sémiramis !) je serai protégé par elle ! »

Ce qui dépasse tout, c'est le trait final. La reine, médiocrement édifiée touchant les vertus de Voltaire et de sa
pièce, médiocrement touchée de sa supplique, peu con-
vaincue que tout dût être perdu parce que *Sémiramis* serait parodiée, fait dire au poëte de ne pas compter sur sa
protection. Aussitôt Voltaire rappelle au galop le naturel
qu'il a chassé, et il écrit à son ami d'Argental :

« Si j'ai écrit une capucinade, c'est à une capucine. »
— « Ces derniers mots peignent l'homme, » ajoute
M. Léouzon-Leduc, et il a bien raison.

Quel dommage que les bornes de cet article nous
forcent d'abréger cet épisode ! Éconduit par la reine, Voltaire ne se tient pas pour battu, et nous voyons de nouveau défiler tout le cortége de ses protecteurs en habit
brodé. Il les accable de lettres et de requêtes, mettant
sans cesse en avant, au profit de son amour-propre, les
grands mots d'intérêt public et de morale universelle ; en
même temps, pour donner à ses palinodies les proportions d'une affaire d'État, il travaille à son panégyrique de
Louis XV et le fait traduire en quatre langues ; comme si
les deux tours de force devaient marcher ensemble ;

comme si ce prodige d'arbitraire ne pouvait se passer de
ce prodige de flatterie! Enfin, il triomphe sur tous les
points; la parodie n'est pas jouée; l'auteur se voit réduit
à la faire imprimer, l'année suivante, à Amsterdam. En
vérité, l'on croit rêver, et l'on se demande s'il y a cent
ans ou dix siècles que ce spectacle a pu être donné au
peuple le plus spirituel de la terre par l'homme le plus
spirituel de son temps. Avouons que, si Voltaire travail-
lait alors pour la liberté, c'était par des moyens bien
détournés. Vous figurez-vous M. Émile Augier ou
M. Alexandre Dumas s'adressant à M. Rouher, au maréchal Vaillant, à la princesse Mathilde ou à M. de Nieuwer-
kerque pour protéger *Paul Forestier* ou *Madame Aubray*
contre les désagréments de la parodie? Et, dans un autre
cadre, vous représentez-vous M. Sainte-Beuve interrom-
pant une polémique littéraire pour dire à M. Troplong :
Au nom de la morale publique, de la sécurité de l'empire,
de la dignité des lettres et de la majesté du Sénat, im-
posez silence à ces factieux et à ces drôles qui se per-
mettent de n'être pas de mon avis!!!

Dans tout cela, quelle leçon pour les vanités de l'esprit!
Comme la Providence se plaît à déjouer les calculs de
ces courtisans de popularité et de gloire qui voudraient
que le monde entier se mît aux ordres de leur orgueil!
Voltaire fait une mauvaise tragédie; il croit tout sauvé
s'il échappe à une parodie contemporaine; et il se trouve
que, cent ans après, c'est son œuvre même qui est la parodie véritable; parodie de la pire espèce, c'est-à-dire en-
nuyeuse et lugubre! Pour ressusciter cette momie, il faut

que la musique intervienne, et, sous prétexte de la raviver, elle l'achève, comme le lierre qui donne un air de vie à l'arbre qu'il enlace, et achève de l'étouffer. Ces lettres, que Voltaire écrivit avec un tel désir de succès, une telle fougue d'adulation servile, les voilà changées en documents cent fois plus nuisibles à la mémoire de l'homme que la parodie n'eût été fâcheuse pour la renommée du poëte. Les fonctionnaires, les grands seigneurs, qui croient faire acte de gens d'esprit en se prêtant complaisamment aux instances de ce prestigieux flatteur, ne s'aperçoivent pas qu'ils sont dupes et prennent involontairement leur part de cette triste comédie de désordre moral et de mensonge qui finira par les foudroyer. Transportés en Russie, dans ce Nord d'où ne nous vient, quoi qu'on en dise, ni la liberté, ni la lumière, peu s'en faut que ces autographes ne soient relégués par un despote au fond de la Sibérie pour échapper à un autre despote qui transforme en chair à canon les disciples et les héritiers de Voltaire. Enfin, comme s'il fallait toujours qu'il y eût du singe dans ce *grand homme* et de la mystification dans sa gloire, le dossier qui nous le montre servile, obséquieux, adorateur de l'arbitraire, ennemi de la discussion libre, prompt à la supplique, s'abritant sous le privilége, et, pour tout dire, un peu méprisable, ce dossier tombe dans le domaine public au moment même où quelques coryphées de la libre pensée, menés en laisse par un journal riche d'écus, pauvre d'esprit, oracle d'un million d'imbéciles, vont tailler en marbre ou couler en bronze le courtisan de la Pompadour, du roi de Prusse et de Catherine, le pétitionnaire des lieutenants de police, le requérant de la force et du bon plaisir contre ses adversaires ou ses parodistes, l'homme qui écrivait le panégyrique de Louis XV en se vantant d'être son domestique.

ENCORE VOLTAIRE [1]

I

Octobre 1867.

M. l'abbé Maynard, dans sa courte préface, nous déclare
ou nous fait entendre qu'il a écrit un livre impartial. En
est-il bien sûr? Sa bonne foi est hors de doute. Véridique,
sincère, consciencieux, lumineux, bien renseigné, parfois
éloquent, souvent irréfutable, il a été tout cela; impartial,
il ne l'a pas été; il ne pouvait pas l'être, et je l'en féli-
cite [2]. J'aurais mauvaise idée d'un prêtre qui, dans ce
long tête-à-tête avec l'ennemi de son Dieu, garderait assez
de sang-froid pour peser constamment le *pour* et le *contre*,
admettre les circonstances atténuantes, et s'écrier : à qui
la faute? chaque fois qu'il nous présenterait Voltaire sous
un aspect méprisable ou haïssable. S'il nous est arrivé

[1] *Voltaire, sa vie et ses œuvres*, par M. l'abbé Maynard.
[2] Voir la note B à la fin du volume.

à nous, laïques, hommes du monde, causeurs frivoles, n'ayant point charge d'âmes, de nous griser de notre encre, de dépasser la mesure en plaidant une cause qui nous était chère, comment un ministre de l'Évangile pourrait-il faire poser devant lui cette figure de démolisseur sacrilège, moissonner onze cents pages dans ce vaste champ d'impiétés, sans qu'une sorte de vertige ou d'ivresse lui fasse perdre le calme de l'historien et l'impassibilité du juge? On a dit à M. l'abbé Maynard que son *Histoire de Voltaire* était définitive, qu'elle serait sans appel, qu'elle aurait force de loi, que nul n'oserait s'y risquer après lui, parce que le sujet est épuisé. On s'est trompé. Écrit par un prêtre, ce livre, quels que soient ses mérites, ne doit pas et ne peut pas avoir ce caractère définitif qui clôt les discussions et les polémiques. Que peut-il être? Un acte d'accusation, très-bien informé, rédigé d'un main ferme, s'appuyant sur des preuves, destiné à contribuer, pour sa grande part, à un jugement aujourd'hui impossible; ou bien, si vous l'aimez mieux, une protestation, très-opportune et parfaitement justifiée, contre cette souscription grotesque, coup de pavé taillé en statue, exploitation de la bêtise au bénéfice de l'esprit, réclame de boutique dont l'effet le plus clair a été de raviver des griefs que nous demandions à oublier.

— Mais, me dira-t-on, que devrait être, selon vous, cette Vie de Voltaire, ou cette Histoire de la vie, des œuvres et du siècle de Voltaire, pour répondre à un idéal de grandeur, de justice et de vérité? — Je n'en sais trop rien; pourtant, voici mon rêve.

Un jeune homme de notre époque, sincèrement libéral, passionnément épris de littérature, de progrès, d'idées nouvelles, enclin à s'exagérer plutôt qu'à méconnaître les bienfaits de la Révolution, fasciné par le prestige de cette royauté intellectuelle qui inquiéta, subjugua et charma tout un siècle, se propose d'être le biographe, que dis-je? l'historiographe de Voltaire. Il ne le connaît que par les notions vagues, quasi légendaires, qui le représentent comme l'émancipateur par excellence de l'intelligence universelle, comme ayant tenu tête aux grands et au puissants de ce monde, pris parti pour les faibles contre les forts, pour les opprimés contre les oppresseurs, revendiqué les droits de l'humanité et de la tolérance, raillé l'esprit de servitude, semé partout la lumière, déclaré à l'ignorance une guerre implacable.

Que de titres à ses yeux! J'en passe, et des meilleurs. S'attacher à la mémoire d'un tel homme, se faire son historien et son scoliaste, c'est recueillir les lettres de noblesse de la conscience et de l'âme; c'est retracer non pas un personnage, mais un siècle; car le dix-huitième siècle appartient à Voltaire, comme le dix-septième à Louis XIV. Il en est le souverain et l'arbitre. Rien ne s'y est fait, dit ou écrit sans lui. Quel bonheur de pouvoir, quarante ans avant la prise de la Bastille, antidater ainsi la délivrance de l'esprit moderne, échapper aux hiérarchies officielles qui font passer les dons du génie après les hasards de la naissance, et saluer cette Majesté dont nous devons tous être fiers, puisqu'elle nous a légué une partie de son prestige et de son empire !

Or, le jeune homme que je viens de mettre en scène
peut confondre quelquefois les chimères avec les réalités ;
mais il a pris tout à fait au sérieux les plus nobles aspirations de notre temps. Il a le mérite d'être conséquent
et logique. Il ne transige pas avec les principes sur lesquels reposent le dogme de l'égalité présente et l'espoir
de la liberté future. Son patriotisme a toutes les ferveurs
d'un culte, et ne pardonnerait à personne l'ombre d'une
humiliation ou d'une offense infligée à son pays. Les
pauvres, les classes populaires lui inspirent une tendresse
profonde ; il voudrait relever leur niveau, adoucir leurs
peines, préparer leur avénement en les appelant au partage de l'instruction et des lumières. Les peuples victimes ou martyrs d'un démembrement inique, d'un despotisme féroce, d'une spoliation odieuse, ont une place à
part dans ses plus ardentes sympathies ; et, dût-il amuser
à ses dépens les positifs et les habiles, il lui suffit d'entendre prononcer le nom sacré de la Pologne pour tres-
saillir et verser des larmes.

Est-ce tout ? pas encore ; il existe entre ses opinions et
ses sentiments une parfaite harmonie. Il n'aime pas l'argent, et méprise les avares. Il enveloppe dans un égal
dédain les cours, les courtisans, les flatteurs, toutes les
variétés du mensonge et du clinquant. L'hypocrisie le
révolte ; il n'admet les comédiens que sur le théâtre. Il
préférerait un empoisonneur public ou un assassin de
grandes routes à un homme assez vil ou assez lâche pour
décliner la responsabilité de ses écrits. Sa répulsion et
son mépris ne connaîtraient plus de bornes, si on lui

disait que cet homme, pour dépister les soupçons et ajouter à ses livres l'attrait du fruit défendu, dénonce des innocents, compromet ses libraires, appelle sans cesse à son aide les gouvernements, les lois, les magistrats et la police. Mon jeune héros, mon chevalier démocrate, — et pourquoi la démocratie n'aurait-elle pas aussi ses chevaliers ? — possède encore d'autres délicatesses, d'autres scrupules. Il veut que la libre discussion soit toujours courtoise. Même un de ses griefs contre la critique monarchique et cléricale est de savoir — par ouï-dire, — qu'elle se permet volontiers les personnalités les plus violentes et ne recule pas devant les gros mots. Ce qui lui paraîtrait surtout monstrueux et incroyable, c'est que, non content de recourir au dictionnaire des halles, un écrivain, pour se venger des blessures de sa vanité, en arrivât à requérir cette *raison du plus fort*, qui outrage les meilleures causes et déshonore la vérité même.

Et la littérature ! car enfin, puisqu'il s'agit d'un homme qui a régné par les lettres comme César et Napoléon ont régné par les armes, il faut bien connaître les prédilections littéraires de mon jeune enthousiaste ; je l'appellerai Diodore pour simplifier mon récit.

Diodore est un disciple, un héritier de la grande école du romantisme spiritualiste. Dante et Shakspeare sont ses dieux. Il veut que l'art soit grand et vrai pour être digne de le passionner et de l'émouvoir. Il ne comprend la poésie que comme une sorte d'élan héroïque vers un idéal supérieur à notre faible nature ; la communication permanente de l'être visible et borné avec l'invisible et l'infini. La tragédie et le drame sont à ses yeux des jeux de vieil enfant, s'ils ne se rattachent pas par d'intimes liens aux plus pathétiques secrets de la vie humaine, aux plus féconds souvenirs de la jeunesse d'un peuple. C'est vous dire à quel point il déteste l'artificiel, le faux, le postiche, la déclamation à froid, la tirade à ricochets, tout ce qui sonne creux, tout ce qui remplace la figure par le masque, le franc rire par la grimace, les couleurs naturelles par le cosmétique. S'il admet le fantastique et le surhumain, il a en haine le merveilleux de convention, machiné comme un décor de théâtre. Ne lui demandez pas ce qu'il pense de l'homme d'esprit qui se chargerait de tourner sans cesse le sublime en ridicule, qui, dans les plus chastes figures et dans les plus douloureux cha- pitres de notre histoire nationale, ne chercherait qu'un sujet de fictions obscènes et de railleries glaciales. Autant vaudrait lui parler d'un prêtre souillant les vases de son culte et profanant ses autels. Son indignation égalerait sa surprise, et, malgré ses doctrines de tolérance abso- lue, en présence d'une pareille infamie il deviendrait intolérant.

Maintenant, voilà Diodore à l'œuvre; le voilà face à face avec son idole; il lit et relit toutes les œuvres de Voltaire; il s'entoure de documents; il interroge les Mé- moires du temps; il veut s'éclairer, et ces premiers jets de lumière l'étonnent, l'attristent, l'épouvantent. Résis- tant de son mieux au choc de ces vérités importunes, se méfiant de tout ce qui n'est pas l'objet de son admiration *préconçue*, c'est Voltaire seul qu'il se décide à choisir pour témoin. Il se plonge, il s'absorbe dans sa *Correspon-dance*... Horreur ! C'est ici que nous revenons, par un long détour, à l'accablant dossier si patiemment recueilli, si vaillamment dressé par M. l'abbé Maynard. Pas un senti-ment dans le cœur de Diodore, pas une idée dans son esprit, pas une aspiration dans son âme, pas un dogme politique, philosophique, social, humain, proclamé par ses amis et revendiqué par son siècle, qui ne soient froissés, bafoués, meurtris, blasphémés, insultés, vilipendés, tantôt dans les écrits, tantôt dans les actes de Celui qu'il s'était ha-bitué, sur parole, à saluer comme initiateur, émancipa-teur et apôtre de la société nouvelle. Voyez plutôt ! Réca-pitulez, si vous en avez le courage ! Prenez une à une les pages de M. l'abbé Maynard, et indiquez en marge tout ce que notre siècle veut, tout ce qu'il repousse, tout ce qu'il aime, tout ce qu'il déteste, tout ce qu'il admire, tout ce qu'il méprise, sous peine de se condamner lui-même par les plus flagrantes inconséquences aux avortements les plus désastreux. Autant de contrastes écrasants pour la mémoire de Voltaire ; autant de démentis ironiques à inscrire sur le socle de sa statue !

Sur ce terrain, la discussion peut prendre les formes brèves d'un procès-verbal ou d'un vocabulaire.

Patriotisme. — Voyez les sarcasmes contre la France, contre les *Welches*, les félicitations prodiguées au vain-queur de Rossbach, l'empressement à saisir toutes les occasions d'humilier son pays en l'honneur de l'Angle-terre, de la Russie ou de la Prusse, à se dire Suisse plu-tôt que Français, etc., etc...

Respect des gloires nationales les plus héroïques et les plus pures. — Le poëme, l'éternel poëme, qui a fait dire de nous, dans un moment de dépit et de franchise, par l'acteur le plus spirituel de la nouvelle comédie voltairienne : « Qu'ils sont ennuyeux, avec *leur Pucelle !* » A quoi nous aurons toujours le droit de répondre : « Qu'ils sont embarrassés, avec *sa Pucelle !...* »

Tendre sympathie pour les peuples démembrés et opprimés. — Éclats de rire aux dépens de la Pologne, qui peut et doit placer Voltaire au rang de ses persécuteurs, agenouillé devant Catherine, préludant par ses épigrammes serviles aux atrocités dont nous sommes les témoins.

Affectueux dévouement au progrès, à l'éducation, à l'avénement des pauvres et des petits. — Mépris hautement ou bassement affiché pour l'humanité en général et les classes populaires en particulier. Ici les citations abonderaient : « La canaille ! » ce mot revient sans cesse. « La religion est bonne pour la canaille, pour les cordonniers, les laquais et les servantes qu'on n'a jamais prétendu éclairer... il est à propos que le peuple soit guidé, et non qu'il soit instruit; il n'est pas digne de l'être... il faut que les gueux soient ignorants. Le peuple est et sera toujours sot et barbare... Je n'y vois que des bœufs auxquels il faut un joug, un aiguillon et du foin, » etc., etc. — O Duruy !!!

Haine contre la flatterie, la courtisanerie d'ancien régime, épuisant toutes les formules obséquieuses pour profiter des vices des grands et les engager à se com-

plaire dans leurs vices. — Attitude de Voltaire vis-à-vis
Frédéric et Catherine, ces deux personnifications du vice
couronné. — Catherine, qu'il appelle Notre Dame de
Saint-Pétersbourg ! — Toute sa vie n'est qu'une combinaison savante de l'adulation la plus raffinée avec la plus
insidieuse malice. S'il est plus sobre de panégyriques à
l'égard du roi de France, c'est que Louis XV, par jalousie
de métier royal, par pressentiment, par un reste d'instinct de race et de génie *Louis-Quatorzième,* se montra
presque toujours fort récalcitrant à ce mélange d'hommages hyperboliques, de familiarités à pattes de velours
et de singeries à griffes de chat ; pourtant le diable n'y
perdit rien, si l'on nous permet de donner son nom à
deux femmes auxquelles il délégua ses pouvoirs : madame de Pompadour et madame du Barry.

Haine contre la palinodie, le mensonge, contre ce genre
particulier de lâcheté et d'hypocrisie qui consiste à avoir
peur de ses audaces, à les faire circuler sous le manteau,
à nier qu'on en soit l'auteur, à en rejeter le soupçon sur
d'autres, et, pour se déguiser mieux, à les qualifier d'o-
dieuses et d'abominables. — Toute l'existence , toute
l'activité fiévreuse de Voltaire s'est employée à ce double
jeu. Ses plus énergiques adversaires n'ont jamais dit de
certains de ses ouvrages le mal qu'il en a écrit lui-même,
soit pour en faciliter la circulation, soit pour en conjurer
le péril. Jeune ou vieux, en France ou à Genève, qu'il
s'adresse aux lieutenants de police ou aux syndics de la
cité calviniste, c'est toujours la même chanson sur le
même air. Si l'on refuse de s'en rapporter là-dessus à

M. l'abbé Maynard, aux documents recueillis à Saint-Pétersbourg par M. Léouzon-Leduc, on peut consulter les pasteurs protestants : « Il faut, dit l'un d'eux, avoir lu l'original de cette lettre envoyée aux syndics de Genève, pour croire qu'un homme puisse être capable de se couvrir lui-même d'aussi violentes injures. » — Quant à jeter à la mer, en guise de moyen de sauvetage, un innocent ou un complice, à ruiner un libraire, à le faire mettre en prison pour se tirer d'affaire, à dénoncer un Jore ou un Grasset à la justice ou à la police, ce fut encöre une des habitudes de Voltaire, un de ses tours de *passe-passe* les plus familiers. A chacune de ses œuvres impies, obscènes et clandestines, on aurait pu parodier le *quidquid delirant reges*, et dire :

Le libraire est puni des crimes de l'auteur !

Mépris pour l'argent, l'avarice et les avares. — Encore un des traits caractéristiques de cette physionomie. Après les jouissances de la vanité littéraire, ce que Voltaire a le plus aimé, c'est l'argent. Sous prétexte que le genre humain se divise en enclumes et en marteaux, et qu'il ne voulait pas être enclume, il martela si bien les écus et les louis d'or de son prochain, qu'il s'en fit cent cinquante mille livres de rentes. Ici nous ne sommes arrêtés que par l'embarras du choix et le manque d'espace. On a pu écrire un gros volume de six cents pages, rien qu'avec les détails de la comptabilité de Voltaire. Même en écartant toute idée de friponnerie, il reste une comédie perpétuelle, un prodi-

gieux comédien dépensant toutes les ressources de son
merveilleux esprit à se vieillir, à se faire passer pour malade, à faire croire à sa mort prochaine, afin de mieux
placer son argent ; puis, riant sous cape, lorsqu'un pauvre débiteur, trompé par cette feinte agonie qui le laissa
vivre jusqu'à quatre-vingt-quatre ans, en arrive à lui
payer dix fois le capital de la somme empruntée. C'était
de bonne guerre, a-t-on dit, et il convenait que l'on vit
enfin un poëte mourir millionnaire au lieu de mourir à
l'hôpital. Tant pis ! Une souveraineté intellectuelle et·phi-
losophique, poétique et littéraire, compliquée d'arithmétique, surchargée de livres de comptes, escortée de pro-
cureurs et d'huissiers, perd la moitié de son prestige.

Modération, courtoisie, esprit de liberté dans la polémique.—Prenez le plus violent des publicistes modernes,
celui à qui on a le plus reproché de brutaliser ses adversaires au lieu de les réfuter. Ses rudesses les plus accen-
tuées ne sont que douceurs madrigalesques en comparaison des pages les plus débonnaires de la polémique de
Voltaire. Cet homme, qui ne prend rien au sérieux, prend
au tragique tout ce qui le blesse. Son amour-propre a
des tressaillements électriques, des susceptibilités d'écor-
ché pour qui toute·égratignure est une plaie. Quiconque le
contredit, quiconque ne le loue pas assez ou le loue mal,
quiconque mêle une critique à ses éloges, un grain de
sel à son encens, est aussitôt traité, non d'ignorant, de
sot ou d'imbécile, mais de mauvais drôle, de scélérat
fieffé, de gibier de galères ou de potence. Une épigramme
ne suffit pas à soulager cette colère, et Joseph de Maistre

a pu dire : « La moindre gorgée de son fiel devait couvrir plus de cent pages. » — Encore, s'il se bornait à tout ce que l'injure a de plus violent et parfois de plus sale ! Mais on ne saurait en douter, il est allé plus loin ; non content d'insulter, il aurait voulu châtier ses antagonistes et intéresser à ce châtiment toutes les puissances de la terre. Oui, qu'on se figure un moment ce terrible railleur maître du pouvoir matériel et disposant de toutes les forces de son temps, comme il dispose de toutes ses idées : il n'y a pas d'illusion possible, Desfontaines, Fréron, la Beaumelle, Rousseau, Patouillet, Nonotte, ne seraient pas sortis vivants de cette lutte inégale d'où ils sortirent injuriés, calomniés et ridicules.

A quoi bon poursuivre cette triste nomenclature? Si de la biographie nous passons à la critique, que de réserves à faire ! quel rabais et quel triage ! que d'ivraie et de folle avoine mêlées à quelques riches épis ! — Combien de genres, — et les meilleurs, — où Voltaire ne s'est essayé que pour se montrer incapable d'y réussir ! Sur certains points, la tragédie, par exemple, nous serions tentés de trouver M. l'abbé Maynard trop indulgent; c'est là, ce devait être un des défauts de son livre, où la sagacité du critique se laisse trop absorber par la sévérité du biographe.

Voilà donc notre pauvre Diodore en face de cette accablante évidence ; le voilà réduit à subir une foule de points de vue auxquels il n'avait pas songé ; le voilà forcé de reconnaître dans la vie et l'œuvre de Voltaire le revers de toutes les médailles qu'on fait circuler en son nom. Désen-

12

chanté de son héros, désespérera-t-il de sa tâche? Obligé,
pour rester conséquent, de haïr et de mépriser l'homme
qu'il avait adoré, renoncera-t-il à le comprendre? Ne lui
plaira-t-il pas de se demander, non plus ce qu'a fait et ce
qu'a été Voltaire, mais ce qui l'a produit, ce qui fit sa
force et sa faiblesse, ce qui explique son rôle, ce qui
reste et restera le dernier mot de son influence?

II

Je ne ferai pas à M. l'abbé Maynard l'injure de comparer son livre à celui de M. Nicolardot (*Ménage et Finances de Voltaire*), qui parut, si j'ai bonne mémoire, en
1854. Par la brutalité de son style, la maladresse de ses
procédés, par ses excès d'irrévérence envers les majestés
tombées, à force d'oublier que les extrêmes se touchent
et que qui veut trop prouver ne prouve rien, M. Nicolardot en était arrivé à rendre Voltaire intéressant. Chez
M. l'abbé Maynard, au contraire, tout est réfléchi, étudié,
démontré, et le désir bien légitime de trouver Voltaire
coupable se justifie, à chaque page, par des détails accablants. Le dossier existe; il est sans réplique; je ne voudrais pas en retrancher une seule pièce; et cependant,
je le dis en toute sincérité, dès les premiers chapitres de
cette nouvelle Histoire j'ai éprouvé une impression ana-

logue à celle que j'avais ressentie en lisant M. Nicolardot. La vraie question n'est pas dans le plus ou moins de culpabilité de Voltaire. Le débat s'agrandit, s'élève, devient plus consolant et plus chrétien, si, au lieu d'incriminer ou d'excuser l'auteur de *Candide*, on essaye de l'expliquer, si on le considère dans ses origines, dans sa raison d'être, dans ses rapports avec son temps. On parvient alors, sans trop de paradoxe, à le saluer comme le produit le plus odieux, mais le plus parfait, d'une société pire que lui, comme l'instrument le plus aveugle, mais le plus puissant, du Dieu qu'il a blasphémé, de la religion qu'il a détestée, de la morale qu'il a salie, des grandes idées de justice, de vérité, d'humanité, dont, en dépit des Sirven et des Calas, il s'est moqué toute sa vie.

Est-ce à dire que M. l'abbé Maynard ait négligé cette partie de sa tâche? Nullement. Il nous introduit, dès le début, auprès des premiers corrupteurs de Voltaire; sa mère d'abord, sorte de Ninon bourgeoise, de mœurs si légères que l'on n'a jamais su de qui Voltaire était fils, et qu'il a préludé, par ses impertinences filiales, à son rôle de profanateur universel :

> Dans tes vers, Duché, je te prie,
> Ne compare point au Messie
> Un pauvre diable comme moi.
> Je n'ai de lui que sa misère,
> Et suis bien éloigné, ma foi,
> D'avoir une vierge pour mère !

L'abbé de Chateauneuf, l'abbé Gédoyn — car remarquez cette quantité d'abbés qui se mêlent à l'existence de Vol-

taire pour toute autre chose que pour le prêcher ; — puis
le groupe impie' et libertin du Temple, et ici j'emprunte
à M. l'abbé Maynard ces lignes significatives : « Libertins,
dans tous les sens du mot, *quoique la plupart ecclésiasti-
ques*, ces vieillards n'épargnaient ni l'Église dont ils dé-
voraient les riches revenus, ni les mœurs dont ils étaient
la satire vivante, ni le gouvernement qui les avait tolérés
durant la faveur des Vendôme... » Puis, après les premières équipées, la Bastille, c'est-à-dire l'irritant contraste
qui va se déployer parallèlement à cette longue vie ; la
licence des mœurs à côté du despotisme des lois ; les consciences qui ne croyaient à rien en regard des puissances
qui opprimaient tout. Plus tard, le séjour en Angleterre,
auquel M. l'abbé Maynard nous semble assigner trop
d'importance. Voltaire, dès cette époque, n'avait pas besoin, pour s'achever, de l'influence anglaise. La France
hélas ! y suffisait. Que pouvaient être le spectacle d'une
nation protestante, l'exemple de quelques grands seigneurs, de quelques écrivains déistes, comparés à ce que
le jeune et brillant réfractaire venait de laisser ou de subir
dans son pays ; les scandales de la Régence, l'atmosphère
empestée du Temple, la corruption à domicile, des évêques
et des prêtres déshonorant en leur personne le sacerdoce
et l'épiscopat ; l'épisode des coups de bâton du chevalier
de Rohan ; toutes les dissonances sociales, politiques,
morales, qui peuvent suggérer toutes les révoltes de
l'esprit et du cœur ? Si M. l'abbé Maynard nous accorde
qu'un mauvais catholique et surtout un mauvais prêtre
font mille fois plus de mal que tous les protestants et tous

les déistes de ce monde, s'il nous accorde que les institutions d'ancien régime, n'étant plus légitimées par le
respect et la foi, appelaient d'urgence des réformes radicales, il nous permettra de lui exprimer l'étonnement
que nous a causé ce passage de son livre : « Par son esprit,
Voltaire est bien fils de la France. Pour presque *tout le
reste* (?) c'est un fils de l'Angleterre. Par lui et par Montesquieu, l'Angleterre a fait chez nous, au dix-huitième
siècle, une invasion qui, à beaucoup d'égards, nous a été
plus funeste que la guerre de Cent ans. »

N'est-ce pas là (je voudrais me tromper) le langage
d'un homme pour qui l'hérésie et les institutions libérales
sont le plus grand des maux, alors même qu'il a sous les
yeux, en étudiant la vie de Voltaire, un mal bien autrement terrible, l'Église de France, la monarchie, la société,
travaillant à leur propre ruine, cessant de se respecter
elles-mêmes et persécutant celui qui ne les respectait pas,
doutant de tout ce qu'elles étaient chargées de maintenir,
et affectant de proscrire celui qui donnait des formules à
leur incrédulité? Non, non, Voltaire a été bien français,
uniquement français, non-seulement par son esprit, mais
par tout le reste, de même que la France de son temps a
été bien voltairienne dans tous les traits de sa physionomie; voltairienne surtout par cette espèce d'audace clan-
destine, qui est la plaie des gouvernements absolus et
corrompus. Dès lors, si rien ne s'excuse, tout s'explique,
principalement les deux détails caractéristiques, qui, dans
cet ensemble, nous avaient le plus étonnés; cette série
incroyable de supercheries qui fait ressembler chaque

nouvel ouvrage de Voltaire à une partie de *cache-cache* jouée entre l'auteur, la police et le public ; et ce phénomène, non moins surprenant, d'un homme qui, recommençant toujours la même manœuvre, la même comédie d'évasion, de subterfuge et de mensonge, tient sans cesse la curiosité en éveil, conserve jusqu'au bout la saveur d'un fruit défendu, intéresse à sa cause ceux même qu'il fatigue de ses perpétuelles palinodies, se fait lire avidement par ses censeurs officiels, et réussit à n'être jamais pris en grippe ; ce qui ne lui eût pas manqué sous un régime plus libéral ou plus conséquent ! Vingt fois, cent fois, en lisant son histoire si bien racontée par M. l'abbé Maynard, je disais tout bas : Mon Dieu ! que cet homme m'eût impatienté ! Il n'impatientait pourtant pas ; il amusait, il charmait, il passionnait ; chaque année ajoutait à sa vogue et à sa puissance. Pourquoi ? En répondant à ce *pourquoi*, je ne m'écarte pas de mon sujet, et j'indique les légères dissidences qui me séparent du pieux historien de Voltaire.

On a dit que les peuples ont, en définitive, les gouvernements qu'ils méritent ; on peut en dire autant des littératures. La France, à dater de 1715, ne pouvait plus avoir que la littérature qu'elle méritait. Mais, comme il ne nous est pas permis d'être fatalistes, comme la suite des événements a dégagé de tout nuage le plan providentiel, je me hâte d'ajouter que cette littérature qu'elle méritait par ses vices, ses désordres et ses folies, lui préparait à la fois une expiation inévitable et une régénération nécessaire. Voltaire est l'homme qui a porté avec le plus de

grâce et fait jouer avec le plus d'éclat cette arme à deux
tranchants, cette singulière lance d'Achille, meurtrière
et vivifiante tout ensemble. Examinée isolément, sa vie
est un tissu de lâchetés, de bassesses, de perfidies, de
mensonges, d'attentats au patriotisme, à l'innocence, à la
pudeur, à la conscience, à la foi, à tous les éléments de
grandeur morale et à cette liberté de croire, qui vaut bien
la liberté de penser. Jugées en dehors de ce qui les pro-
voque et les explique, la plupart de ses œuvres sont im-
pardonnables; plusieurs sont odieuses ; deux ou trois sont
monstrueuses. Mais si l'on consent à le rattacher à tout ce
qui le précède, l'accompagne et le suit, si l'on se résigne
à l'étudier sous son double aspect de destructeur volontaire et de réparateur sans le vouloir, alors on arrive à
trouver l'ouvrage de M. l'abbé Maynard trop surchargé
de menus détails purement biographiques, et à regretter
qu'il n'ait pas donné une plus large place à ce que j'appellerai, — au risque d'un semblant de barbarisme, —
gesta Dei per Voltarium.

M. l'abbé Maynard cite un dilemme de Royer-Collard :
« Si le christianisme a été une dégradation, une corruption, s'il a fait l'homme pire qu'il n'était, Voltaire,
en l'attaquant, a été un bienfaiteur du genre humain ;
mais, si c'est le contraire qui est vrai, le passage de
Voltaire sur la terre chrétienne a été une grande calamité. »

Dût-on me traiter de téméraire et de sophiste, je n'accepte pas le dilemme, et c'est au nom du christianisme
même que je me permets de contredire l'illustre doctri-

naire. Que restait-il du christianisme dans ce monde étrange du dix-huitième siècle qui semblait parvenu, de progrès en progrès, à réaliser les contraires de l'Évangile? Sa liberté morale? On trouvait moyen d'être licencieux sans être libre. L'égalité proclamée par la loi divine? Jamais l'inégalité des conditions ne fut plus révoltante qu'à ce moment où les classes supérieures mesuraient l'oubli de leurs devoirs par l'étendue de leurs priviléges. La royauté? Elle n'était plus même de droit divin, mais de bon plaisir. Le haut clergé? Il devait se relever plus tard devant le péril et l'échafaud ; mais, en attendant, il n'offrait plus, dans ses allures mondaines, qu'une variété du grand seigneur et du courtisan. Le foyer domestique, la sainteté du mariage, les liens sacrés de la famille? Tel en était le désarroi, que le scandale même n'y était plus possible ; la galanterie y régnait à l'état normal, et on ne se fût scandalisé que de la fidélité conjugale. L'appareil de la justice gardait toutes les rigueurs d'un autre âge sans qu'une voix autorisée s'élevât pour déclarer tout ce qu'il y avait de déplorable à voir un siècle sceptique user contre le mal et l'erreur des mêmes armes que les siècles de fanatisme et de foi. Partout ce contre-sens, cet antagonisme désespérant pour le législateur et le moraliste, ce démenti permanent infligé aux institutions par les mœurs. Partout le paganisme, moins sa poésie primitive, la mystérieuse grandeur de ses symboles, la naïveté et la sincérité des mythologies au berceau. On invoquait les dieux de l'Olympe, non pas pour revivre dans le passé avec Hésiode, Homère ou Eschyle, mais seulement pour

se donner le plaisir d'oublier ou d'insulter le Dieu du
Calvaire.

J'ai déjà cité Joseph de Maistre; on connaît le dernier
mot de sa célèbre invective contre Voltaire : « Il a mérité
d'être couronné par la main du bourreau. » — L'image
est saisissante, mais elle n'est pas juste ; voici celle qui
m'obsède : Voltaire brûlé en effigie par un magistrat, un
lieutenant de police, un prélat, un ministre, une grande
dame, une favorite, un roi, qui savent par cœur ses
ouvrages et qui pensent comme lui.

Voltaire a donc été le produit de son temps : il n'y a
exercé une telle influence, il n'y a fait pardonner ou
aimer ses torts innombrables, il n'y a sollicité, pendant
soixante-dix ans, sans la fatiguer jamais, la curiosité publique, il n'y a pu être impunément avare, retors, comédien, madré, menteur, mauvais Français, cynique, insolent, servile, flatteur, venimeux, sans âme et sans entrailles, il n'a été accepté comme un enchanteur et un
oracle par ceux-là même qui auraient dû le redouter ou
le haïr, il ne s'est continué en détail dans deux ou trois
générations, que parce qu'il a été l'expression exacte et
complète de cette société qui l'a salué roi pour régner en
son nom. Là est le secret de ce prestige, de cette séduction
inouïe — (la plus *fascinante* créature qui fut jamais, dit
M. l'abbé Maynard) — séduction que je ne puis pas comprendre autrement. Car jamais homme ne parla moins à
l'imagination, au cœur, à l'enthousiasme, à toutes les
facultés qui vivent de passion, de poésie, de croyance,
d'émotion, d'héroïsme intellectuel et moral, et même de

fautes grandioses. Ses ouvrages sérïeux font bâiller ; ce
n'est pas d'ordinaire avec de petits vers, des poésies légères, dès abrégés d'histoire, des contes ou des satires,
que l'on passionne une époque. Ce n'est pas en n'aimant
personne que l'on se fait adorer. Encore une fois, son
prestige et son règne ne s'expliquent que par ce suprême
accord de sa souveraineté avec ses sujets, par le plaisir
qu'ils eurent de se reconnaître en lui comme dans un
miroir qui les embellissait en les raillant.

Maintenant, si Voltaire a puissamment aidé à démolir
cette société qui l'avait créé à son image, c'est le cas de
répéter le mot de Corneille à propos de Richelieu ou le
distique de Favart à propos du maréchal de Saxe : Il m'a
fait trop de mal pour en dire du bien ; il m'a fait trop de
bien pour en dire du mal ! —Je crois pourtant que le bien
domine. Voltaire n'a désordonné que le désordre, cor-
rompu que la pourriture et ruiné que les débris. Les ravages qu'il a exercés dans les esprits et dans les âmes ont
ressemblé à ces incendies qui dévastent un territoire,
mais le fertilisent. A la faveur de ses hardiesses immo-
rales ou impies, il a fait pénétrer dans le monde des idées
d'humanité et de justice qui devaient fructifier plus tard,
et qui, à cette date fatale, ne pouvaient réussir sans lui. Je
suis presque aussi enclin que M. l'abbé Maynard à traiter
légèrement les affaires de Calas, de Sirven et de La Barre,
si complaisamment amplifiées par les panégyristes de Voltaire. Je n'y vois qu'une tirade dans un rôle, un essai de
diversion pathétique au milieu d'une immense comédie.
Mais si l'inspiration immédiate en est fort suspecte, si

l'on craint d'être dupe en cherchant une larme sur ce masque contracté par le rire, les conséquences ultérieures sont sérieuses. Le grain semé par une main indigne est devenu une moisson. Voltaire meurt ; de suprêmes expiations, d'épouvantables catastrophes viennent donner tort et raison à cette ouvrier de destruction et de mort. Puis, dans l'inventaire de son héritage et de son œuvre il se fait un bizarre travail de transformation et de triage. Toute sa défroque de poëte épique ou tragique, de raisonneúr ou de philosophe, tout ce qu'il défendait à grands cris comme la portion la plus vivante de son génie et de sa gloire, tout cela tombe en poussière ; le fard s'écaille ; les amours grelottent ; les Grâces se rident ; les fleurs païennes se fanent ; les impiétés se glacent ; les obscénités se cachent dans l'ombre ; les alexandrins expirent dans le néant et le vide. Ce qui n'avait été qu'un insignifiant accessoire, une façon de payer l'hospitalité genevoise, une parade d'humanité jouée entre *Tancrède* et *Irène*, voilà ce qui survit, ce qui subsiste dans un monde nouveau, éclairé et purifié par le malheur.

Savez-vous quels sont, selon moi, dans l'histoire du genre humain, les devanciers, j'allais dire les ancêtres de Voltaire ? Le Déluge et Attila ; ne riez pas trop, et laissez-moi m'expliquer, au risque de vous divertir à mes dépens.

Trois fois entre toutes, l'homme a mérité d'être châtié par la main de Dieu. Mais le châtiment n'a pas dû se ressembler, parce que les fautes ne se ressemblaient pas. A l'époque qui suivit de si près la création du monde, les vices ou les crimes de la société primitive étaient, pour ainsi dire, élémentaires. Ils se confondaient avec les forces de la Nature ; ce fut comme une furie d'instincts déchaînés, vivant de plain-pied avec les monstres. Pour les punir, la Nature suffit ; les eaux du ciel lavèrent les souillures de la terre.

Bien des siècles plus tard, lorsqu'arriva la phase la plus hideuse.de la corruption romaine, cette corruption s'offrit avec un double caractère. A la fois brutale et raffinée, faite de mépris pour les faibles, les opprimés et les esclaves, elle résumait les excès de la sensualité servis par les abus de la toute-puissance. Il fallait qu'elle fût domptée, flagellée, anéantie, non plus par les éléments, mais par des hommes; par une race neuve, barbare, destinée à accomplir aveuglément la vengeance céleste et à prendre ensuite rang dans la civilisation chrétienne.

Enfin, la société du dix-huitième siècle était autrement coupable. Héritière de la lumière divine, elle l'avait insolemment échangée contre des ténèbres volontaires. De tous les dons, de toutes les richesses de l'esprit elle faisait autant d'offrandes au vice, à l'erreur et au mensonge. Elle souriait à tout ce qui devait la détruire et se moquait de tout ce qui pouvait la sauver. Eh bien, jamais expiation ne fut plus en harmonie avec le crime. Le sarcasme qu'elle a divinisé s'est retourné contre elle. L'homme qu'elle a le plus admiré, avec qui elle s'est le plus complétement identifiée, est celui qui a le plus contribué à sa perte. L'esprit, cet esprit superbe, charmant, impitoyable, omnipotent, dont elle avait assaisonné toutes ses rébellions, est devenu le poison qui l'a tuée. La raillerie de Voltaire a été pour l'ancien régime ce que les hordes d'Attila furent pour la civilisation romaine.

Tout ceci, — en supposant qu'on y voie autre chose qu'un rêve de malade, *Ægri somnia!* n'infirme en rien les récits et les jugements de M. l'abbé Maynard; je ne trouve rien ou presque rien, en somme, à critiquer dans son ouvrage; mais j'y voudrais une suite — la *Suite du Menteur!* — la suite et le *pourquoi* de Voltaire; la réparation après l'offense; l'œuvre posthume après l'œuvre vivante. En attendant qu'on écrive cet épilogue, remercions Dieu de nous avoir fait naître dans notre siècle, et non pas dans le siècle précédent. Nous pouvons encore haïr Voltaire; nous sommes dispensés de le maudire [1].

[1] Peut-être, si l'on a feuilleté le quatrième volume des *Nouveaux Samedis* (p. 89 et suiv.), trouvera-t-on que je me répète ou que je me contredis à propos de Voltaire. Mais, ces pages ayant donné lieu à des malentendus, soulevé des susceptibilités honorables, j'ai voulu revenir sur cette question, afin de rendre toute équivoque impossible. Cette fois, si je me trompe, on a du moins ma pensée tout entière, paradoxale peut-être, mais consciencieuse et réfléchie.

XI

PÉTRARQUE [1]

Novembre 1867.

Pétrarque m'appartient par droit de naissance. Quiconque est né à Avignon et y a passé quelques belles années de jeunesse, doit avoir son opinion faite sur ces deux questions importantes et délicates : la vertu de Laure, et l'amour de Pétrarque.

La vertu de Laure ! En douter, serait presque un sacrilége ; les sceptiques incorrigibles qui nient même son existence, sont à peine plus insensés et plus coupables que ceux qui refusent de croire à sa fière innocence. Il y a trente ou quarante ans, à l'époque où l'idéal chevaleresque et poétique n'était pas encore éteint, tout Vauclusien tant soit peu lettré savait par cœur le *Canzoniere*, en récitait de mémoire des traductions en prose ou en

---

[1] *Pétrarque*, Étude d'après de nouveaux documents, par M. Mézières.

vers, et se passionnait pour la belle Laure, comme M. Victor Cousin s'est passionné pour la duchesse de Longueville. Il y avait même cette différence à notre avantage, que l'illustre philosophe était forcé d'avouer, bien malgré lui, que sa bien-aimée duchesse l'avait notoirement trahi en 1648 ; tandis que, entre nous et l'objet de nos respectueuses tendresses, il n'existait qu'un mari et une douzaine d'enfants; ce qui ne compte pas en littérature.

L'amour de Pétrarque ! c'est ici que les conjectures et les interprétations sont permises : nous ne croyons pas qu'il soit possible de parler de cet amour mieux que n'en a parlé M. Mézières. Que de nuances, que de sous-entendus et de faux-fuyants dans ces âmes, j'allais dire dans ces imaginations de poëtes ! Elles sont à la fois sincères et décevantes, en ce sens qu'avant de tromper les autres, elles s'abusent elles-mêmes. Douées de la faculté dangereuse d'exprimer plus qu'elles ne ressentent, on ne sait jamais si, dans le mystérieux travail qui s'opère entre ce qu'elles éprouvent et ce qu'elles expriment, c'est le sentiment qui les déchire ou l'expression qui les console. Elles souffrent de leur blessure, mais elles en vivent, et souvent l'on peut croire qu'elles seraient fâchées d'en guérir tant qu'elles ont la joie douloureuse de s'en plaindre. La flamme intérieure, — dévorante au début, — exercerait trop de ravages si elle restait en dedans. Grâce à un don particulier d'expansion, elle s'échappe au dehors, et se change peu à peu en gerbes lumineuses qui éblouissent encore, mais ne brûlent plus. L'observateur impoli qui a dit qu'en pareil cas la poésie était une sou-

pape de sûreté, a formulé grossièrement une idée
vraie.

L'amour de Pétrarque pour Laure de Noves, comtesse
de Sade, fut-il purement mystique? M. Mézières ne le croit
pas, et il a raison. Fut-il sensuel? Peut-être ; mais pas
dans l'acception vulgaire que nous prêterions à ce mot
d'après nos mœurs modernes. C'était, si je ne me trompe,
le sensualisme éthéré et idéal des cours d'amour et des
Trouvères, une sorte de terme moyen entre le pur chevaleresque et la galanterie licencieuse qu'allait inaugurer
la Renaissance. Dans ce quatorzième siècle essentiellement méridional, au sein de cette civilisation italienne et
provençale qui précéda de deux cents ans la civilisation
française et eut une poésie bien antérieure à Villon et à
Marot, le troubadour, vêtu de soie, la guitare à la main,
la toque de velours sur la tête, aventurier ou maraudeur
dans le pays du Tendre, remplaçait le chevalier bardé de
fer et prêt à toutes les abnégations héroïques. Il amollis-
sait la grande tradition du sacrifice, de l'amour offert et
accepté, des deux parts, comme une condition suprême
de magnanimité et de vertu. Il ne sanctifiait plus la passion ; il la poétisait, et, en la poétisant, il la rendait moins
sublime, plus séduisante et plus périlleuse.

Pétrarque fut, à sa manière, un troubadour de génie,
sérieux et historique. Tel nous le retrouverons dans ses
amitiés, dans sa vie privée et publique, dans sa correspondance, dans sa politique, dans tout cet ensemble que
M. Mézières retrace avec tant de charme et d'ampleur.
Son amour pour Laure a été comme une première dégé-

nérescence, un premier degré d'infériorité après le mysticisme dantesque, le culte tout immatériel de Dante pour
Béatrix. C'est un prélude, une légère bouffée du sensualisme dont son ami Boccace va s'emparer, et qui, du *Dé-
caméron* à *Gargantua*, en passant par l'Arioste et l'Arétin,
va nous rejeter en plein paganisme. Pour atténuer ce premier symptôme, pour se défendre contre ce souffle poé-
tiquement corrupteur, Pétrarque a sa foi sincère, sa piété
d'autant plus solide qu'elle est plus hardie ; il a la vertu
inflexible de Laure ; il a enfin — sachons le dire, — il a
le comte Hugues de Sade — un mari terrible !

Terrible, ai-je dit? Ce n'est pas que l'histoire nous
le représente recourant à la violence pour effrayer le
poëte et mettre en fuite les amours. Non ; cet homme
brutal, mais avisé, usait d'un procédé qu'on ne saurait
assez recommander aux époux menacés dans leur repos
et leur honneur. Douze enfants en seize ans, tel fut le résultat de cette méthode homœopathique, qui devait infailliblement triompher des sonnets sans défaut et même
des longs poëmes. M. Mézières nous dit, d'après des documents authentiques, que Hugues de Sade était bourru,
de jalouse humeur, incapable de comprendre Laure. Pas
si sot pourtant, l'homme qui tint ainsi et si longtemps en
échec les deux êtres les plus difficiles à gouverner ; un
poëte et une jolie femme ! Cette perpétuelle victoire du
pouvoir exécutif sur l'opposition parlementaire était bien
faite pour moraliser à la longue l'amour illégitime et le
ramener au platonisme par ses contraires. *Duodecim
lassata partubus*, dit piteusement Pétrarque après avoir

perdu son latin. Ce latin-là ne pouvait plus braver l'honnêteté, et les grossesses de Laure achevèrent l'œuvre d'a-
paisement et de résipiscence que ses dédains avaient
commencée.

En somme, — dussiez-vous m'accuser de paradoxe, —
savez-vous à qui je compare le noble et charmant poëte
dans ses rapports avec sa *belle inhumaine?* Ne vous
récriez pas trop : à madame de Sévigné. Ma comparaison
est d'autant moins extravagante, que Pétrarque, comme
Cicéron et Voltaire, est tout aussi immortel par ses lettres
que par ses autres écrits. La part faite à toutes les différences, toutes proportions gardées entre la tendresse maternelle et un amour mortifié plutôt que mystique, je
découvre de curieuses affinités. Ce que l'éloignement de
madame de Grignan fut pour sa mère, les rigueurs de
Laure le furent pour son amant. On eût assurément exas-
péré l'une et étonné l'autre, si on leur eût dit qu'il valait
mieux pour celui-ci que Laure fût inexorable, et pour
celle-là que madame de Grignan fût absente. On les eût
surpris bien davantage, si on leur eût affirmé que,
tout en aimant dans l'entière plénitude de leur cœur, il
leur restait pourtant, dans ce coin plein d'ombre qui ne
se connaît pas soi-même, je ne sais quelle secrète préférence pour une situation qui permettait à leur tendresse
de gémir et de s'immortaliser en se plaignant. Supposez
Laure trop sensible, madame de Grignan trop présente,
la mère et l'amant seront-ils plus heureux? Ils le croiront
peut-être; mais ce bonheur émoussé ici par l'habitude,
là assombri par le remords, soumis chez tous deux aux

conditions misérables du réel et du fini, ne leur accordera
pas ce que leur prodigue le sentiment du possible, sans
cesse ravivé et raffiné par la souffrance. Ils n'auront jamais compté leurs richesses, gaspillées en menue monnaie. Ils ne connaîtront pas ces trésors de terre promise
que la terre donnée refuse presque toujours; et finalement — ce qui n'est indifférent ni à un poëte, ni à une
femme de génie, — nous y perdrons des lettres incomparables et des vers délicieux.

Car c'est là qu'il faut revenir; c'est là que l'idéal prend
une éclatante revanche contre ceux qui le calomnient
faute de pouvoir l'atteindre. Cet épisode légendaire des
amours de Pétrarque et de Laure est d'un bon exemple,
non-seulement parce qu'il nous montre une noble femme
fermement attachée à ses devoirs et résistant à la plus
puissante des séductions, l'hommage passionné d'un
grand poëte; mais parce qu'il nous apparaît, à cinq siècles de distance, comme le triomphe du spiritualisme et
de l'âme. A mesure que le temps marche, l'ombre se fait
sur tout ce qu'il y a eu de terrestre et de périssable dans
ce poétique roman. L'imagination écarte les obstacles
matériels, rapproche ce que le monde avait séparé, et
les deux figures, les deux noms, sont à jamais unis en
pleine lumière par un lien plus doux et plus fort que
toutes les attaches visibles. Qu'est-ce aujourd'hui que
Hugues de Sade dans la mémoire des hommes? Qu'est
devenue cette nombreuse lignée, cette progéniture dé-
fensive? Tout cela s'est effacé, tandis que les pâtres du
Luberon, les pêcheurs de la Sorgue et les hôteliers de

Vaucluse vous parlent de Laure et de Pétrarque comme
s'ils les avaient connus :

Vaucluse a retenu le nom chéri de Laure !

s'écrie Lamartine :

Je viens à la fontaine, ô maître! et je relis
Tes vers mystérieux par la grâce amollis;
Doux trésor! fleur d'amour qui, dans les bois recluse,
Laisse après cinq cents ans son odeur à Vaucluse,

dit Victor Hugo. Ainsi la poésie moderne continue et
consacre ce prodige de la poésie et de l'amour d'autrefois, cette prise de possession de la maîtresse idéale par
l'amant immortel. Et que de pèlerins, illustres ou inconnus, ont afflué sur cette jolie route que M. Mézières décrit si bien ! Nous l'avons tous fait, ce pèlerinage, et
nous pouvons constater la justesse et la fidélité du tableau ; la charmante colline de Gadagne et de La Cha-
pelle, toute boisée de pins et d'oliviers, embaumée de la
senteur pénétrante du thym et du genièvre ; le Thor et
l'Isle, nids de fraîcheur et de verdure, enchâssés dans
d'aimables prairies, baignés d'eaux courantes, ombragés
d'ormeaux et de platanes ; puis le paysage changeant
d'aspect ; l'âpreté des grandes solitudes succédant à la
physionomie riante des prés, des *villas* et des jardins;
un chemin nu, pierreux, brûlant en été, traversant une
lande aride, côtoyant des rochers pelés, et aboutissant à
une de ces *clôtures* gigantesques (vallis clausa), immenses
rideaux de pierre qui ferment tout à coup l'horizon, sem-

blent nous séparer du reste du monde, et éveillent, à
l'usage des affligés ou des rêveurs, une idée d'isolement
et de refuge. Telle est, dans son austère beauté, la fontaine de Vaucluse; tel fut l'asile où Pétrarque — dont on
vous montre encore la maison en ruines, — alla cacher
son amour, son chagrin, ses alternatives de résignation
et de remords, d'apaisement et de révolte. C'était (sans
jeu de mots) la source vivifiante où il se retrempa pendant des années, et d'où il sortit plus fort, plus chrétien,
armé pour des luttes plus sérieuses et plus dignes de lui.

Vous vous tromperiez, en effet, s'il vous arrivait de voir
Pétrarque tout entier et toute la vie de Pétrarque dans
les poésies que dicta son amour, et dans l'amour qui lui
inspira ses poésies. Ce n'est qu'un chapitre, une sorte de
brillant prologue de son existence et du livre de M. Mézières. Nous le retrouvons, avec son nouvel historien[1],
dans ses rapports avec sa famille et ses amis qui furent
presque tous au premier rang des célébrités de son siècle;
écrivant d'innombrables lettres familières, dont un nouveau recueil et une édition originale, publiée à Florence
par M. Fracassetti, ont servi à M. Mézières de texte et de
point de départ; offrant maint exemple de l'amitié parfaite comme il est resté le modèle de l'amour presque
parfait; gardant vis-à-vis le saint-siége une attitude sin-

---

[1] Un homme admirable, dont la modestie égalait le talent et
dont le nom est resté à Avignon synonyme de bonté et de vertu, le
baron Achille du Laurens, mort en 1859, a laissé, sous le titre
d'*Essai sur la Vie de Pétrarque*, un livre curieux et charmant qui
n'a pas été, nous le croyons, tout à fait inutile à M. Mézières.

gulière, italienne, gibeline et quasi-dantesque; diplomate enfin et homme politique, mêlé à de grandes affaires, confident de souverains dont il ne fut jamais le courtisan, et donnant aux grands de ce monde des conseils que l'on peut croire bons, puisqu'ils furent rarement suivis. On le voit, il y a loin de là à une sorte d'élégie vivante, s'exhalant en mélodieux soupirs, s'épuisant en subtilités sentimentales, et ne laissant d'autre trace de son passage ici-bas qu'un nom de femme gravé sur une pierre et un pâle visage reflété dans l'eau d'une fontaine.

Au milieu de bien des détails qui font du livre de M. Mézièrés une très-intéressante et très-instructive lecture, la politique de Pétrarque, ses relations avec le saint-siége, appellent spécialement notre attention. Rien de plus curieux que de voir comment un illustre Italien, un sincère et fervent catholique du quatorzième siècle, comprenait l'alliance des aspirations italiennes avec la cause de l'Église. Il y a là tout ce qui peut ajouter à l'attrait de l'allusion ou de l'*actualité*; le mélange des similitudes et des contrastes. Bizarres évolutions de l'histoire, où le cœur de l'homme, toujours mobile et toujours le même, apporte tour à tour ou tout ensemble ses variations et ses ressemblances! Bornez-vous aux surfaces; vous pourrez, avec un peu de bonne ou de mauvaise volonté, vous appuyer sur Pétrarque et sur Dante pour justifier les *italianissimes* d'aujourd'hui. Ces grands hommes, — c'est de Dante et de Pétrarque que je parle, — sont obsédés, eux aussi, de cette éternelle vision de l'antique Rome, de cette persistante image du Peuple-Roi, qui leur fait

prendre un souvenir pour une idée et un passé mort pour
un avenir viable. Eux aussi, ils réclament l'unité de l'Italie ; ils applaudissent d'avance à son réveil, dût-il venir
d'un tribun tel que Rienzi ; ils ne ménagent à la Papauté
ni les récriminations, ni les remontrances, ni les satires.
Encore un effort de complaisance, et peut-être, dans un
lointain mirage, croirez-vous saisir de vagues analogies
entre ce Rienzi accepté, presque glorifié par Pétrarque,
et Garibaldi, proclamé, chanté, célébré par un poëte qui
pourrait être, *ad libitum*, Victor Hugo, s'il était plus
tendre, Alexandre Dumas, s'il était possible de le prendre
au sérieux, ou Lamartine, le plus proche voisin de Pétrarque, si, à travers d'autres illusions trop cruellement
expiées, il n'était pas resté, sur la question d'Italie, admirablement fidèle aux lois de la reconaissance et du bon
sens [1].

Mais regardez de plus près ; toutes les perspectives
changent : le grief de Pétrarque contre les Papes, c'est
qu'ils n'étaient pas assez Italiens ; c'est que, dominés par
l'influence française, ils avaient quitté Rome pour Avignon ; et là-dessus le voilà qui injurie ma pauvre ville natale dans des termes immérités que je m'abstiens de re-
produire, par respect pour le génie du poëte et la patrie
de Laure. Son rêve était de régénérer l'Italie... par l'empereur d'Allemagne, et de réaliser, dans un accord symé-
trique entre le spirituel et le temporel, — *le globe en
main et la tiare au front*, — cette souveraineté bicéphale,

[1] Voir notamment le début de *Fior d'Aliza*.

faite de théocratie et de dictature, que nous avons re-
trouvée, magnifiquement versifiée, dans le monologue
d'*Hernani*. Songe d'amoureux, d'Italien et de poëte !
Chimère dont la différence des races, le despotisme militaire et le joug de l'étranger auraient vite fait justice !
M. Mézières, un peu trop complaisant peut-être pour ces
utopies passées et présentes, est mieux inspiré quand il
rappelle que ce qui manquait alors, ce qui manquera
toujours pour rendre à Rome son antique grandeur, ce
sont les Romains, — et pour ressusciter l'Italie, ce sont
les Italiens.

A ceux d'ailleurs qui voudraient invoquer le souvenir
et les opinions de Pétrarque, nous pourrions répliquer
avec M. Mézières : Entre ces hommes et vous, l'analogie
est toute d'apparence ; la différence est radicale ; leur foi
était intacte, leur piété profonde ; leurs attaques contre
tel ou tel Souverain-Pontife restaient toutes personnelles,
toutes renfermées dans un litige accidentel de politique,
d'influence ou de résidence ; elles s'arrêtaient au dogme ;
elles ne touchaient pas à l'arche sainte. Ces mains qui se
levaient vers le ciel en signe d'anathème contre le manque
de patriotisme de Jean XXII ou de Benoît XII, se rejoi-
gnaient pour prier. Aujourd'hui, dans la guerre contre
la Papauté, c'est la haine contre l'Église qui se déguise
et s'assouvit.

Mais ici le sujet s'agrandit trop et nous mènerait trop
loin. Remercions, en finissant, M. Mézières de nous avoir
rendu de poétiques fantômes, d'avoir ouvert une de ces
éclaircies lumineuses où un coin de ciel bleu, une image

d'art pur et de chaste amour, nous apparaissent au-dessus
de nos brumes et de nos orages. Parler de Pétrarque et
de Laure aux contemporains de M. Feydeau, aux lecteurs
de MM. de Goncourt, c'est donner la sensation d'une promenade alpestre à des gens entassés dans un amphi-
théâtre pour y savourer la récréation délicate que Thomas Diafoirus proposait à Angélique.

XII

LA MONTAGNE

ET

LES DERNIERS MONTAGNARDS [1]

Novembre 1867.

« — Papa, je t'aimais mieux dans l'*Amant bourru !* »
disait mademoiselle Mars à Monvel, qui venait de figurer
dans je ne sais quelle cérémonie révolutionnaire. Faut-il
dire à l'auteur des *Derniers Montagnards* : Je vous aimais mieux dans le roman, dans le feuilleton, dans la
chronique, dans cette littérature légère où vous vous
êtes fait, si jeune encore, une place si brillante ? — Oui,
s'il suffit de constater que M. Jules Claretie n'a réussi à
nous faire admirer, regretter et plaindre ni les vaincus
du 9 thermidor, accablés sous l'anathème public et trop
légitimement condamnés pour avoir rien à attendre des
réhabilitations de l'histoire, ni les survivants de cette

[1] Par M. Jules Claretie.

grande crise, les Montagnards de la onzième heure, destinés à périr dans un dernier effort de réaction républicaine. Non, s'il s'agit de prouver que les vainqueurs ne
valaient pas mieux que les vaincus, qu'il est temps
d'en faire justice, et qu'ils ont été également funestes aux
deux formes de gouvernement où la France, ruinée,
saignante, broyée par cinq années de révolution et de
terreur, pouvait trouver un refuge : la république et la
monarchie.

La République! était-elle possible désormais, quand
son nom, jadis invoqué par les âmes généreuses avec
tant d'enthousiasme et de confiance, était devenu synonyme de tous les genres d'excès qui devaient la faire
haïr; quand elle n'apparaissait plus à l'imagination populaire qu'avec un sinistre attirail de tortures, de ca-
chots et de supplices, avec un sombre cortége de geô-
liers, de bourreaux et d'affamés? En admettant que ses
victimes ne fussent pas compétentes pour la juger, restait l'être collectif qui aurait dû en recueillir le bénéfice ;
la nation, le peuple! Or, j'en appelle à M. Jules Claretie
lui-même. Dès les premières pages de son livre, — livre
d'artiste, après tout, plutôt que d'historien, — il retrace
d'une façon saisissante, sous des couleurs vives et vraies,
l'effroyable misère des classes pauvres, le révoltant contraste de cette misère avec les plaisirs effrontés et les
fêtes scandaleuses où se ruaient les échappés du naufrage. Ceux-là, je ne les excuse assurément pas ; mais,
dans tous les détails de cette triste orgie partagée entre
l'ivresse et la faim, tout est logique ; tout se réunit pour

imposer silence aux apologistes des hommes qui avaient
fait échouer dans ce bourbier tant de belles illusions,
tant de patriotisme et de courage.

Les prétendus amis du peuple lui avaient fait en quatre
ou cinq ans plus de mal qu'un siècle d'ancien régime.
Sous le coup de ses terribles mécomptes, sans pain, sans
vêtement, sans asile, obligé d'aller au plus pressé, incapable de se conduire autrement que par la sensation immédiate et d'apprécier autre chose que le résultat visible,
le peuple ne voulait et ne pouvait plus rien pour le maintien de la République. Elle l'avait dégoûté ou plutôt dés-
habitué d'elle-même ; car, ce qui régnait depuis les journées de septembre, ce n'était pas la République ; c'était
une anarchie sanglante, qui se traduisant par un mot, le
moins français et le moins patriotique de tous ; la peur !
Il ne pouvait plus ni aimer, ni croire ce qu'on lui avait
dit de croire et d'aimer. Que pouvait-il ? s'ameuter, crier
famine, envahir une assemblée délibérante, tromper sa
faim en égorgeant quelques hommes désignés à sa fureur, servir d'instrument à ceux qui avaient un enjeu,
qui rêvaient encore *quitte ou double* dans cette partie
perdue. Plus d'avenir, d'horizon, d'idée politique dans
ces âmes enfiévrées, dans ces masses réduites à vivre ou
à mourir au jour le jour. Pas un de ces sentiments exaltés ou héroïques qui donnent la force de souffrir pour
une grande cause. Une machine trempée de sang, rien
de plus. Quand une nation en est arrivée là, ne lui demandez ni effort, ni sacrifice ; elle appartient d'avance à
qui veut la prendre ; son attitude est une cruelle satire

contre ceux qui l'ont amenée à se réjouir de leur chute et
à maudire leur victoire.

Le 9 Thermidor ne fut pas la crise qui sauve ou achève
un malade, mais celle qui fait éclater les symptômes
d'une maladie.

Maintenant, que dirons-nous de ceux qui avaient l'o-
dieux courage de s'amuser et de se réjouir sous les yeux
de ce peuple aux abois? Eux aussi, ils furent à leur manière une satire vivante contre le régime qui finissait ou
allait finir. La légèreté proverbiale du caractère français, — dont il faut pourtant faire toujours la part, —
ne suffirait pas à expliquer cette fougue de plaisir au
sortir de ces terribles épreuves. Jean-Jacques Rousseau,
dans une de ses invectives contre les médecins, prétend
que leur seul mérite est de donner, chaque jour, à un
certain nombre de poltrons imbéciles, la joie de n'être
pas morts. Au lieu de *joie* mettez *surprise*, vous aurez
une idée des lendemains de Thermidor. Ces *musca-
dins*, ces voluptueux du salon de madame Tallien et du
bal Lucquet, n'étaient pas des hommes de parti, mais
des épaves. A ce degré de surprise, l'étourdissement et le
vertige commencent. Ils se grisaient d'oubli ; enivrés de
n'être pas morts, ils dansaient sur les volcans éteints et
sur leurs propres ruines.

Est-ce tout? pas encore. Dans cette bizarre cohue où
M. Jules Claretie veut voir des conspirateurs royalistes,
on aurait plutôt retrouvé l'écume de toutes les tempêtes
qui avaient passé sur la France. Les partis n'y étaient et
n'y pouvaient être représentés que par ce qu'ils avaient

de moins pur. C'est la honte et le châtiment des excès et des crimes politiques, qu'ils démoralisent même leurs victimes, et que ceux qui les subissent, comme ceux qui les ont commis, finissent par perdre la notion du bien et du mal, la conscience de leurs devoirs et de leurs actes. L'humanité, outragée en leurs personnes, se venge en abaissant le niveau des âmes. Il existe une corruption dans la misère comme dans la prospérité. Les hommes d'honneur et de cœur étaient alors sur les champs de bataille, dans la Vendée agonisante, dans l'armée de Condé, que sais-je? Il n'y avait plus à Paris que les déclassés de toutes les catégories, les aristocrates de contrebande, les bourgeois trembleurs et vaniteux, les parvenus de fraîche date, les agioteurs de nouvelle fabrique, les inutiles, les frivoles, tous ceux qui prennent les couleurs d'un parti comme une mode du *dernier goût*, et pour qui l'amusement, sous toutes ses formes, est le besoin suprême de la vie. Ils étaient les ennemis de la République; mais ils étaient aussi son œuvre. Trouvant en eux des héritiers de la moquerie voltairienne, des lecteurs de *Candide* et de la *Pucelle* façonnés à tous les libertinages du dix-huitième siècle, elle avait jeté sa carmagnole sur ces haillons de velours et de soie; elle avait envenimé ces vices en les rudoyant, et fait perdre à ces mœurs foncièrement mauvaises le reste de délicatesse qui peut encore subsister dans la dépravation élégante. Ses fureurs avaient exalté les forts et dégradé les faibles.

Ainsi, au haut de l'échelle ou aux échelons intermédiaires, la licence, la débauche, le plaisir à l'état de

fièvre, la galanterie grossière ; au bas la faim, le désespoir, la rage ; une société ainsi faite ou défaite ne pouvait plus être que réfractaire à la République. Dans tous
les rangs, elle ne pouvait plus que lui rendre le mal
qu'elle en avait reçu. La Royauté aurait-elle eu plus
de chance ? Quelques-uns de ces comédiens de réaction
le crurent peut-être ; M. Claretie en attribue la pensée ou
le rêve aux vainqueurs de thermidor. Nous sommes d'un
avis contraire. Il était trop tard ; la royauté, celle du
moins qui, avec Louis XVI, Turgot et Malesherbes, aurait
pu donner au pays toutes les réformes nécessaires, renouveler un sang vicié par le désastreux mélange du dérégle-
ment des mœurs et de l'arbitraire des institutions, prévenir tous les malheurs et tous les crimes, cette royauté,
possible et désirable en 1789, ne l'était plus en 1794.
Essentiellement tempérée, faite de pondération et d'équilibre, elle aurait eu à agir sur des ressorts faussés et vio-
lentés par une tension effroyable, sur une société brutale-
ment jetée hors de toutes les lois sociales, politiques et
morales. Il n'y avait pas d'accord à espérer entre l'ouvrier, la matière et l'œuvre, et cela est si vrai que, même
après de longues années, après d'autres malheurs et
d'autres leçons, cet accord n'existait pas, et n'existera
peut-être jamais !

Quoi qu'il en soit, les hommes de thermidor, ces misérables tricheurs de l'histoire, eurent ce double tort et
méritèrent cette double honte, que, incapables de sauver
la République, — il y fallait des mains plus fortes et plus
pures ! — ils furent un obstacle à tout sauvetage libéral

et monarchique. Pour prolonger l'illusion de leur rôle et les jouissances de leur règne, ils se firent les complices de cette situation fatale où l'ordre apparent avait tous les disolvants du désordre, où chaque semaine de délai créait une souffrance, un vice et un péril, et qui devait nécessairement amener des violences nouvelles. Ces violences, on les connaît, bien que l'histoire en ait peu parlé, pressée qu'elle était d'en finir avec cette espèce d'*interim* qui suspendit tout sans rien résoudre, et ne nous offre ni les grandioses terreurs de la veille, ni les glorieuses expiations du lendemain !

C'est ici qu'entrent en scène les personnages, j'allais dire les héros de M. Jules Claretie. Je le répète, si dans un livre d'histoire, on pouvait ne considérer que l'œuvre d'art, il n'y aurait qu'à applaudir ; ces scènes finales qui vont aboutir à l'insurrection de prairial an III, sont retracées par le jeune écrivain avec une verve et une puissance remarquables. Ces hommes étranges, les tard-venus de la Montagne, Brutus Magnier, Bourbotte, Soubrany, Goujon et leurs compagnons de lutte et d'infortune, semblent sortir, à la voix de leur historien, des limbes de la Révolution où on les avait relégués jusqu'ici, et qui ne valent guère mieux que son enfer. Ces pâles fantômes prennent un corps ; ils vivent, ils parlent, ils agissent ; on dirait presque qu'ils ont encore une cause à défendre, une victoire à espérer, une mission à remplir. Tel est, dans tout cela, l'accent de sincérité, telle est l'exactitude des recherches, la justesse de ton local, qu'on est entraîné malgré soi. On a besoin du moins de réfléchir pour se

demander : ces arriérés de la Terreur, qu'étaient-ils,
que voulaient-ils? avaient-ils un secret pour guérir ces
blessures incurables, pour donner du pain à ce peuple
affamé, pour laver ces taches de sang et de boue, pour
faire vivre ce qui ne demandait plus qu'à mourir, ou
plutôt pour galvaniser ce qui ne vivait déjà plus? S'agis-
sait-il simplement de recommencer la Terreur, de renouer
le fil brisé par la mort de Robespierre? Autant de questions qui restent sans réponse. On regrette, en se les
adressant, que M. Jules Claretie, après s'être rendu si bien
maître de son sujet, après avoir tiré si résolûment ses
personnages de l'ombre protectrice qui les couvrait, ne
les ait pas lancés dans un grand roman historique où la
réalité aurait eu des angles moins nets, où le sentiment
aurait pu prévaloir contre l'idée, la fiction contre la vérité, l'imagination contre la mémoire, et où il eût été
invinciblement amené à prendre pour Muses la Justice et
la Pitié. Ce n'est pas assez, en effet, que les hommes
dont il nous parle, les Magnier, les Goujon, les Bourbotte, les Soubrany, les Prieur, aient eu des vertus privées, qu'ils aient été intrépides, énergiques, austères,
désintéressés, que leur mort stoïque, très-dramatique-
ment racontée par M. Jules Claretie, ajoute une scène à
toutes celles où la Révolution nous montre le courage
païen remplaçant la vertu chrétienne et recourant au
suicide, cette fausse monnaie du martyre. Non, ce n'est
pas assez ; quand des hommes d'action se jettent dans la
vie publique, quand ils se mêlent à des crises suprêmes,
il faut qu'ils sachent, non pas ce qu'ils sauront faire s'ils

sont vaincus, mais ce qu'ils pourront faire s'ils sont vainqueurs; non pas s'ils seront intelligents et braves, mais quel mal ou quel bien pourrait résulter de leur intelligence et de leur bravoure. Sans quoi, ils risquent de succomber deux fois : dans le combat qu'ils livrent et dans le souvenir qu'ils laissent. La justice peut avoir des Lesurques; l'histoire n'en a pas.

Et cependant je n'oserais blâmer M. Jules Claretie d'avoir entrepris cet ouvrage qui nous révèle son talent sous de nouveaux aspects, et où il a pu se rompre au triple métier de l'historien : chercher, trouver, appliquer. Un livre d'histoire, alors même qu'on refuse d'en accepter la donnée et d'en amnistier les héros, est encore préférable à bien des fantaisies qui semblent innocentes, et qui, par le gaspillage insolent auquel elles condamnent les meilleures facultés de l'esprit, sont en réalité corruptrices. On peut, à chaque page de ce volume, trouver un sujet de dissidence, presque de colère. On ne peut pas dire qu'il s'en exhale une seule de ces émanations que j'appellerais *malsaines,* si ce mot, répété tant de fois, n'était désormais hors de service. Mieux vaut égarer que corrompre. M. Jules Claretie, d'ailleurs, ne veut égarer personne, et c'est par là que je dois finir; accorder à son ouvrage le bénéfice de cette circonstance atténuante, c'est encore le réfuter.

Michaud, de spirituelle mémoire, discutait un jour avec un jeune homme, admirateur fanatique de la Montagne : — « Monsieur, dit le jeune homme, Robespierre n'est pas encore jugé. » — « Heureusement il est exé-

cuté, répliqua le vieux publiciste. » — De deux choses
l'une, dirait à son tour M. de la Palisse, où nous haïssons
la République, où nous l'aimons (et il ne peut être question ici que d'un amour métaphysique ou platonique ;
car nous n'aimons, bien entendu, que le gouvernement
que nous avons).

Si nous haïssons la République, les derniers Montagnards doivent nous inspirer la même antipathie que les
premiers, et nous différons de Mahomet en ce sens que,
si la Montagne ne vient pas à nous, nous n'irons jamais
à la Montagne. Si, au contraire, nous l'aimons, à quoi
bon réveiller des souvenirs qui nous la montrent à la
fois redoutable et impuissante ; impuissante à se régler,
à se fonder, à cesser d'être un accès de fièvre pour devenir un état normal ? M. Jules Claretie est trop jeune pour
avoir connu des contemporains et des témoins de la
grande époque de Terreur républicaine. Moi, qui puis
appliquer à mes dépens l'admirable vers de Lucrèce :

E quasi cursores vitaï lampada tradunt.

j'ai vu et entendu des hommes qui avaient assisté à ces
scènes terribles. Leurs impressions à tous, quel que fût
d'ailleurs leur drapeau, était celle que nous éprouvons
au sortir d'un mauvais rêve ; à tous il semblait que,
pendant ces années néfastes, ils avaient vécu en dehors
de toutes les conditions de la vie commune, dans une
sorte de somnambulisme sanglant où les hommes pre-
naient des figures de spectres, où la réalité avait des airs

de cauchemar, où la conscience, la raison, la volonté étaient dominées par des puissances surnaturelles. C'est là une excuse, d'accord, pour tous les acteurs de ce drame; mais c'est aussi un motif pour ne pas les ressusciter, pour ne pas rentrer avec eux dans cette ombre peuplée de sinistres visions. Ce n'est pas en évoquant les fantômes, c'est en les conjurant, que l'on rassure les âmes craintives et troublées.

Les derniers Montagnards, je le sais, ont proposé *in extremis* l'abolition de la peine de mort en matière politique. Ici encore, que M. Jules Claretie me permette de rappeler un souvenir personnel. Il y a des questions irritantes où l'anecdote sied mieux que l'argument.

Quelques jours après la révolution de février, je causais avec un vieillard spirituel et libéral. Il avait peur; pour le tranquilliser, je lui fis remarquer que le gouvernement provisoire venait d'abolir la peine de mort en matière politique. — Ils l'abolissent! je vais faire mon testament ! s'écria-t-il avec un sourire triste.

Dieu merci ! mon vieil ami se trompait; la République de février, si pure, si modérée, personnifiée tour à tour en deux hommes à qui nous devrions tous faire amende honorable, — Lamartine et Cavaignac; — s'est chargée de lui donner un démenti. Cependant, pour que ses frayeurs fussent si vives et ne semblassent pas trop absurdes, il fallait que ce passé qui l'épouvantait pour le présent eût une bien grande puissance, qu'il lui suffît de regarder en arrière pour se croire au bord d'un nouvel abîme. On peut le dire, la seconde république a été dès l'abord entravée, bien moins par ses fautes que par les souvenirs de la première. Nous étions en présence des plus honnêtes gens du monde, — trop honnêtes pour nous gouverner, — et un singulier effet d'optique infligeait à leurs visages de fatales ressemblances. C'est pourquoi, dans l'intérêt de cette liberté que nous voulons tous, — ou presque tous, — de cette réconciliation qui sera la plus précieuse de nos conquêtes, le mieux est de laisser dormir dans leur tombe tous ceux dont le nom, prononcé avec sympathie ou avec colère, pourrait rendre la réconciliation impossible et la liberté suspecte. M. Jules Claretie a un faible pour le théâtre de Victor Hugo. Je lui rappellerai, avec variantes, les deux vers célèbres de *Marion Delorme*. Si la République nous dit :

Réconcilions-nous *au nom de la patrie!*

Je ne demande pas mieux, répliquerai-je, mais alors évitons tout ce qui pourrait nous forcer de répondre :

Réconcilions-nous... de plus loin, je vous prie!

XIII

LA BUCHE DE NOEL

Décembre 1867.

Je ne veux, chers lecteurs, ni vous tromper, ni vous surprendre. Il ne s'agit point ici de cette bûche symbolique, qu'un usage patriarcal associe aux fêtes de Noël et qui, s'ouvrant au coup légendaire de minuit, verse des trésors de friandise et des avalanches de jouets sur les enfants émerveillés. Non, c'est aux vieux enfants que je m'adresse, et, quoique ceux-là ne soient pas beaucoup plus raisonnables, ils me permettront de leur présenter une bûche d'un autre genre. Je la voudrais grosse comme un tronc de chêne, faite pour brûler dans une cheminée gigantesque et pour chauffer une salle des gardes. Puis, au risque d'imiter de trop près le curé et la nièce de don Quichotte, nous lui jetterions en pâture tout ce qui s'est écrit de mauvais, de méchant, de paradoxal, d'ennuyeux, d'immoral, de niais, de grotesque, d'absurde et d'oiseux

pendant cette triste année 1867, surchargée de cette
énorme tumeur qu'on a appelée l'Exposition universelle.

Ce qui console de vieillir, a dit un compositeur célèbre,
c'est qu'on n'a pas encore trouvé d'autre moyen de vivre
longtemps. — Ce qui me console d'être vieux, dirai-je à
mon tour, c'est la certitude de ne plus revoir ce grand
bazar cosmopolite et polyglotte, qui a commencé par les
victoires de l'industrie et qui a fini par les triomphes de
la mangeaille. Il y a six mois, on nous traitait de trouble-
fête et d'éteignoir, quand nous refusions de partager
l'enthousiasme de cette lune de miel internationale. —
Voyez donc! des rois, des empereurs, des reines, des
princesses!... Comme ces spectacles élèvent l'âme! —
Vous voulez dire qu'ils rabaissent la royauté! — Applau-
dissez, Athéniens! voilà que la province, s'inspirant de
de vos exemples, va acquérir ce qui lui manque! — Vous
voulez dire que Paris, encombré de cette cohue, va perdre
ce qu'il possède. — Ainsi continuait le dialogue entre les
optimistes et les mécontents, les officieux et les frondeurs,
jusqu'au moment où tout le monde a été du même avis. Un
beau jour, on s'est aperçu que nous n'avions plus ni littérature, ni théâtre, ni causerie, ni salons, ni aucune de ces
jouissances délicates, en demi-teintes et à demi-voix,
sans lesquelles Paris, ruineux pour les riches, féroce
pour les pauvres, privé de tout le bien-être permis à la
médiocrité de province, assourdi par le bruit des voitures, condamné à l'agitation perpétuelle, ne laisse plus
voir que les revers de ses médailles et devient la plus in-
supportable des résidences. Ce jour-là même, la question

souveraine, la question d'argent, se traduisait en mécomptes innombrables, en faillites et en procès. Tout
finissait, non pas par des chansons, comme dans *Figaro*,
mais par des huissiers.

— Jamais nous n'avons plus dépensé et moins gagné !
criaient les marchands.—Jamais nous n'avons été moins
joués, disaient les auteurs de pièces nouvelles.—Jamais
nous n'avons été moins lus! murmuraient les écrivains.
— Jamais nous n'avons été moins *loués !* reprenaient
en chœur les propriétaires.

Aimez qu'on vous conseille et non pas qu'on vous loue.

Puisque le critique est un conseiller donné par la littérature, ceci nous ramène à notre sujet.

Quel vide ! quel interrègne ! Au théâtre, le dramaturge
a été remplacé par le *maillotin,* de même que, dans le
monde, le gandin a remplacé le dandy. Bien en a pris
au Roman, que M. Octave Feuillet ait publié *M. de Camors ;* sans quoi toute la saison ou plutôt l'année entière
n'aurait pas produit un seul de ces récits qui mettent la
bonne compagnie en rumeur, passionnent les âmes romanesques et deviennent entre le sexe fort et le beau sexe
des sujets de controverse charmante.

I

M. OCTAVE FEUILLET [1]

Avant de se brûler la cervelle, M. de Camors le père écrit à son fils, le héros du livre : « Assurément je ne lis dans le code du matérialisme aucun des préceptes de la morale vulgaire, de ce que nos pères appelaient la vertu ; mais j'y lis un grand mot qui peut suppléer à bien d'autres ; l'honneur, c'est-à-dire l'estime de soi. »

Avant de voir son fragile bonheur emporté comme un fétu de paille dans le tourbillon d'une vie orageuse et coupable, madame de Camors dit à son mari qu'elle adore : « Je me figure que l'honneur séparé de la morale n'est pas grand chose, et que la morale séparée de la religion n'est rien. Tout cela forme une chaîne ; l'honneur pend au dernier anneau comme une fleur ; mais si la chaîne est rompue, l'honneur tombe avec le reste. »

C'est entre ces deux idées, pareilles à deux poteaux indicateurs, que marche, de son sinistre point de départ à son lugubre dénoûment, le roman de M. Octave Feuillet ; roman qui, dès les premières pages, s'est puissamment emparé de toutes les imaginations, qui nous semble supérieur aux autres ouvrages du brillant écrivain, mais qui n'en appelle pas moins, presque à chaque chapitre, l'objection et la controverse.

[1] *M. de Camors.*

14.

Comment l'auteur de *Sibylle* a-t-il été amené à écrire
M. de Camors ? L'explication est facile, et pas n'est besoin d'y entendre malice. Nous détestons, pour notre
part, l'allusion, dans le roman comme au théâtre ; c'est,
de tous les moyens de succès, le moins digne d'un artiste
véritable. Pour un homme d'un grand talent, rien de plus
irritant que d'avoir à se dire : J'ai essayé d'étudier une
maladie morale, de développer et d'approfondir un caractère original, de toucher à un des traits les plus signi-
ficatifs de mon époque, de créer des figures vivantes,
d'inventer des situations pathétiques ; et, dans tout cela,
on ne veut voir que la triste et dangereuse envie de faire
songer à un contemporain célèbre, d'évoquer une *personnalité !* Ici d'ailleurs l'allusion tomberait d'elle-même.
M. Octave Feuillet, voulant prouver que l'honneur tout
seul ne suffit pas pour nous protéger contre nos faiblesses
ou nos vices, avait trop de goût pour éparpiller sa démonstration et alourdir son récit par des questions d'argent. Rien ne nous dit que M. de Camors ait trempé dans
des affaires véreuses, qu'il se soit enrichi malhonnêtement
en couvrant de son crédit politique d'élégantes friponne-
ries. Il est donc évident que le nom qui a été murmuré
tout bas — ou tout haut — par les lecteurs de *M. de Camors* ne méritait nullement d'être mis en cause dans les
aventures du terrible amant de Charlotte de Campvallon,
du terrible époux de Marie de Tècle.

Non ; voici, j'imagine, comment est venue à M. Octave
Feuillet l'idée de ce roman qui contraste, dit-on (est-ce
bien sûr ?), avec les antécédents de son talent et de son

œuvre. Depuis quelques années, il semblait subir une de
ces légères éclipses qui ne signifient absolument rien pour
un homme de cette valeur, certain de retrouver, quand
il le voudra, son public et son succès. Il était aussi, on
peut le supposer sans lui en vouloir, agacé par un mot
qui a couru, et que des critiques sérieux ont eu le tort de
relever. Vous savez comment se fabriquent à Paris ces
espèces d'étiquettes qui se collent à un nom et finissent
par acquérir une autorité légendaire. Quelques gens d'esprit inventent un mot, aiguisent un trait qui plaît par un
air de justesse piquante, quelquefois par un agrément de
physionomie, de malicieuse assonance. Recueilli et pro-
pagé par des milliers de badauds, le sobriquet fait fortune, et peu s'en faut qu'on ne le grave sur le revers de
la médaille. C'est ainsi qu'on avait surnommé M. Octave
Feuillet le *Musset des familles*. Maintenant, si vous me
demandez en quoi *Dalila*, la *Petite Comtesse*, *Rédemption*,
Montjoie, et même *Sibylle* ou le *Roman d'un jeune homme
pauvre* étaient mieux ajustés à la sécurité ou à l'édification des familles que cet éternel *Caprice* ou cette sempi-
ternelle *Porte ouverte ou fermée*, je serai très-embarrassé
de vous répondre. N'importe! parlez de M. Feuillet dans
une réunion de dix personnes, sept ou huit au moins vont
vous interrompre pour vous dire : Ah! oui, M. Octave
Feuillet, le Musset des familles! Le pli était pris,
et il n'a pas fallu moins que *M. de Camors* pour le
défaire.

Quoi qu'il en soit, M. Feuillet, décidé à rassembler
toutes ses forces pour frapper un grand coup, ennuyé de

cette ritournelle qui ressemblait à un défi, s'est écrié
comme Oreste dans *Andromaque* :

Mon innocence enfin commence à me peser !

Le doute, à présent, n'est plus possible ; il y a, dans
son nouveau roman, assez de passion, de feu, de vigueur,
de qualités viriles, de situations scabreuses franchement
abordées, les perversités de certaines âmes y sont fouil-
lées d'une main assez ferme, la part du diable y est assez
largement faite, pour emporter le sobriquet dans une
bouffée de ce *simoun*, dans un jet de cette flamme. Peut-
être même, parmi les délicates lectrices de M. Octave
Feuillet, quelques-unes seront tentées de dire en paro-
diant un autre mot célèbre : « Il *se* déguise trop, — ou
il s'est trop transformé. »

Prenons-y garde pourtant ! Cette transformation est
moins radicale qu'elle n'en a l'air. Les procédés de l'auteur n'ont pas changé ; la plupart des hardiesses de *M. de
Camors* se retrouveraient en germe dans *Montjoie* et dans
Sibylle, sans excepter le *Jeune Homme pauvre*. Cette
étude rétrospective pourrait donner lieu à des reconnais-
sances curieuses et piquantes. On verrait, encore à l'état
d'esquisses et sous un jour différent, les figures qui, dans
M. de Camors, ont pris tout leur relief. Ainsi, lorsque le
marquis Maxime de Champcey, prêt à se battre en duel,
écrit ces lignes : « Je puis m'abuser, mais j'ai toujours
pensé que l'honneur, dans notre vie moderne, domine
toute la hiérarchie des devoirs. Il supplée aujourd'hui à

tant de vertus à demi effacées dans les consciences, à
tant de croyances à demi mortes, il joue, dans l'état de
notre société, un rôle tellement tutélaire, qu'il n'entrera
jamais dans mon esprit d'en affaiblir les droits, d'en discuter les arrêts, d'en subordonner les obligations... C'est
une religion. Si nous n'avons plus la folie de la croix,
gardons la folie de l'honneur!... » — N'est-ce pas, dans
une âme chevaleresque, la même thèse, la thèse dangereuse et paradoxale qui va subir, entre les mains beaucoup moins pures de M. de Camors, de si funestes appli-
cations? Ne suffit-il pas de déplacer légèrement le point
de vue pour indiquer entre deux personnages de *Sibylle*,
Raoul de Chalys et Clotilde de Val-Chesnay, ces affinités
de nature et de race qui jettent fatalement Louis de Camors dans les bras de Charlotte de Campvallon? Cette
Charlotte, qui commence par supporter toutes les secrètes souffrances attachées à l'état de *parent pauvre*, et
que ce dur apprentissage dispose à prendre contre la société et la morale de si criminelles revanches, n'offre-t-elle
pas quelques traits de ressemblance avec la jeune institu-
trice du *Roman d'un jeune homme pauvre*, mademoiselle
Hélouin, aigrie, envenimée par cette situation mixte et
fausse où les humiliations d'une quasi-domesticité font
des délicatesses de l'esprit une ironie et un contre-sens?
Enfin Montjoie, le héros d'une comédie fort applaudie, ne
présente-t-il pas, exactement comme M. de Camors, les
bizarres dissonances d'un caractère voué au triomphe de
l'égoïsme et de l'orgueil, à l'adoration de soi-même, à
l'ambition et au succès *per fas et nefas*? Caractère qui

voudrait et devrait être tout d'une pièce, mais qui se dé-
ment à la fin ; pourquoi ? pour donner à la morale et au
public habituel de M. Octave Feuillet une satisfaction tar-
dive.

Nous pourrions multiplier encore ces rapprochements ;
à quoi bon ? Ce qui nous frappe dans *M. de Camors*, ce
qui a ajouté une sorte de surprise à l'émotion et au charme
de la première lecture, ce n'est donc ni le renouvelle-
ment complet d'une manière, ni la création de types tout
à fait nouveaux. C'est plutôt une façon très-habile et très-
heureuse de pousser à bout des idées, des sentiments et
des personnages dont M. Feuillet avait déjà fait l'essai
sous des voiles plus discrets et dans des zones plus tempé-
rées, de les forcer à rendre tout ce qu'ils contiennent, à
exprimer tout ce qu'ils signifient et de désarmer les scrupules des lecteurs timorés par un surcroît d'ingéniosité
dans les détails, dans l'ajustement des scènes, dans le
choix des épisodes, dans ce je ne sais quoi que l'on peut
indifféremment appeler le *haut-goût*, le *montant*, le prestige ou le parfum, et que nous traduisons ainsi avec
Virgile :

> *Melle soporatam et medicatis frugibus offam!*

Il est bien entendu que *soporatam* veut dire ici *magique*
ou *enchantée*, et non pas soporifique ; je ne connais rien
de moins assoupissant que *M. de Camors*, et je crains
même qu'il ne réveille trop.

En somme, je compare cette fois M. Octave Feuillet à

un général d'armée, qui, ne trouvant pas encore ses victoires assez décisives, voulant non-seulement assurer les
provinces conquises, mais conquérir une province rebelle,
rassemble tous ses meilleurs régiments, tous les hommes
d'élite qu'il a vus au feu, renouvelle leur équipement et
leurs armes; puis, pour leur faire comprendre qu'il n'y a
plus à se ménager, se place à leur tête et s'expose brave-
ment.

J'arrive aux objections de détail, et, pour nous mettre
plus à notre aise, je commence par supposer que tout le
monde a lu *M. de Camors* : une analyse, même en rac-
courci, nous mènerait beaucoup trop loin.

M. de Camors n'est pas un personnage vulgairement et
bassement vicieux; je le qualifie plutôt un athée olym-
pien, s'étant placé au-dessus de toutes les lois de la morale et destiné à être tôt ou tard vaincu et châtié par ces
lois vengeresses contre lesquelles ne sauraient prévaloir
ni le génie, ni l'habileté, ni la volonté, ni les prestiges de
l'élégance et du luxe, ni même l'honneur mondain, séparé
de tout le reste. Ce caractère est admirablement posé, et
les cinquante premières pages sont peut-être les meilleures du livre. Plus tard, il se trouve en présence d'une
femme charmante, essentiellement vertueuse, madame de
Tècle. Il l'aime, elle partage son amour ; mais pour se
protéger contre sa propre faiblesse, elle imagine un expédient qui a le tort d'éveiller des idées fâcheuses et de
faire songer à maint épisode de la vie parisienne, raconté
sous l'éventail. Madame de Tècle a une jolie fillette de dix
à douze ans, qui n'est encore qu'une enfant et qui joue à

la poupée. Elle dit au lion dévorant : « Je ne puis pas être
votre femme ; je ne veux pas être votre maîtresse ; laissez-moi espérer que je serai un jour votre belle-mère. »
— Singulière métamorphose, incompatible avec ces délicatesses de sens moral et de goût auxquelles M. Octave
Feuillet touche d'ordinaire d'une main si respectueuse ou
si caressante ! Pour que cette substitution fût acceptable,
il faudrait du moins que madame de Tècle eût réussi à cacher ses sentiments à M. de Camors. Au lieu de cela, nous
avons une scène d'amour, très-belle, très-bien amenée,
très-passionnée d'une part, très-peu farouche de l'autre.
Grâce à la vertu et à la piété bien sincère de madame de
Tècle, cette scène n'a pas les suites que l'on pourrait
craindre ; mais enfin il y a eu déclaration et aveu. N'est-ce
pas assez pour que cet amour ne puisse jamais se changer
en affection maternelle, sans une sorte de profanation et
d'adultère, sans offenser toutes ces pudeurs qui sont à la
maternité ce que l'innocence est à la virginité ? Remarquez
que madame de Tècle et sa fille Marie représentent, dans
ce récit chaud de ton et traversé çà et là par d'ardentes
effluves, le bon ange, l'idée d'apaisement, de rédemption
et de salut, le nid de colombes où le vautour blessé voudrait bien revenir quand il n'est plus temps. Remarquez
que les femmes ont pris sous leur patronage le délicieux
talent de M. Octave Feuillet, et qu'elles ne peuvent me
taxer d'exagération ou de pruderie, si je demande que,
dans les œuvres de leur conteur favori, les sensitives aient
toutes leurs feuilles, les hermines toute leur pureté, les
anges et les colombes toute la blancheur de leurs ailes.

N'insistons pas ; l'étonnement que nous a causé ce passage du roman sera tout ensemble la meilleure des critiques et le meilleur des hommages.

Le personnage de M. de Camors soulève, dans les dernières parties surtout, des objections d'un autre genre. J'admets cette antithèse, parfaitement observée, d'après laquelle un homme, même mauvais, finit par être moins entier dans le mal qu'une femme décidée à ne plus écouter que ses passions et son orgueil. On peut même, à la rigueur, consentir à voir M. de Camors subir une de ces métamorphoses finales auxquelles nous avons assisté déjà dans *Montjoie* et s'apprêter à brûler tout ce qu'il adore, à adorer tout ce qu'il brûle. Ces procédés sont peu conciliables avec le vrai, le grand art, qui ne sacrifie rien aux sensibilités bourgeoises et adopte volontiers la formule romaine : « *Sint ut sunt, aut non sint!* » Type complet de la *chevalerie* moderne, de celle qui croit pouvoir vivre en détruisant toutes les autres, M. de Camors devait tomber dans son armure. Mais enfin les circonstances atténuantes sont si manifestes, le dénoûment est si pathétique, le châtiment du coupable si habilement aggravé par ses velléités de retour au bien , que j'hésite à blâmer ce dernier chapitre. M. Octave Feuillet et son héros avaient bien le droit de faire quelques concessions à leurs lectrices, après leur en avoir tant demandé.

Voici ce que je m'explique moins aisément. M. de Camors, pour me servir d'une expression aussi moderne que lui, est un homme très-*fort*. Comme les grands politiques de l'Italie du seizième siècle, il a dû, en arrangeant sa vie conformément à son code, s'imposer, comme une condition essentielle de la victoire, le calcul, à vol d'aigle, des probabilités et des chances. Or, dans cette existence pleine d'irrégularités clandestines, et, par conséquent, de périls, il fait preuve d'une imprévoyance singulière. Comment, par exemple, lui qui ne pèche pas par excès de confiance et d'estime pour l'humanité, peut-il, non-seulement conserver les lettres de la marquise de Campvallon, mais se les laisser voler par le sieur Vautrot, son secrétaire, un ambitieux *fruit-sec*, dont l'appétit mâchant dans le vide doit ne faire qu'une bouchée des plus dangereux secrets de son maître? Comment, lorsqu'il est décidé à reconquérir l'affection de sa femme, à redevenir bon époux et bon père, ne prend-il pas mieux ses mesures? Il sait qu'il y a à Paris des gens acharnés à le perdre et capables de tout pour arriver à leur but : il était si simple de dire à sa femme qui n'ignore plus rien et ne demande qu'à pardonner tout : « Au nom de notre bonheur prochain et dans notre intérêt commun, n'allez pas à Paris! » — Plus tard, au moment où Camors est sous le coup des horribles menaces de la marquise, lorsqu'il voit sa femme et sa belle-mère en proie à une angoisse dont il doit deviner la cause, comment peut-il proposer cette promenade nocturne, qui ressemble à un guet-apens, touche au mélodrame et a le défaut de recommencer, sinon pour les détails, au moins pour l'effet, la promenade de nuit de Sibylle avec Raoul de Chalys? Que voulez-vous? Il fallait finir, il fallait que l'on pût verser quelques larmes sur le malheureux Camors, tout en reconnaissant que cet homme si coupable et si séduisant a été justement puni.

Malgré ces réserves, M. *de Camors* est le plus entraînant, le plus *corsé*, le plus irrésistible des romans de M. Octave Feuillet. Faut-il admettre, comme je l'entends répéter, qu'il en est le plus immoral? D'abord, ce ne serait pas beaucoup dire; ensuite, je ne le crois pas. Quelques caractères, plus vigoureusement accusés que le Feuillet ordinaire, nous font voir de plus près le vice pris sur le fait et sur le nu. Quelques détails, la chute *train express* de Juliette Lescande, la scène du baiser, le dialogue des deux coupables avec le général Campvallon pour témoin et pour dupe, tout cela est d'une gamme plus forte, d'une teinte plus vive qu'à Octave Feuillet n'appartient. Mais la thèse, bien plus nette, bien moins contestable que celle de *Sibylle* ou du *Roman d'un jeune homme pauvre*, est aussi plus nettement plaidée. Cette thèse est très-morale et d'une application presque journalière ; l'honneur croyant pouvoir se passer de vertu, de probité, de foi, et, faute de ces appuis, arrivant à enfreindre l'un après l'autre les articles mêmes de son code! Rester fidèle au parti de la morale et avoir pour soi tous ceux que la morale effraye ou ennuie, n'est-ce pas un tour de force? Ce tour de force, l'auteur de *M. de Camors* vient de l'accomplir, et nous n'avons pas le courage de chicaner son triomphe.

II

Mais *Cadio*[1]! ô douleur! ô déchéance volontaire! nous n'aurions pas demandé à madame Sand de se déclarer pour la Vendée; encore fallait-il la comprendre! C'est pour nous un perpétuel sujet de surprise et de tristesse, que des poëtes, de grands artistes, s'obstinent ainsi à méconnaître toute une face de la beauté morale, ou, en d'autres termes, de cet idéal qu'ils aiment, qu'ils regrettent et sans lequel la poésie et l'artne sont plus que lettre morte. Cet idéal est-il donc si riche, la source où s'abreuvaient les âmes généreuses est-elle donc si abondante, pour qu'il soit permis de défigurer et de travestir tout ce qui gêne l'esprit de parti? Ah! nous qu'on accuse de partialités étroites et aveugles, nous vous avions donné de meilleurs exemples. Chateaubriand a prodigué tous les trésors, toute la magie de sa palette aux gloires républicaines; Lacordaire a trouvé des accents magnifiques pour célébrer la vertu et le patriotisme des générations nouvelles sous les traits du général Drouot.

Ainsi ce sublime épisode de la Vendée se réduirait, d'après l'auteur de *Cadio*, à quoi? à je ne sais quelle

[1] Par George Sand.

égoïste alliance entre *ci-devant,* prêtres et paysans, menacés ou frappés, les uns dans leurs priviléges, les autres dans leur prépondérance, ceux-là dans ce vulgaire bien-être qui préfère le travail rustique et le pain quotidien aux fatigues de la guerre ! L'élan héroïque, le dévouement intrépide, le mépris du danger, la soif du martyre, tout cela, du moment que la royauté l'inspire et que la religion le consacre, n'est plus que mensonge, chimère, sophisme d'imaginations égarées ou corrompues, erreur d'intelligences ignorantes ou bornées ! Voyez plutôt quels sont les types choisis par madame Sand pour personnifier son idée. Le vieux gentilhomme éclairé et patriote, M. de Sauvières, n'entre dans le mouvement que parce qu'on lui fait honte de ses efforts pour réconcilier le présent et le passé. Henri, son neveu, le véritable héros du drame, déserte ses traditions de famille, sa foi, son drapeau, pour servir la République ; la république de Marceau et de Hoche, qui est aussi celle de Fouquier-Tinville et de Carrier. L'esprit franchement vendéen et chouan est représenté par deux hommes, Rabosson et Saint-Gestas : l'un, brave, spirituel, prodigue de son sang et de sa vie, mais voltairien et athée ; l'autre, misérable copie des don Juan de 1830, bigame, meurtrier, ne reculant devant aucun crime pour assouvir ses passions indomptables, revêtu de cette défroque satanique que je croyais reléguée dans les vieux magasins du romantisme, et poursuivant sur les champs de bataille un fantôme de gloire terrestre qui lui donne le pouvoir de dominer tous les hommes et de séduire toutes les femmes...

La Rochejaquelein, d'Elbée, Lescure, Bonchamp, Cathe-
lineau, Charette, d'Autichamp, d'Andigné, voilà ce que
l'art révolutionnaire fait de vous et de vos émules!

Et Cadio? J'admets pour un moment la pensée de madame Sand, l'inspiration de ce drame diffus, long, compliqué, fatigant, appréciable seulement pour les gens du
métier. Cadio est un jeune paysan, un frère bâtard de la
Petite Fadette, mi-parti d'idiotisme et d'illuminisme,
ayant en outre l'infirmité de jouer du biniou, ce piano
de la nature sauvage et bretonne. Il commence par remplir un rôle d'obéissance passive au service des passions
vendéennes, et finit par devenir un homme de génie, un
flambeau révolutionnaire, un des plus brillants officiers
de l'armée républicaine. Il peut alors aspirer sans ridicule à la noble main de Louise de Sauvières, une des
nombreuses victimes du terrible Saint-Gestas.

Soit : le roman et le drame modernes nous ont depuis
longtemps habitués à voir l'orgueil nobiliaire et la fierté
des jeunes patriciennes humiliés et vaincus par le *coup
de foudre* plébéien. Nous pouvions assister à un intéressant travail psychologique, suivre, dans l'âme de Cadio,
ces transformations successives, ce passage gradué de
l'ombre épaisse à la pleine lumière, en admettant que la
foi et l'innocence soient l'ombre et que la lumière se
trouve dans leurs contraires. Mais pour que cette métamorphose fût intéressante, pour que cet élève de la Révolution et de l'amour eût droit à nos sympathies, pour
que Louise ne s'avilît pas en nous laissant deviner qu'elle
acceptera un jour la main de Cadio, il faudrait que cette

main ne fût pas tachée de sang, qu'elle fût devenue mar-
tiale en restant pure, qu'elle n'eût pas trempé dans tous
les atroces excès de la répression et de la Terreur. Il faudrait que le doux visionnaire que ses premiers songes
avaient livré aux influences du château et du presbytère,
ne se fût pas, à force de progrès, changé en énergumène,
en cauchemar vivant, monomane de tuerie, de destruction et de mort, associé volontaire aux exécutions et aux
fusillades... Oh ! la Pitié, la Pitié, qui a presque fait de
Delille un poëte, voilà qu'elle vous manque en ce sujet
plein de larmes. Vous oubliez d'en demander le secret à
votre admirable maître Shakespeare, qui aurait tant de
choses à vous apprendre; Shakespeare, le vengeur immortel de toutes les majestés, le *flétrisseur* immortel du
régicide !

Le peuple n'est pas mieux traité dans ce drame étrange,
œuvre de sourde colère et de mansuétude dérisoire, que
les nobles et les prêtres. Les rares paysans qu'on y aperçoit n'ont pas une étincelle au cœur. Ils ne sont préoccu-
pés que du soin de garder quelques provisions, d'échapper aux maraudeurs des deux partis, et d'esquiver l'en-
rôlement forcé. Pauvre peuple ! vous l'encensez quand sa
passion répond aux vôtres, quand son bras renverse ce
que vous avez sapé. Vous acceptez, vous glorifiez l'élément populaire, lorsque vous pouvez le faire entrer dans
l'ensemble de vos opérations destructives contre tout ce
qui entrave votre haine, embarrasse votre conscience et
froisse votre orgueil. Il est alors la démocratie intelligente, victorieuse, reine de l'avenir et du monde, arbitre

de nos destinées. Mais, sitôt que ce peuple, qui est bien
le maître, après tout, de choisir ses inspirations et ses
mobiles, les demande à un idéal supérieur, dès qu'il se
désintéresse de lui-même pour se dévouer à Dieu et au
roi, il n'est plus qu'une tourbe grossière, un amas de
rustres et de brigands, fanatisés par les robes noires
et les talons rouges; il n'y a pas assez de gendarmes
pour le réprimer, et ses excès, s'il en commet, dans un
paroxysme de colère ou de souffrance, deviennent un
texte éternel d'anathèmes contre la cause qu'il a servie.

Vous êtes révolutionnaire, d'accord; s'il est vrai,
comme dit le proverbe, que tout est bien qui finit bien,
on peut naturellement en conclure que tout est mal qui
finit mal. Or voici ce que nous pourrions supposer en
vous lisant : un mauvais moment à passer ; si nous le
voulons absolument, des cruautés commises; trop de
sang répandu; une phase de Terreur; mais après! Quelle
aurore! Quelles conquêtes! Quelle somme de liberté, de
repos, de bonheur, achetés au prix de ces légers sacrifices! Allons! Marions la noble Louise de Sauvières et le
pauvre Cadio, au nom de la réconciliation universelle, devant l'autel de l'Être suprême! Qu'importent les malheurs d'une génération, si désormais nous sommes tous
d'accord, si l'âge d'or recommence, si l'égalité fleurit
dans les mœurs et la fraternité dans les cœurs, si la féli-
cité du genre humain se charge de justifier les moyens
et de laver les souillures? Voilà ce que l'on pourrait
croire en lisant la dernière page de ce drame, et ce qui
lui donnerait un sens. Mais l'histoire est là, et vous savez

ce qu'elle répond. Une période de barbaries et d'horreurs telles qu'il n'en exista jamais; puis de la boue faite avec du sang; puis une phase de licence et d'ignominie; puis un coup de talon éperonné sur les derniers restes de ce fier régime; puis la grotesque métamorphose des tribuns en courtisans; puis l'humanité mise en coupes réglées ou déréglées, et un tel accord d'exigences chez le maître, de bassesse chez les serviteurs et de résignation chez les victimes, qu'il vient un moment où les terres restent en friche faute de bras pour les cultiver, et où il n'y a plus en France que des mères en deuil, des veuves et des orphelins.

Ceci nous conduit droit à MM. Erckmann-Chatrian, et nous allons dire un mot de leur *Blocus*, après que nous aurons préalablement fait flamber notre bûche de Noël, pour qu'elle consume jusqu'à la moindre parcelle de ce malencontreux *Cadio* : *auto-da-fé* qui n'ôtera rien à la gloire du grand artiste, et laissera intacts *André* et *Mauprat*, *Valentine* et la *Mare au Diable*, le *Marquis de Villemer* et *Germandre*.

MM. Erckmann-Chatrian ont écrit de touchantes histoires; ils ont eu l'heureuse idée de montrer les *en dessous* de la gloire militaire, de faire voir ce qu'elle coûte au pauvre peuple, et de choisir pour héros, non plus les empereurs, les généraux et les figures empanachées, mais les humbles plébéiens dont les noms ne sont pas mentionnés dans les bulletins de victoire et qu'une métaphore brutale a qualifiés de *chair à canon*. Rien de mieux jusque-là, et ce n'est pas nous qui chicanerons ce qu'il y

15.

a d'humain et de vrai dans cette protestation contre le
monstrueux mensonge qui, à la lueur des incendies, au
milieu des champs dévastés, dresse une statue sur des
monceaux de cadavres. Pourtant ce thème est essentielle-
monocorde; l'on doit avertir charitablement MM. Erckmann-Chatrian qu'ils commencent à se répéter, et qu'il
est difficile cette fois de s'intéresser bien vivement aux
chagrins du petit père Moïse, de sa femme Sorlé, de ses
fils Itzig, Frômel et Sâfel, et de sa fille Zeffen, mariée avec
Baruch, le marchand de cuirs. Voici qui est plus grave :
les auteurs ne se sont pas aperçus qu'en essayant un acte
de justice ils commettaient, dès le début de leurs romans
dits *nationaux*, une grosse iniquité, et qu'ils tournaient
dans un cercle vicieux. Je veux croire que ces romans
sont en effet très-*nationaux*, tout ce qu'il y a de plus
national, à Phalsbourg et dans ses environs; mais enfin
je lis, dans mon dictionnaire géographique, que Phalsbourg possède trois mille habitants, et il m'est impossible
de ne pas faire remarquer que des villes telles que Bordeaux, Marseille, Lille, Montpellier, Lyon, Nantes, sont
un peu plus peuplées et un peu plus considérables.

Dès lors je puis affirmer à MM. Erckmann-Chatrian que
ce qui, en 1814, était peut-être national dans deux ou
trois petites places de guerre où il n'y avait plus que des
soldats et pas de nation, eût été honni et lapidé dans les
grandes villes que je viens de nommer et dans beaucoup
d'autres, sans compter *toutes* les populations rurales;
qu'en revanche ce qui, à les entendre, devait consommer
le malheur, la honte, la ruine du peuple, était excessive-

ment populaire dans l'immense majorité de la France. Abusés par l'esprit de parti, ils relèvent d'une main ce qu'ils ont attaqué de l'autre. Quels sont, en définitive, leurs personnages de prédilection? Des sergents, des vétérans, des invalides, des hommes héroïques sans doute, mais qui ont perdu dans les ivresses d'une guerre de vingt ans toutes les notions de la vraie famille, de la vraie patrie, du mal et du bien. A ceux-là, comme à Sganarelle, il semble que tout soit perdu, si une royauté vraiment nationale reparaît pour guérir les blessures qu'elle n'a pas faites. Ainsi MM. Erckmann-Chatrian, au moment même où ils protestent contre les maux de la guerre et le fatal génie de la conquête, flattent et glorifient cette fiction désastreuse qui, en 1815, substitua un moment l'armée à la nation véritable, ce fatal contre-sens des Cent jours qui ruina le pays, déplaça l'idée de liberté, prépara des révolutions nouvelles, et dont la France ne s'est pas encore relevée.

C'est pourquoi la thèse mise en action dans ces prétendus romans nationaux, n'est ni concluante, ni complète. A leur insu, les conteurs se sont posés en face d'un dilemme dont je les défie de se tirer. Ou les faibles, les opprimés, les petits, les gens du peuple avaient raison de se plaindre de tout ce que la gloire militaire leur coûtait de misères et de souffrances, et alors la Restauration, qui les délivra de ces calamités, doit être saluée comme le plus admirable des sauvetages; ou bien la guerre, avec ses atrocités et ses furies, était encore préférable à un régime qui devait ramener (ô folie!)

la dîme et la corvée, et alors de quel droit accuser ceux qui refusaient d'épargner les dernières gouttes de sang laissées à la France par de ruineuses victoires et de tragiques défaites?

Une pensée nous frappe, et nous la dirons avant de finir. Aux deux extrémités de la Révolution, entre ce *tyran* inhumain qui s'appela Louis XVI et cet aveugle *despote* qui se nomma Louis XVIII, quel fut, selon madame Sand et MM. Erkmann-Chatrian, écrivains démocratiques par excellence, le principal mobile, ici, des paysans vendéens qui se soulevèrent contre la République, là, des hommes du peuple qui résistèrent à l'Invasion? Comment expliquer ce double élan, si diversement, mais si réellement populaire? Hélas! par des motifs qui n'ont rien de glorieux pour la nature humaine; l'égoïsme, la sensation du bien-être menacé ou détruit : en 1794, le chagrin d'être dérangés dans leurs habitudes, recrutés malgré eux et forcés de se battre pour la République qui brûlait leurs fermes, pillait leurs récoltes et proscrivait leurs prêtres; en 1814, la crainte de voir rétablir des priviléges dont ils avaient moins souffert en six siècles qu'ils ne souffraient depuis leur délivrance. Franchement, il nous semble qu'on n'est jamais trahi que par les siens, et que la démocratie n'a pas lieu d'être flattée de l'idéal que lui attribuent ses écrivains et ses admirateurs. Il y a loin de là à l'héroïsme chevaleresque, au dévouement religieux, à tout ce qui nous donne le beau spectacle de l'homme se sacrifiant à quelque chose de plus grand que lui et immolant un bien périssable à une espérance immortelle.

Si l'on nous dit que cet héroïsme-là a fait son temps, nous répondrons par une date d'hier , par des noms qui sont sur toutes les lèvres, et nous livrerons à la bûche de Noël tout ce qui essaye de dérober le peuple aux leçons du divin Rédempteur.

Mais, pendant cette causerie trop longue, voilà que notre bûche s'est éteinte ; nous allons la rallumer aux dépens d'autres livres qui n'ont pas, comme ceux de George Sand , l'excuse d'un immense talent , comme ceux d'Erckmann-Chatrian, le mérite d'une honnêteté parfaite ; livres qui nous montrent de quelle façon cette littérature, qui égare l'idéal populaire , cherche et souvent trouve son succès auprès des classes cultivées.

III

Mes amis, l'hiver dure ; nous sommes au coin du feu ; la bûche de Noël flambe encore, et ma plus douce étude est de vous enseigner comment un homme d'esprit peut s'y prendre pour faire prospérer même ses fautes de français.

Vous avez, par exemple , un éditeur... protestant [1] ;

[1] Ce passage serait inintelligible, s'il ne se rattachait à un des nombreux épisodes de la vie littéraire et parisienne. M. Ernest Feydeau avait, dit-on, glissé dans son roman quelques phrases offensantes pour les juifs. En corrigeant les épreuves , un ami de notre éditeur, sans même prévenir celui-ci, s'était cru en droit de

Dieu merci! la liberté des cultes est, comme le cheval, la plus belle conquête de l'homme, et, comme l'honneur d'avoir rasé la Bastille, le plus beau principe de 89. Vous écrivez un roman historique ou une histoire romanesque, et vous y glissez une phrase telle que celle-ci :

« Le meilleur titre de Louis XIV à l'admiration de la postérité est la révocation du fatal édit de Nantes... »

Ou celle-ci :

« Il n'y avait qu'un bon moyen de lutter avantageusement contre Calvin ; c'était de lui faire subir la question ordinaire et extraordinaire, jusqu'à ce qu'il se fût mis à la réforme... »

Naturellement l'éditeur *proteste* (c'est sa spécialité), il demande le sacrifice des trois lignes qui le blessent dans ses plus chères croyances ; vous refusez net ; alors le sournois profite de votre absence pour supprimer le passage en litige sous prétexte de corriger les épreuves. A votre tour, vous réclamez : conflit. Les journaux s'en emparent, il y a échange de lettres ; la publicité de votre livre y gagne beaucoup plus que si une annonce rédigée sous vos yeux et affichée sur tous les murs de Paris, vous déclarait le premier romancier de votre siècle. Enfin, le jour où votre antagoniste, poussé à bout par vos airs d'intolérance hautaine et la ferveur de ses convictions hérétiques, laisse entendre au public ébahi que vous ne savez

retrancher ces lignes malsonnantes ; droit d'autant plus évident, qu'il avait en même temps corrigé maintes fautes de français. *Inde iræ ;* protestation, réclamation, échange de lettres qui est devenu une excellente *réclame.*

pas le français et que vous soumettez notre pauvre langue à de meurtrières dragonnades, ce jour-là, la fortune de votre ouvrage est faite ; il ne reste plus un exemplaire de la première édition, et l'éditeur, fort embarrassé, ne sait pas s'il doit se réjouir ou se fâcher d'un succès qui l'enrichit et qui l'offense.

Alléché par une polémique récente et cédant à un sentiment de curiosité dont notre mère Ève, cette première victime de l'analyse, a donné l'exemple. aux critiques, j'ai voulu savoir s'il n'y aurait pas, par hasard, des fautes de français dans la *Comtesse de Chalis*, ce roman où M. Érnest Feydeau s'est élevé à une hauteur que *Fanny* même n'avait pas fait pressentir, comme nous l'apprenait le journal qui l'a publié en feuilleton. Hélas ! oui, il y en a même beaucoup, et j'en suis humilié pour notre belle France, qui devient décidément insensible à la grande question du style. Sans dépasser la centième page, j'ai fait une assez grosse gerbe, dont je vous livre quelques brins :

« Si seulement j'avais un de *ces je ne sais quoi de situation qui est tout* pour les gens du monde ! »

« Amour ! celui *qui seul* a connu tes plaisirs, peut se vanter d'avoir vécu ! »

« Cette soirée eut de telles conséquences pour moi, que ce n'est pas sans un serrement de cœur que je *parle d'elle*. » — Au lieu de j'*en parle* : l'auteur ne *rate* jamais cette faute ; il oublie que les pronoms *lui* et *elle* ne peuvent, en pareil cas, se rapporter qu'à des personnes.

Presque à chaque page, on rencontre, sinon une incorrection grammaticale, au moins une construction vicieuse :

« L'énigme est si importante ! Que sont toutes ces misérables questions politiques, sociales, économiques *qui nous divisent auprès d'elle?* »

« Cette curiosité *de* la haute société » pour la curiosité qu'inspire la haute société.

Plus souvent encore, un tour de phrase qui n'est pas précisément incorrect, mais qu'on dirait de madame de Genlis soufflée par Joseph Prudhomme :

« Elle semblait irritée, en prononçant ce nom, jusque dans le *cœur des entrailles.* »

« Alors, de loin, je la voyais marchant sous le *mobile abri de son ombrelle.* »

« La comtesse n'avait jamais été aimée avec cette fougue *arbitraire.* » — Voilà un abus de l'arbitraire que nous n'avions pas prévu.

« Je me glissais à travers la haie *décorée* de clématites. » — Cette haie méritait en effet une décoration.

« Je le regardais avec une contenance si froide, si assurée, qu'il commença à se *méfier* de la vérité. — Un sophiste se *méfie* de la vérité ; un observateur *s'en doute*, etc. »

On le voit, l'auteur de la *Comtesse de Chalis* ne ferait pas mal d'avoir un chambellan de style ; il a tort de se courroucer quand on corrige ses épreuves. Vétilles ! me direz-vous ; querelles de mots ! Soit ; mais la critique ne procédait pas autrement dans ces beaux temps que M. Ernest Feydeau doit regretter, puisque nous sommes, d'après lui et d'après son livre, en pleine décadence. D'ailleurs, s'il est vrai, comme nous l'a déclaré son journal, qu'il se soit élevé cette fois à des hauteurs prodigieuses, beaucoup plus haut que *Fanny* qui était déjà bien haut, comment notre petitesse atteindrait-elle à ces altitudes ? Essayons pourtant cette ascension perilleuse. *Paulo majora...*

Est-il bien utile d'analyser ce roman ? Il me suffira d'en indiquer rapidement la donnée et les points culminants. Charles Kérouan, jeune professeur admirablement taillé pour enseigner au beau sexe les belles-lettres et l'histoire selon Duruy, s'éprend, à première vue, de la comtesse de Chalis. Cette brillante patricienne personnifie, à ce qu'il parait, le pluriel féminin de notre époque, si j'en juge par le sous-titre, ou les *Mœurs du jour*, que M. Feydeau a inscrit sur la couverture de son livre, d'après une méthode un peu surannée, la *Comtesse de Chalis, ou les Mœurs du jour...*, *Corinne* ou *l'Italie...*, *Mathilde* ou *les Croisades...*, *l'Homme du jour* ou *les Dehors trompeurs...*, *Zaïre* ou *le Danger d'aimer un Turc...*, *Mahomet* ou *le Fanatisme*, etc., etc.

J'arrête ici, dès le début, M. Feydeau, et plus optimiste que lui, — ce qui peut sembler bien paradoxal, — je lui demande s'il n'aurait pas pris, par mégarde, pour les *mœurs* du jour les *modes* du jour, et s'il ne s'agirait pas tout bonnement de ces *modes* exagérées jusqu'à la caricature et l'indécence par cinq ou six personnes qui veulent absolument faire parler d'elles. Car enfin, c'est affreux, savez-vous ? — comme dirait un Belge, — de

songer que les comtesses de notre époque, au lieu d'é-
viter les aventures comme les duchesses de la Fronde,
au lieu de haïr le scandale comme les marquises de la
Régence, au lieu de vivre uniquement pour leurs maris
et leurs enfants comme les nobles contemporaines de
Louis XV, au lieu de se vêtir chastement comme les
héroïnes du Directoire et du Consulat, mènent de front
une double intrigue avec un professeur et un prince
russe, se montrent dans un bal en un costume fantaisiste
de Diane chasseresse, s'assimilent peu à peu, malgré
l'éclat de leur blason et leurs huit cent mille livres de
rente, aux allures de la bohême galante, arrivent, vis-à-
vis ce monde interlope, à l'imitation par la curiosité et
à la ressemblance par l'envie, acceptent des colliers de
cinq cent mille francs, se font battre par de petits monstres cent fois millionnaires, et finalement, de progrès en
progrès, deviennent les habituées clandestines et les
commensales d'une de ces dames que l'on n'a plus le
droit d'appeler *petites* pour les distinguer des *grandes* [1]*!!!*

Car elle en vient là, cette comtesse de Chalis, cette
déclassée de première classe ; le roman tout entier se
concentre dans la lutte des bons instincts, de la conscience droite, de la forte intelligence de Charles Kérouan, contre cette nature de courtisane que le hasard
a dotée d'un grand nom, d'une grande fortune et d'un
titre. L'originalité de ce livre, ce qui lui donne une

---

[1] Il y a, me dit-on, dans *la Comtesse de Chalis*, un genre *particulier* d'immoralité que je n'avais pas compris. Je m'en accuse...
ou je m'en flatte.

sorte de physionomie , — j'allais dire de fumet , —
c'est que jamais on n'avait serré d'aussi près et plus dans
le vif la singulière manie, attribuée à quelques femmes
du monde, qui consiste à se modeler sur les célébrités
aspasiennes ; ce bizarre penchant de la mauvaise compagnie à s'infiltrer dans la bonne et de la bonne à s'in-
fuser dans la mauvaise, qui caractérise, non pas la véritable société française du dix-neuvième siècle, mais deux
ou trois salons mixtes, peuplés d'étrangers, points de
rencontre entre le *Grand-Hôtel* et les petits boudoirs.
Ajoutez à ce mérite les allusions plus ou moins directes,
les traits de vague ressemblance qui font songer à certains épisodes, à certaines figures mises en relief par la
curiosité publique et les caprices de la mode ; vous vous
expliquerez aisément le succès de la *Comtesse de Chalis.*

S'agit-il seulement de constater ici ou de chicaner ce
succès, de discuter l'intérêt du récit ou le talent de
l'auteur? Non ; tâchons d'être sérieux ; c'est le meilleur
moyen de relever et d'ennoblir notre sujet.

Autrefois, dans les cours de philosophie, la logique
et la morale marchaient côte à côte. Or, si M. Ernest
Feydeau s'est montré, dans son roman, moraliste impitoyable, s'il n'a rien dissimulé de nos turpitudes mondaines au risque de gâter par la vivacité de ses peintures
l'autorité de ses leçons, il a été bien peu logicien.

Ce n'est pas en décrivant le vice qu'on le corrige et
qu'on assainit la société où il prospère, la littérature où
il s'étale ; c'est en créant ou en ressuscitant un idéal de
pureté et de grandeur où puissent se réfugier les âmes

partagées entre le vice et la vertu. Ce qui nous alarme
et nous humilie pour notre temps, ce n'est pas l'existence problématique d'un petit nombre de femmes semblables à la comtesse de Chalis ; ce n'est point le règne
éphémère de ces avortons de l'élégance que l'on appelle,
chaque année, d'un nom nouveau ; c'est le parfait accord des mœurs qui rendent possible la souveraineté de
ces dames et de ces messieurs avec l'atmosphère littéraire et théâtrale où vivent pêle-mêle les peintres et les
portraits, les originaux et les caricatures. Cet accord,
prouvé par une foule d'indices qui sautent aux yeux et
dont le détail formerait un gros volume, n'est nulle part
mieux affirmé que dans les livres tels que la *Comtesse
de Chalis*, et dans le succès de ces livres.

Il y a donc là une contradiction dont nous ne devons
pas laisser le bénéfice à M. Ernest Feydeau. Lorsque son
héros, Charles Kérouan, s'efforçant de *régénérer* la
femme qu'il a séduite ou qui l'a séduit, — la variante
n'y fait rien, — lui parle de ses enfants, il mérite qu'elle
réponde en lui riant au nez : Un seul homme n'a pas le
droit de me parler d'eux, et cet homme, c'est vous. —
Lorsque, pour l'arracher à ces futilités de·femme à la
mode, il essaye de lui enseigner à sa guise l'histoire,
l'astronomie, les mathématiques et la Genèse, quand il
décrit les planètes après les soleils, l'*habitabilité* des
sphères célestes, les phases successives du globe, *passant
de l'état gazeux à l'état liquide*, puis s'entourant d'une légère écorce, parvenant enfin à se couvrir de végétaux,
les soulèvements du sol, les commotions volcaniques, les

continents émergeants de l'onde, etc., il ne réussit qu'à
prouver que le style scientifique convient mal à M. Feydeau. On conçoit que la comtesse trouve là, comme
M. Jourdain, trop de *brouillamini* et de *tintamarre*,
qu'elle réplique à son professeur par d'immenses bâille-
ments, et qu'après un mois de ce savant tête-à-tête, elle
préfère à ces torrents de gaz et de pédantisme les drôleries et les millions du prince Titiane. Hélas, je crains
que le public de M. Feydeau ne soit de l'avis de son hé-
roïne. Ces pages magistrales, — c'est-à-dire de *magister*,
— qui font trou dans son récit, ne lui donneront pas un
seul lecteur et un seul adhérent parmi les membres de
l'Institut ; en revanche, la véhémence de ses tableaux et
de ses anathèmes ne le brouillera pas avec un seul de
ces *gandins*, de ces *petits Crevés*, de ces cocodès, de ces
beaux esprits du pesage, de l'écurie, de la coulisse et
des coulisses, avec une seule de ces Madeleines en pays
peuplé ; monde aimable et facile qui pratique à bon
escient le pardon des injures. Ceux-là et celles-là, comme
Martine et la comtesse de Chalis, aiment à être battues,
et certaines affinités obtiennent grâce pour certaines
violences.

Mais c'est dans l'épilogue, la conclusion du livre, que
la contradiction se révèle avec le plus d'ampleur. Désa-
busé de sa comtesse, revenu dans sa ville natale, Charles
Kérouan, ruiné, bafoué, blessé, plumé, se trouve dans
d'excellentes dispositions pour médire de son temps et
refaire en idée la politique de son pays. Cette politique,
inspirée sans doute par le voisinage des alinéas de *la*

Liberté, est d'un libéralisme radical auquel on ne saurait assez applaudir. Elle prend, comme on dit, le taureau par les cornes, dût le taureau se changer en singe pour mystifier son dompteur. — « Il faut que, constamment, un peuple se gouverne, s'administre, veille lui-même à ses intérêts comme à son honneur, et qu'on ne puisse pas, par exemple, l'entraîner malgré lui en des expéditions lointaines, ni dépenser de son trésor un sou dont il n'approuve pas la destination. (Très-bien!) Mais pour atteindre ce résultat, quelle montagne à soulever !... Se *rénover* soi-même et réclamer la liberté (Bravo ! vive la Pologne !), puis, tout faire marcher ensemble. Les gens qui pensent conquérir une liberté durable sans épurer nos mœurs, sont des fous. Les gens qui rêvent de corriger nos mœurs sans nous rendre la liberrrté (Bravo ! vibrons !) sont des aveugles. Quels sont les peuples qui ont des mœurs? Les peuples libres. Et quels sont les peuples sans mœurs? Ce sont les peuples asservis. Par quelle chose commencer ? direz-vous. Moi je dis : Par la liberté. C'est la liberté seule qui peut régénérer les mœurs d'un peuple. » (Très-bien !— Tous ! tous !)

N'est-ce pas le cas de rappeler le joli mot de Louis-Philippe à M. Dupin, qui venait de lui déclarer rudement qu'ils ne seraient jamais du même avis sur je ne sais quel sujet de controverse : — Je le pensais, monsieur Dupin, mais je n'aurais jamais osé vous le dire.

N'osant pas le dire, je vais chercher un biais. Il arrive parfois aux hommes d'esprit qui écrivent dans les petits journaux d'avoir des accès de rigorisme. Tout à coup les voilà qui frappent à tour de bras sur les *trucs*, les féeries et leurs exhibitions indécentes. L'abrutissement des masses, le triomphe de la chair et des sens, l'avilissement de l'art et du théâtre, tout cela est flagellé avec une vigueur de poignet qu'envieraient les paladins de la *Gazette* et les sacristains de l'*Univers* : puis, au bas de la même colonne ou au *verso* de la même page, on nous donne la dimension du mollet de madame Gueymard et du corsage de madame Sasse... Quelle énormité ! — oui, en apparence ; mais, en réalité, rien de plus logique. A leur insu et malgré leurs bonnes intentions, les spirituels écrivains sont dominés par cette vérité non moins énorme ; que leur littérature, leurs succès, les goûts du public, les sujets dont ils s'inspirent, le gros de leurs lecteurs, les abus dont ils se plaignent, les cibles de leurs épigrammes, sont autant de parties d'un même ensemble, et que tout cela s'écroulerait en même temps.

Maintenant, s'il nous est permis de généraliser et d'agrandir la question, nous dirons à l'heureux auteur de la *Comtesse de Chalis* qu'en demandant la liberté politique et la réforme des *mœurs du jour*, il prêche contre son saint. Mais que dis-je? si l'inconséquence est un défaut, l'abnégation est une vertu ; vertu nécessaire à la régénération sociale et morale, publique et privée, d'un peuple vieilli et malade ; vertu placée à l'extrémité contraire de celle où s'épanouissent les tubéreuses littéraires et mondaines. Peut-être M. Ernest Feydeau a-t-il voulu la pratiquer et nous en donner l'exemple pour inaugurer son rôle de réformateur libéralissime. Car, il ne doit pas se le dissimuler, le jour où notre société, notre politique, nos mœurs seraient telles qu'il les veut et non plus telles qu'il les peint, les romans comme la *Comtesse de Chalis* seraient si sûrs de ne pas réussir qu'il n'y aurait plus d'éditeur pour les publier et d'auteur pour les écrire.

IV

MANETTE SALOMON

— Avez-vous entendu parler d'un projet d'institution éminemment philanthropique : l'établissement d'un bureau de consultations, d'approvisionnements et de fournitures littéraires ? On irait là se renseigner sur les mots, les adjectifs, les tours de phrase qui peuvent servir encore, ou qui, ayant trop servi, ne sont plus bons que pour la pacotille et l'exportation à l'étranger. Seraient définitivement exportés :

« Mademoiselle Arabelle est *tout simplement* la première comédienne de Paris.

« Cette grâce, ce sourire, ce charme, cette fête des yeux, de l'esprit et du cœur, *qu'on appelle* mademoiselle Albertine.

« Lélio a chanté, Silvio a écrit avec une ampleur *magistrale.*

« Il fallait à ce rôle l'*autorité* de Béchamel.

« Lotario a peut-être moins de *virtuosité* que Stephen.

« Il y a du talent dans ce livre ; mais il est le

produit d'un art *malsain* et d'une société *malsaine*...

« Toute cette grande machine est *très-réussie*, etc., etc., etc., etc.... »

Quant aux mots nouveaux, je vous dirai que ce qu'il y a de mieux porté en ce moment, ce sont les pluriels ; plus un pluriel est singulier, plus il a de prix : Les ors, les argents, les blancheurs, les orgueils, les faims, les pâleurs, les blondeurs, etc., etc. Cette vogue s'explique aisément ; de nos jours, nous avons vu trop souvent mettre au pluriel trois mots qui n'en ont pas ou qui ne devraient pas en avoir : Dieu, serment, conscience. Les exemples sont contagieux, lorsqu'il viennent de haut.

Là ne se borneront pas les services de l'établissement ; il y aura ce que les diseuses de bonne aventure appellent le grand jeu.

Je me souviens d'un proverbe de Théodore Leclercq, où le principal personnage voulait faire une pièce avec ces simples mots : « Je crois que ma cuisinière me vole. »

— Rien de moins, rien de plus.

Vous êtes de la même école : vous vous présentez au bureau des fournitures littéraires, et vous dites au directeur :

— Monsieur, je voudrais écrire un roman de cinq cents pages...

— Très-bien ! Tous les goûts sont dans la nature ; voyons votre sujet.

— Il est simple comme au jeune âge... Un peintre, que je nomme Anatole... ou Cabrion...

— Mettons Anatole.

16

— Demande la main de mademoiselle Zénaïde, fille de M. Canichard, bonnetier retiré...

— Bon! intérieur des Canichard... Frottis en grisaille... genre Chardin : cinquante pages.

— M. Canichard, prudent père de famille, n'est pas sans quelques inquiétudes touchant le bonheur de sa demoiselle...

— Passons ; ceci étant du domaine psychologique, ne nous regarde pas.

— Pour s'édifier, il va visiter l'atelier d'Anatole, et il y trouve...

— Un beau désordre, qui est un effet de l'art... Halte-là ! Nous n'en sommes pas quittes à moins de cent quatre-vingts pages; d'autant mieux que, dans cet atelier, il y a un singe et un modèle...

— Je n'y avais pas songé, mais rien ne s'y oppose.

— Attention ! Le singe : « Il avait des bleuissements de poils rappelant des bleus d'aponévrose... Il portait sur la tête des espèces de cheveux plantés très-bas avec une raie qui s'allongeait sur le front. Dans ses grands yeux bruns, à prunelles noires, brillait une transparence d'un ton marron doré. La pinçure de son petit nez aplati montrait comme l'indication d'un trait d'ébauchoir dans une cire. Son museau était piqué du grènu d'un poulet plumé. Des tons fins de teint de vieillard jouaient sur le rose jaunâtre et bleuâtre de sa peau de visage. A travers ses oreilles tendres, chiffonnées, des oreilles de papier traversées de fibrilles, le jour en passant devenait orange, etc., etc. » Bref, du Philippe Rousseau, bitumé par Decamps.

— Merveilleux! splendide! stupéfiant! ïoutre! ïoutre! ïoutre!!!! A présent, le modèle?

— Ah! mon gaillard, vous en voulez, de la plastique? Mais ici nous mettrons un rideau de serge, jusqu'au moment de l'exhibition définitive. Vous me paraissez d'un naturel inflammable, et je ne veux pas troubler votre digestion. Qu'il me suffise de vous dire que nous en aurons pour soixante pages, et que ce sera du Giorgione blairauté par le Corrége... après.

— Effrayé de ce qu'il a vu, Canichard annonce à sa fille son *veto* paternel... Zénaïde pleure; scène de famille...

— Sentiments et dialogue... Ceci n'est plus de notre compétence.

— Alors, que fait Anatole? Il enlève Zanaïde, et l'emmène dans la forêt de Fontainebleau...

— Attendez... deux cents pages; paysages à l'heure et à la course; du matin, de l'après-midi et du crépuscule; Théodore Rousseau combiné avec Jules Dupré...

— Zénaïde étant compromise, les Canichard sont bien forcés de consentir au mariage : noce à la barrière, par un soir d'été...

— Tableau : septante pages ; de l'Hogarth crayonné par Daumier, avec des effets de Rembrandt...

— Ah! çà, monsieur, je veux faire un roman, une œuvre littéraire; et au lieu de me citer Richardson, l'abbé Prévost, Balzac, George Sand, Mérimée, Fielding,

Octave Feuillet, Jules Sandeau, vous ne me nommez que
des peintres...

— J'entends bien... C'est que notre littérature est en
progrès ; elle n'est plus que de la peinture écrite à la
plume sur du papier à cloche... C'est le dernier genre...
Manet Salomon ; ce qui signifie : Salomon reste... le plus
sage des rois, malgré ses trois mille femmes... Jugez
par là de la sagesse des autres !... D'ailleurs, monsieur,
je vous trouve superbe ! Vous m'apportez un sujet très-
bête, qui, d'après l'ancien procédé, ne vous fournirait
pas trois pages : je vous en fais cinq cent soixante, et
vous n'êtes pas content ?...

— Très-content, très-content ; mais je demande à réfléchir.

Toutes réflexions faites, voici ma réponse.

Si j'étais roi ou empereur, je m'empresserais d'offrir à
mes sujets une constitution assez libérale pour faire ma
gloire et les aider à me renvoyer sans me donner les huit
jours. Mais, préalablement, je m'accorderais vingt-quatre
heures de bon plaisir et d'arbitraire ; je rassemblerais
tous les critiques de mon royaume ou de mon empire, et
je les ferais reconduire à la frontière par une gendarmerie plus sérieuse que celle de *Geneviève de Bra-
bant.*

Dire que la critique est inutile, ce serait trop peu ; on
doit croire qu'elle est nuisible, puisque les auteurs auxquels elle prodigue ses avis se hâtent de faire exactement le contraire de ce qu'elle leur conseille. Voyez

par exemple, MM. Edmond et Jules de Goncourt ! Je ne
m'en défends pas, leurs débuts m'avaient vivement intéressé. D'abord, certains préjugés sont si profondément
enracinés, même chez ceux qui en ont reconnu le mensonge, que, par un reste d'habitude, dès que j'aperçois un
écrivain à *particule*, je m'imagine qu'il va être le champion
des causes vaincues. Ici, du moins, cette malheureuse
étiquette nobiliaire se *rachetait* par une telle ardeur au
travail, un tel amour du succès, un penchant si vif à se
plonger jusqu'au menton dans la littérature, qu'elle
avait le droit de plaider les circonstances atténuantes.
En outre, si la collaboration n'est pas en elle-même
d'une parfaite orthodoxie littéraire, il y avait pourtant
quelque chose de curieux, presque de touchant, dans
cette association fraternelle arrivant à faire de deux intelligences une seule volonté servie par une seule plume.

Nous accueillîmes donc avec sympathie les premiers
ouvrages de MM. de Goncourt. Leur tendance visible à
trop se préoccuper du détail, à ne chercher dans les
sentiments de l'homme et les événements de l'histoire
que le côté matériel, à inventorier la vie humaine plutôt
que de l'analyser, à nous donner, sous prétexte d'art ou
d'érudition, ce que Balzac venait de désigner sous le nom
barbare de *bric-à-bracologie*, tout cela pouvait être attribué à je ne sais quelle fièvre de fureteur ou d'alchimiste,
à une ivresse de fouilles et de trouvailles, contagieuse
chez les collectionneurs et les antiquaires. Dans les œuvres qui suivirent, notamment dans la *Femme au dix-
huitième siècle*, dans l'*Histoire de Marie-Antoinette*, et

16.

dans *Sœur Philomène*, le défaut primitif n'avait pas disparu, mais le progès était évident. C'est à dater de *Renée Mauperin* que nos illusions se sont changées en mécomptes, nos appréhensions en certitudes et nos sympathies en blâme. Il n'y avait plus à s'y tromper ; le mal était incurable, et nous allions assister à un phénomène d'impénitence finale.

Je préfère pourtant, — triste préférence, — *Manette Salomon* aux deux derniers romans de MM. de Goncourt. Ils avaient trouvé cette fois un sujet à leur convenance, une histoire d'atelier, où ils pouvaient, sans trop de paradoxe et en toute compétence, donner carrière à leur goût pour le pittoresque. Hélas ! dût mon parallèle leur sembler bien trivial, je suis forcé de les comparer à un gourmand qui, placé devant une table trop richement servie, succombe à cette tentation puissante et finit par une indigestion.

Les auteurs avaient entrevu trois personnages qui, bien posés, sobrement mis en scène, dessinés d'un trait juste et fin, pouvaient donner à leur récit un caractère de réalité et de vérité ; Chassagnol, Coriolis et Anatole.

Chassagnol, l'homme grisé d'esthétique, vivant en dehors de toutes les conditions de la vie, rompant de lugubres silences pour s'exhaler en digressions interminables, contemplateur monomane d'œuvres d'art et de tableaux, désintéressé de tout ce qui n'est pas du marbre sculpté ou de la toile peinte, mélange de ruminant, de penseur et de *scie*, Chassagnol rappelle à s'y méprendre, avec le degré d'exagération permise, le pauvre Gustave

Planche , cet honnête rabâcheur que nous essayons
vainement de défendre contre l'oubli, et dont M. Sainte-
Beuve, plus cruel envers l'ami mort qu'il ne l'eût été
pour le confrère vivant, nous a donné le portrait définitif :

« — C'était alors un grand jeune homme... vous ac-
costant et ne vous lâchant plus, fussiez-vous allé par un
temps de pluie d'un bout de Paris à l'autre. Familier
avec les inconnus dès le premier mot, babillant de tout
et s'en moquant, il n'avait pas une étincelle d'enthousiasme ni de passion. C'était une calamité de le rencontrer le matin ; il *soufflait froid* sur vous pour toute la
journée... Ses premières années d'émancipation se passèrent à vaguer dans les ateliers des artistes et à ba-
guenauder à tort et à travers. Il voyait aussi quelques-
uns des poëtes dits du *Cénacle*, et il en tirait la plupart
de ses jugements littéraires futurs. Son affectation alors
était, dans la conversation courante, de nommer tout
haut, familièrement et avec un parfait sans gêne, les
jeunes illustres. S'il pouvait, dans un cours public, pendant la demi-heure d'attente, citer tout haut, et en parlant d'un banc à l'autre, *Alphonse*, *Victor*, *Alfred*, *Prosper*
et *Eugène*, il était content. Cela voulait dire dans sa bouche *Lamartine* , *Hugo* , *de Vigny* , *Mérimée* et *Delacroix*...

« ..... Il faisait payer quelques parties saines, solides, et de bonne dialectique, en se répétant à satiété ; ce
qu'il avait dit une fois, il se faisait gloire de le redire éternellement et dans les mêmes termes. Arrêté dans ses

locutions, dogmatique, sans grâce, sans un rayon, sans
rien de ce qui caresse l'esprit, il jetait de la poudre aux
yeux par ses défauts mêmes, etc., etc. [1]... »

Suivent trois autres pages, chef-d'œuvre d'*éreintement*,
que l'on pourrait appeler *ad libitum* exécution après
décès ou enterrement de première classe. On ne doit aux
morts que la vérité, a dit Voltaire, et, à ce point de vue,
M. Sainte-Beuve est irréprochable. Il faudrait seulement
savoir si certaines situations, d'anciens souvenirs de
bonne confraternité littéraire, l'honneur fort rare d'avoir
été constamment loué, flatté et même pris au sérieux
par un critique très-avare de louanges, n'imposent pas
certaines réserves, si l'infaillible auteur des *Nouveaux
Lundis* (tome V, p. 67), n'aurait pas mieux fait de laisser
dire ces vérités par d'autres ou accomplir par la postérité ce travail de pompes funèbres. Quoi qu'il en soit, si
enclin que je puisse être à blâmer *Manette Salomon* et à
déplorer, chez MM. de Goncourt, l'abus ou le mauvais emploi de leur talent de peintres à la plume,
je les remercie, et je remercie leur brave Chassagnol,
de m'avoir offert l'occasion de solder à la fois deux
arriérés.

Mais cet excellent Chassagnol, par cela même qu'il est
trop fidèlement copié, est horriblement ennuyeux, et j'ai
peine à comprendre qu'au lieu de se contenter d'une simple indication ou de deux ou trois échantillons de ce ba-
vardage, on associe le lecteur au supplice que Chassagnol

---

[1] Voir la note C à la fin du volume.

fait subir à ses camarades. Voilà une preuve, entre mille,
du dédain de MM. de Goncourt pour les lois de l'équilibre
et de la proportion dans le roman. Imaginer ou repro-
duire un caractère qui ne peut s'affirmer que par un
flux de paroles, par d'effroyables *tartines* de métaphysique et d'esthétique, c'était se créer d'avance une difficulté insoluble. Il fallait du moins inventer un procédé,
fût-ce un moyen de vaudeville, pour faire interrompre
Chassagnol, dès ses premières bordées, par ses audi-
teurs impatientés. Lui donner ses coudées franches,
le laisser parler jusqu'à ce que son gosier s'écorche
et que le livre nous tombe des mains, n'est-ce pas dé-
layer et ralentir volontairement un récit ou l'action
est d'une ténuité telle, qu'on pourrait la raconter en
dix lignes?

Anatole, le *boute-en-train* d'atelier, le *fruit-sec* insou-
ciant et gouailleur qui a pris pour une vocation d'artiste
ses véhémentes aptitudes de *charge*, de *blague* et de flâ-
nerie, pouvait être amusant et vrai. Mais c'est là un de
ces caractères terribles, pour lesquels il n'y a pas de
milieu. S'ils ne sont pas extrêmement et perpétuellement
drôles, si on ne réussit pas à mettre constamment dans
leur bouche des saillies originales, d'irrésistibles folies,
des prodiges de fantaisie et d'imprévu, le rire se fige à
la première page et les nerfs s'agacent à la seconde. Or
MM. de Goncourt sont disciples de Victor Hugo et de Balzac
bien plutôt que de *Gil-Blas* ou de Regnard; ils possèdent
des qualités incontestables; ils sont patients, chercheurs,
trouveurs, stylistes, artistes, passés maîtres dans cet

inutile et fâcheux tour de force qui consiste à faire de
la peinture avec de l'écriture :

> Et tout ce que veux écrire semble peint !

Mais ils ne sont pas gais ; ils manquent de naturel ; ils
n'ont pas le don du rire facile, épanoui, communicatif ;
point de jet ; rien qui coule de source ; on dirait qu'ils
colligent leurs *mots* dans un album, qu'ils ont un her-
bier pour leurs drôleries comme les botanistes pour les
plantes.

Je pourrais citer cent exemples ; je me contenterai
d'un seul. Anatole est un peu gris ; il va au bal de l'O-
péra (une rechute !) Il s'arrête chez le restaurateur Philippe, et le voilà versant sur la foule idolâtre toute la
mousse de son esprit et de son vin de Champagne. C'est
le cas, ou jamais, d'être en verve et de casser les vitres
à coups de diamants :

« — Oh ! c'te tête !... Bonjours, Chose ! Et tu fais toujours des affaires avec le clergé !... A la renommée pour
l'encens des rois mages !... T'es l'épicier du bon Dieu !...
Tais-toi donc !... Et tu te costumes en Turc ! C'est indé-
cent !... »

« ..... Le Parisien, messieurs ! — Et il désignait le
monsieur en habit se débattant sous son bras en étouffant de rire. — Vivant, messieurs ! en personne naturelle !!!... grand comme un homme ! surnommé le *roi
des Français !*... Cet animal ! vient de province ! Son pe-
lage ! est un habit noir ! Il n'a qu'un œil ! comme vous

pouvez voir : Son autre œil !... est un lorgnon ! Cet animal, messieurs ! habite un pays ! borné par l'Académie !... Sauf l'amour ! platonique ! on ne lui connaît pas !
de maladies particulières !... C'est l'animal du monde !...
le plus facile à nourrir ! il mange ! et boit de tout !...
etc., etc., etc. »

Hé ! bien ! là ! franchement ! dût tout le salon ! de la
princesse ! Mathilde ! me traiter ! d'imbécile ! je déclare que les ! cyprès et les ! bonnets ! de nuit ! sont
des prodiges ! de gaieté ! en ! comparaison ! de cette !
gaieté-là !

O Paul de Kock ! grande figure méconnue et calomniée par notre orgueil romantique, qui nous eût dit que
les héritiers du romantisme te feraient regretter ?

Certes, Eugène Sue n'avait pas une hilarité bien franche ; qu'il y a loin pourtant d'Anatole à Cabrion et à Pi-
pelet !

MM. de Goncourt, je le sais bien, répondant un jour
à une de mes critiques, m'écrivaient : « C'est que la vie
n'est pas gaie ! » — A qui le dites-vous ? répliquerai-je ?
je le crois bien, que la vie n'est pas gaie ! Si elle est triste
pour vous qui êtes jeunes, qui avez le vent en poupe,
pour vous à qui rien ne manque, ni le sourire des princesses, ni le suffrage de nos beaux-esprits, ni le patronage de cette table à *thé* qu'on appelle la Table de Magny, que voulez-vous qu'elle soit pour moi, pauvre vieil
invalide, condamné à une sorte d'isolement cellulaire ?
Mais, encore une fois, qui vous forçait de choisir un
thème où la gaieté était de rigueur ? Et puis que la pre-

mière épreuve ne vous avait pas réussi, pourquoi en tenter une seconde?

Coriolis, le véritable héros du livre, gentilhomme, créole, artiste, doué d'un vrai tempérament de peintre et finissant par épouser *une* modèle après avoir laissé dévorer par cette femme son intelligence, son âme, son talent et sa vie, Coriolis n'est nullement à dédaigner. Si les auteurs étaient moins tyrannisés par leurs habitudes ou leur système, l'étude de ce personnage eût été saisissante et curieuse. Mais comment se reconnaître dans cette orgie descriptive? Comment retrouver sous ce fouillis pittoresque le mystérieux travail de la décomposition d'une âme? Non, jamais on ne fera accepter ni par le public, ni par les lettrés, cette substitution absolue d'un art à un autre, alors même que l'on ferait valoir le mérite du tour de force et de la différence vaincue. Ici, d'ailleurs, se rencontre une objection plus grave. Tant que MM. de Goncourt se bornaient à accaparer les procédés de la peinture, c'était une aberration ou une manie, rien de plus; mais voici qu'ils en usurpent les priviléges, j'allais dire les privautés. A force d'être peintres et de ne vouloir être que peintres, ils sont arrivés à se figurer que leur littérature ne serait pas plus immorale et plus indécente que ne l'est un intérieur d'atelier, bien clos aux regards profanes, au moment où pose le modèle. C'est à eux-mêmes que je vais emprunter l'argument qui les réfute. Ils ont remarqué, ils nous disent, que ces malheureuses femmes qu'ils connaissent toutes par leurs noms et dont ils paraissent avoir fait une étude

particulière, retrouvent certains instincts de pudeur
féminine dès qu'elles ne sont plus dans l'exercice de leur
profession, dès qu'elles se sentent épiées par d'autres
yeux que ceux des élèves et du maître. Et bien! est-ce
que, par hasard, les deux volumes de *Manette Salomon*
sont clos comme un atelier? Est-ce que MM. de Goncourt
ont prétendu écrire uniquement pour des peintres et des
sculpteurs? Je voudrais le croire, mais c'est peu croya-
ble. Leur livre est dans le domaine public : il s'affiche
en gros caractères sur la vitrine des cabinets de lecture.
Il a paru dans un journal dont tous les abonnés n'appar-
tiennent pas sans doute à l'École des beaux-arts, et que
tous les pères de famille n'ont probablement pas mis
sous clef. Dès lors, nous avons le droit de dire à MM. de
Goncourt : Cette pudeur dont vous parlez, pourquoi ne
l'avez-vous pas eue? Pourquoi, après avoir enfermé votre
littérature dans un atelier, la ramenez-vous ensuite au
grand jour et au grand air, de façon à faire *lire* par *tous*
ce qui ne devait être *vu* que par *quelques-uns?*

N'insistons pas ; le reproche d'immoralité n'est pas de
ceux qui effrayent le plus : il a été justement adressé à
des œuvres qui n'en ont, hélas! que mieux fait leur
chemin. L'immoralité d'ailleurs affecte ici des airs d'*inconscience* qu'il sied peut-être de prendre au mot. Ce qui
nuira beaucoup plus à MM. de Goncourt et à leur ouvrage,
c'est qu'ils ont fatalement restreint leur public; ils finissent par se classer au rang des écrivains *spécialistes*.
Depuis les pages brûlantes, ou soi-disant telles, de *la
Nouvelle Héloïse*, jusqu'aux plus fougueuses audaces de

Balzac et de George Sand, on conçoit, à la rigueur, qu'un romancier réplique aux juges austères ou timorés : Qu'importe que je sois condamné par une morale étroite et morose, si je suis lu, dévoré par des générations tout entières, si j'offre une pâture aux affamés d'idéal, aux âmes incomprises, aux imaginations ardentes, à tous ceux que révoltent les vulgarités de la vie?

Ici, rien de pareil ; nous pouvons affirmer à MM. de Goncourt que les jeunes gens romanesques et les femmes sentimentales ou simplement spirituelles ne s'arracheront pas *Manette Salomon*, et ne se cacheront pas pour les lire. En internant leur livre dans un seul genre d'effets, ils se sont réduits à n'avoir qu'une seule classe de lecteurs. Que de mal n'a-t-on pas dit des peintres qui ne peuvent être appréciés que par les littérateurs? Que faut-il donc penser les littérateurs qui ne peuvent être goûtés que par les peintres? Confondre les deux arts est folie ; celui des deux qui vit surtout par l'idée se venge tôt ou tard de ceux qui le trahissent en sacrifiant la pensée au mot, le mot à l'image, l'âme du corps... Mais quelle naïveté, grand Dieu ! ou quelle imprudence ! N'ai-je donc pas lu la dédicace, si expressive dans son laconisme, de *Manette Salomon*? L'âme! ai-je dit. Qui sait, si en la supprimant, on ne se fait pas pardonner bien des peccadilles par la Table de Magny [1]?

---

[1] Voir la note D à la fin du volume.

XIV

M. LE COMTE D'HAUSSONVILLE [1]

Février 1868.

L'auteur de cet ouvrage est de ceux auxquels nous pourrions appliquer le vers célèbre de Lucain : « *Victrix causa diis placuit...* » Mais que dis-je? faut-il prendre ce vers au pied de la lettre? Si les causes vaincues plaisent à Caton, peut-on ajouter que les causes victorieuses plaisent aux dieux... ou à Dieu? L'épisode si excellemment raconté par M. d'Haussonville prouve heureusement le contraire. En dépit des *Mémoires* et des dictées de Sainte-Hélène, il n'est pas toujours facile de savoir quelle a été, pendant les années d'expiation suprême, la vraie pensée de Napoléon sur quelques-unes des mesures qui avaient, à l'époque de sa toute-puissance, effrayé ses amis et déconcerté ses admirateurs. Mais si l'adversité et l'approche de la mort rendirent la parole à

[1] *L'Église romaine et le premier Empire.*

sa conscience muette, elle dut lui répéter bien souvent
que les fautes et les folies apparentes, historiques, qui
avaient amené sa chute, n'arrivaient dans l'ordre moral
qu'après d'autres torts, d'autres crimes, plus véniels
peut-être aux yeux des habiles et du vulgaire, mais chargés d'une plus lourde part dans le règlement définitif.
La campagne de Russie ne fut qu'un défi jeté à la sagesse
humaine ; la mort du duc d'Enghien, la guerre d'Espagne, les persécutions exercées contre le saint-siége et le
pape Pie VII, furent des attentats contre la justice divine
et la vérité immortelle. Là, le coupable méritait d'être
châtié par le bon sens ; ici, il méritait d'être frappé par
la Providence ; ou plutôt les deux genres de fautes, produits d'un même vertige de despotisme et d'orgueil,
d'un même penchant à absorber en soi tous les intérêts,
toutes les croyances, tous les droits de l'humanité, devaient fatalement se compléter les uns par les autres
pour rendre le châtiment plus nécessaire et plus terrible.

« — Une grave leçon, dit Chateaubriand, est à tirer
de la vie de Bonaparte. Deux actions, toutes deux mauvaises, ont commencé et amené sa chute ; la mort du
duc d'Enghien, la guerre d'Espagne. Il a beau passer
par-dessus avec sa gloire, elles sont demeurées là pour
le perdre. Il a péri par le côté même où il s'était cru
fort, profond, invincible, lorsqu'il violait les lois de la
morale en négligeant et dédaignant sa vraie force,
c'est-à-dire ses qualités supérieures dans l'ordre et l'é-
quité. Tant qu'il ne fit qu'attaquer l'anarchie et les ennemis de la France, il fut victorieux ; il se trouva dé-

pouillé de sa vigueur aussitôt qu'il entra dans les voies corrompues... » (*Mémoires d'outre-tombe*, t. IV, p. 313).

N'est-il pas singulier, — pour le dire en passant, — que, dans cette page éloquente, l'auteur du *Génie du christianisme* n'ait mentionné que *deux* actions mauvaises au lieu de trois, qu'il ait justement oublié ce qui aurait dû le révolter le plus ; les rapports de Napoléon Bonaparte avec la plus douce et la plus sainte de ses victimes ? Si je signale ce détail peu explicable sous la plume du grand écrivain qui se vantait d'avoir encore plus contribué que le Premier consul à relever les autels, c'est qu'il me ramène à mon sujet, au livre de M. d'Haussonville, à ces documents nouveaux dont il a si bien profité et dont la plupart renferment pour nous une surprise et une leçon : une surprise, car nous ne savions rien ou presque rien des dessous de cartes diplomatiques, des scènes comiques ou émouvantes qui préludèrent au drame de Savone et de Fontainebleau; une leçon, car il suffit de rapprocher cette époque de la nôtre pour reconnaître que, malgré nos défaillances et nos mécomptes de toutes sortes, ces deux tiers de siècle n'ont pas été perdus pour le sens moral et religieux de la France. On qualifie d'aurore la phase du Consulat; la nôtre est traitée de décadence. Eh bien! à certains points de vue, cette décadence me semble préférable à cette aurore.

I

Oui, nous en sommes sûr, bien que Fontainebleau ait
été moins tragique que Vincennes, le pâle et vénérable
visage de Pie VII, empreint tour à tour de tristesse chrétienne et de sérénité céleste, a dû maintes fois apparaître
à Napoléon, pendant cette lente agonie où il s'efforçait,
faute de mieux, de combattre et de vaincre ses derniers
ennemis, — les plus implacables peut-être, — ses souvenirs. Le « *Tu quoque, mi fili?* » ce mot de tendre et
ineffable reproche, trop beau pour une bouche païenne,
avait pu cette fois être, non pas prononcé, mais entendu
par César. Il m'a été impossible de lire les derniers chapitres de *l'Église Romaine et le premier Empire,* sans me
souvenir d'un autre livre de M. le comte d'Haussonville,
de ce passage de sa belle *Histoire de la réunion de la
Lorraine à la France,* où nous voyons la duchesse Nicolle,
la pauvre dépossédée, conduite, elle aussi, au palais de
Fontainebleau et logée dans un riche appartement. Suivant l'usage du temps, les murailles étaient couvertes
de tapisseries; l'une d'elles représentait « la fable du
pot de terre brisé par le pot d'airain contre lequel il avait
voulu se heurter. » — La douce et résignée Nicolle fon-
dit en larmes.

Mais, ici, quelle différence! Le pot de terre était un
vase sacré. Charles IV et ses prédécesseurs s'étaient at-

tiré par bon nombre d'imprudences les représailles du
pot de fer, et avaient fourni au *plus fort* des semblants de
bonnes raisons. Entre Bonaparte et Pie VII rien de pareil. Le pape n'avait pas voulu se heurter contre le général victorieux, mais s'unir à lui, associer la plus grande
puissance morale à la plus grande force matérielle, afin
de faire de cette alliance un gage de bonheur, de paix,
de régénération publique et privée, pour la France et
pour le monde. Il aimait sincèrement son redoutable
allié, devenu si vite son antagoniste et son persécuteur.
Plus tard même, quand toute illusion fut impossible, il y
eut en lui plus que le pardon de la charité chrétienne.
Depuis longtemps sa conscience se tenait sur ses gardes,
que son cœur ne s'était pas repris. Comment cette précieuse amitié fut-elle si vite méconnue par l'homme qui
en devina le prix sans vouloir en comprendre le sens?
Comment ce pacte immortel, inauguré sous de si favorables auspices, a-t-il, en définitive, abouti à cette série
de coups d'épingle suivie d'un coup de poignard ou de
massue? C'est ce que M. d'Haussonville nous dira bien
mieux que nous le dirions nous-mêmes.

Le Concordat fut à la fois un bienfait immense et un
immense malentendu. Nos pères l'ont trop vanté. Parce
que Bonaparte, dont aucune fumée d'ivresse ou de vertige n'avait encore troublé le regard d'aigle, eut la
grande idée de faire de l'antique religion une des
bases du nouveau pouvoir dont il relevait les assises,
l'âme angélique de Pie VII le prit pour un catholique
dans la plus exacte acception du mot; catholique assez

sincère pour épargner le domaine de l'autorité spirituelle et respecter la liberté de conscience. Parce que
le pape ne négligea rien pour faire réussir cette idée
qui sauvait la France d'un schisme et *lavait jusques
au marbre* où avaient touché les parodies sacriléges,
le Premier consul se figura que cet auxiliaire si empressé
ne lui refuserait jamais rien, et qu'il lui suffirait plus
tard de le tromper par une caresse ou de l'effrayer par
une menace pour le dominer et l'exploiter à son gré.
Tous deux comptèrent sans leur hôte ; cet hôte mystérieux, intérieur, qui, chez les hommes tels que Pie VII,
a toutes les forces de la faiblesse, et, chez les hommes
tels que Bonaparte, toutes les faiblesses de la force.

Tous deux pourtant, le pontife désarmé et le *dieu
Mars* du 18 brumaire, se ressemblèrent ou s'accordèrent
sur un point. Pour des raisons différentes et mêmes contraires, tous deux s'exagérèrent la valeur religieuse et
l'effet réel du Concordat. Nous avons tous, nous aussi,
été plus ou moins dupes de cette exagération, de ce mirage, et nous n'en devons que plus de reconnaissance
à M. d'Haussonville, qui a rétabli les faits sous leur véritable jour.

A distance, d'après la tradition léguée par les contemporains, voici en gros l'image que nous en avions gardée :

Table rase en fait de religion et de culte extérieur ; le
ciel dépeuplé, les consciences fermées comme les églises;
la prière muette ; une génération tout entière plongée
dans l'ignorance et l'indifférence, ne sachant plus si elle
devait adorer la déesse Raison, s'agenouiller devant l'Être

suprême décrété par Robespierre, se ranger du côté des
théophilanthropes avec Laréveillère-Lepeaux, ou se reposer dans l'athéisme des Monge et des Cabanis ; puis un
grand homme paraissant tout à coup sur la scène du
monde, réveillant les croyances mortes comme des
gardes endormis ; rejetant dans l'ombre toutes ces idolâ-
tries ridicules, odieuses ou désolantes ; appelant un pape
à consacrer avec lui cette restauration religieuse ; si bien
que, sans le Concordat, tout était perdu, qu'avec le Concordat, tout fut sauvé. Le catholicisme fut *réorganisé*
comme l'ordre, comme le pouvoir, comme la législation,
comme la société, comme la victoire. Les catholiques
n'eurent plus qu'à monter au parvis de Notre-Dame et à
rendre grâces au Premier consul et à Dieu. Il y eut là,
entre la France et Rome, entre Bonaparte et le saint-siège,
une lune de miel dont la pure et blanche lueur pénétra
dans les âmes, éclaira les temples, consola les tombeaux
et ressuscita les ruines. Afin que rien ne manquât à cette
merveilleuse renaissance, un autre homme de génie se
trouva tout à point pour intéresser l'imagination au réveil de la foi, pour révéler la poésie, le charme, la
douceur de cette religion proscrite à laquelle on rendait
ses sanctuaires. Plus tard survinrent des embarras, des
nuages, des dissidences dont on se souvient vaguement,
que l'on s'explique par des raisons politiques, par la résistance passive de la cour de Rome, par l'ambition toujours croissante de Napoléon et les exigences de l'esprit
de conquête. L'*or pur* du Consulat devint le *plomb* lourd
et meurtrier de l'Empire ; n'importe ! Le bienfait était

17.

acquis et désormais inaliénable. Grâce au Concordat, on pouvait braver les bourrasques passagères avec autant de sécurité qu'une barque rentrée au port. Il ne dépendait plus de la volonté humaine que le christianisme perdit la partie qu'il avait gagnée au moment où le Premier consul et le pape pariaient l'un pour l'autre. Pie VII lui-même, en dépit de ses souffrances personnelles, resta tellement persuadé de cette vérité, qu'en apprenant, en 1814, la chute de son persécuteur, il répandit des larmes et parla de cette grande infortune avec une profonde sympathie. — « Napoléon est malheureux, très-malheureux ; nous avons oublié ses torts ; l'Église ne doit jamais oublier ses services. » — Généreux langage, noble attitude, admirable contraste à opposer aux insultes prodiguées, vers le même temps, à l'exilé de l'île d'Elbe, au captif de Sainte-Hélène par les rois, dont il avait fait ses serviteurs et par ses serviteurs dont il avait fait des rois ! Encore une fois, de la part de Pie VII, ce n'était pas seulement de la charité, le pardon des injures élevé à son expression la plus haute ; c'était encore de la reconnaissance.

Eh bien, j'ose dire qu'on se trompe, qu'on s'est trop habitué à prendre l'effet pour la cause. Ce n'est pas parce que Bonaparte signa le Concordat, ce n'est pas parce que Chateaubriand écrivit le *Génie du christianisme,* que la religion reparut vivante sur ces ruines où les choses terrestres pouvaient seules rester à jamais ensevelies. C'est parce que l'heure était venue d'une revanche divine et que les âmes ne pouvaient plus se passer de foi, que le

législateur et le poëte subjuguèrent du premier coup les
imaginations et les cœurs. L'un ne fit que donner une
consécration officielle, l'autre une forme poétique à l'é-
nergique réaction chrétienne qui ramenait les foules con-
verties par le malheur vers les églises fermées et les autels déserts. Mais qu'est-ce à dire? les autels étaient-ils
aussi déserts, les églises aussi fermées qu'on veut bien
le croire? Ici je laisse parler M. d'Hassonville:

« Les ministres de notre culte, rentrés de l'exil ou
sortis des retraites où ils avaient dû cacher leurs têtes,
s'étaient montrés presque partout à la hauteur de leur
tâche. Ils n'avaient pas attendu la convention passée avec
le pape pour reprendre leur mission. On calomnie ces
saints prêtres, on leur enlève leurs plus beaux titres à la
vénération publique, on méconnaît surtout étrangement
les faits, lorsque, en puisant des phrases toutes faites
dans les harangues officielles du temps, on se met à répéter aujourd'hui, suivant la formule officiellement con-
sacrée, qu'en signant le Concordat Bonaparte releva d'un
mot les autels abattus. Les autels étaient déjà relevés;
une statistique administrative de cette époque et les re-
cueils religieux qui paraissaient alors, et qui bientôt du-
rent se taire ou passer dans d'autres mains, constatent
que le culte était, avant la publication du Concordat, rétabli dans plus de quarante mille communes [1]... »

Cette page me comble de joie. Sans être suffisamment
renseigné pour rien affirmer, j'éprouvais, je l'avoue,

Voir la note E à la fin du volume.

une répugnance invincible à songer que le *to be or not to
be* d'une religion de vérité, de paix, de justice, de liberté
et d'humanité, s'était trouvé un moment, un jour, une
heure, entre les mains d'un homme dont nous ne con-
testons ni la gloire ni le génie, mais dont les idées religieuses se réduisirent à une sorte de fatalisme oriental, mi-
tigé par quelques souvenirs d'enfance ; contempteur hau-
tain dont la vie ne fut qu'une négation éclatante de tout
ce que le christianisme nous apprend à aimer, à vénérer
et à croire ; profanateur enfin ; car c'est profaner la religion que de l'employer sans y croire, d'en faire un instrument de servitude et de ne laisser ignorer à personne
que, si, au lieu de signifier autorité et discipline , elle
signifiait résistance et liberté, on la broierait sous ses
pieds. Ce serait une immoralité, un sujet permanent de
trouble pour les consciences, si on pouvait croire que
cette profanation a son prestige ou son excuse quand
elle est commise par un homme tout-puissant ; qu'il
existe une zone supérieure, hors de portée pour les faibles et les petits, où les devoirs changent de nature, où
la vérité change d'aspect, où le bien et le mal changent de nom, où une volonté humaine peut faire ou
défaire ce qui ne peut être fait ou défait que par une
volonté divine. Oui, nous avouerons que le salut ou
la perte du catholicisme a pu un instant dépendre de
Napoléon Bonaparte, si on nous dit que cette religion,
refuge immortel de l'âme humaine, n'est pas elle-même
une âme, ou que cette âme appartient à qui sait la prendre par force ou par ruse.

Pour moi, si je veux, au milieu de ces divers sujets
d'anxiété ou de tristesse, arrêter ma pensée sur un tableau
vraiment chrétien, vraiment consolant, ce n'est pas à
Notre-Dame ou aux Tuileries, parmi les pompes et les
fêtes du Concordat, que je vais les chercher. Je ne vois
là qu'un cérémonial imposant, mais illusoire ; des corps
sans âme, et, ce qui est pire, des habits brodés et des
uniformes ; une consigne que l'on observe à contre-cœur,
pour obéir à un maître qui n'est pas aux cieux ; une
magnifique collection d'incrédulités et de vices, rassem-
blés non pas pour se repentir et prier, mais pour mettre
un masque de plus sur des visages préparés à l'hypocrisie par le crime ; toutes les variétés du désordre moral, depuis l'évêque apostat jusqu'au régicide courtisan ;
des hommes de guerre, grossiers, incultes, ricaneurs,
entrant, tête haute et lèvre railleuse, dans la maison de
Dieu, où toute leur religion, tous leurs semblants de respect et de *decorum* consistent à ne pas trop déplaire au
Premier consul. « Qui trompe-t-on ici ? » pouvaient-ils
dire. Mensonges qui n'avaient pas le droit de tourner au
profit de la vérité ! Médailles qu'on n'avait pas besoin de
regarder de près pour en voir le revers ! Hommages dé-
cevants qui contenaient en germe tous les mécomptes,
toutes les exigences, toutes les persécutions du lendemain ! Avances usuraires dont les intérêts et le capital,
chiffrés par le plus redoutable des créanciers, allaient
peser de tout leur poids sur la papauté !

Loin, bien loin de ces palais et de ces cortéges, voulez-vous assister à la vraie renaissance catholique ? Venez

avec moi dans cette humble paroisse dont les habitants, pendant les années néfastes, n'ont cessé d'appeler tous bas ou tout haut leurs prêtres. L'orage a laissé sa trace sur l'église, qui ressemble à un brave soldat, embelli de ses cicatrices et de ses balafres. Elle n'est qu'entr'ouverte ; mais il n'en faut pas davantage pour que la foule se presse sur le seuil et s'agenouille sur les dalles. Le vieux curé, longtemps exilé ou caché, reparaît au milieu des fidèles comme un revenant à qui Dieu aurait permis de rapporter ici-bas quelques-uns des secrets du ciel. Ses yeux se lèvent pour remercier, ses mains s'étendent pour bénir. Peut-être, à travers les vitraux brisés de la fenêtre, aperçoit-on, au-dessous du ciel bleu, un coin du cimetière où dorment côte à côte des bourreaux et des victimes. Les survivants prient pour les morts, les innocents prient pour les coupables. On est bien pauvre ; c'est à peine si l'on a de quoi subvenir au luminaire, rapiécer la nappe d'autel, et il ne faut pas songer à renouveler le surplis brodé d'indigence et de charité. Mais quelle sincérité dans cette foi ! quelle ferveur dans cét élan ! Ce n'est plus la persécution révolutionnaire ; ce n'est pas encore la protection administrative ; c'est un état transitoire, admirablement propre à l'expansion des meilleures facultés de notre nature, celles qui se dérobent au joug matériel pour se soumettre à une puissance surhumaine, celles qui n'ont besoin de personne pour placer la créature en contact immédiat avec le Créateur. C'est le réveil de l'âme chrétienne, la vie revenant à flots dans ces veines fortifiées plutôt qu'appauvries par tant de bles-

sures. Voilà le vrai Concordat, et non pas celui qui se
célèbre avec approbation et privilége, sous l'œil sinistre
de Fouché, le regard oblique de Talleyrand ou le froid
sourire de Lebrun.

J'ai voulu cette fois rester, pour ainsi dire, en dehors
de mon sujet, en résumer l'impression générale et préventive. Il faut maintenant passer à la seconde partie
de notre tâche, entrer dans le détail, aborder avec
M. d'Haussonville les événements et les personnages.
Mais, auparavant, je ne puis résister au plaisir de donner
une idée de sa manière, de cette netteté de vues, de
cette vigueur de style, où se révèle l'écrivain supérieur,
l'historien de grande et forte race. Combien de plumes
et de pinceaux se sont épuisés ou essayés sur cette figure
de Napoléon, si glorieuse qu'elle surexcite le talent,
mais si compliquée qu'elle le déjoue ! Connaissez-vous
beaucoup de pages plus vraies, plus fermes, plus *ressem-
blantes* que celle-ci ?

« Comme toujours, la vive imagination de Bonaparte
devançait les temps ; il ne suffisait pas à cet infatigable
esprit de prendre au jour le jour les mesures les plus
propres à assurer dans le présent le succès de ses habiles combinaisons. Par une secrète impulsion de son
ambitieuse nature, involontairement et comme à son
insu, il était sans cesse en train de se frayer les voies
vers un plus prodigieux avenir. Profiter de toutes les
occasions, ne jamais s'arrêter ni reculer d'un pas, pousser devant soi sa fortune aussi loin qu'elle pourrait aller,
s'acheminer par des routes précises, sûres et parfaite-

ment calculées à l'avance vers un but qui n'avait rien de
fixe que sa grandeur même, telle était alors (ne faut-il
pas dire telle fut toujours?) la seule règle de conduite de
Napoléon. Pour qui sait lire et comprendre sa correspondance des années 1800 et 1801, rien de plus curieux
que de surprendre sur le vif cette existence en parties
doubles, menées de front avec une égale ardeur. On dirait
deux êtres parfaitement distincts en une seule et même
personne. D'abord apparaît l'homme d'action appliquant
à son but du moment des facultés si positives, si pénétrantes et si pratiques, qu'on le dirait uniquement appli-
qué à sa tâche du présent quart d'heure ; mais regardez
de plus près, voici tout à coup surgir derrière lui ou
plutôt loin, bien loin en avant, un autre personnage qui
n'a plus les yeux fixés que sur les futurs contingents
d'une mystérieuse destinée. Chose plus étrange encore,
si un conflit s'élève entre ces deux génies opposés qui
semblent s'être disputé sa vie entière, c'est au second
que de préférence il obéira toujours... »

Je ne sais pas s'il est possible de penser et d'écrire
aussi bien ; mais il me semble difficile de mieux penser
et de mieux écrire.

II

Ce qui domine l'œuvre éloquente de M. d'Haussonville,
ce qui ressort de ses véridiques récits, c'est un senti-

ment de tristesse. Ce sentiment, il l'exprime avec autant
de dignité que de convenance, et ses lecteurs le parta-
gent. En général, l'humanité ne s'y montre point en
beau. Non pas qu'on ne s'y trouve, de temps à autre, en
présence de figures intéressantes, courageuses et pathétiques ! Il me suffirait de citer Pie VII, Consalvi et Cacault ;
le souverain pontife sauvant tout à force de sainteté, de
douceur et de bonté ; le ministre sachant unir toutes les
grâces de l'esprit à toutes les solidités du caractère,
réussissant à faire de son amitié la consolation de ce
pape qu'il ne lui fut pas permis de défendre et dont on
le força de se séparer ; l'homme du monde enfin, le Français élevé à une tout autre école, mais ramené dans les
voies de la vérité et de la justice par cet attrait qu'exerce
sur les âmes droites le spectacle de toute grandeur morale et de toute fortune imméritée ; plus fin, plus aimable, plus sympathique dans son rôle que Bonaparte dans
le sien ; modèle accompli, sinon du fervent catholique,
au moins du médiateur conciliant et discret entre l'omnipotence temporelle et le pouvoir spirituel. Mais, hélas !
à quoi bon ces vertus, ces talents, cet esprit, ces aptitudes particulières à tourner les difficultés, à assouplir les
rouages, à mettre momentanément d'accord ce qui devait
rester incompatible ? Pie VII, c'était la sainteté impuissante ; Consalvi, la résistance inutile ; Cacault, l'expédient
à bout de ressources.

En dehors de ce petit groupe, quels tristes personnages nous voyons se succéder sur la scène ! Marionnettes
dont la main consulaire ou impériale tient le fil, mais

auxquelles il reste pourtant assez de volonté et d'initiative pour qu'on ne puisse pas même alléguer en leur
faveur la nécessité d'obéir ou l'impossibilité de résister !

On craint toujours de tomber, en parlant de M. de
Talleyrand, dans les lieux communs déclamatoires, chers
aux Prudhommes de la démocratie. M. d'Haussonville a
très-heureusement évité cet écueil. La modération de
son langage nous rappelle une fois de plus que les très-
honnêtes femmes sont aussi les plus indulgentes, et que
l'honneur, la loyauté, l'esprit d'abnégation et de sacrifice,
s'ennoblissent encore en se refusant le facile plaisir de
maltraiter leurs contraires. Il faut avouer pourtant que
l'ex-évêque d'Autun, à peu près marié, tout à fait défro-
qué, était placé à l'égard du saint-siége dans une situation trop fausse pour ressentir ou inspirer la moindre
confiance. C'est tout au plus s'il pouvait atténuer, par
quelques tours de phrase diplomatiques, quelques politesses d'ancien régime, les rudesses du maître, et velou-
ter les griffes léonines. En réalité, il ne lui était pas
permis de désirer entre la France et Rome une réconciliation sincère et durable ; car il devait craindre d'en
payer les frais. On songe, en le voyant se mouvoir à petit
bruit dans toutes ces intrigues, tantôt au loup devenu
berger, tantôt au diable qui ne se trouve pas encore
assez vieux pour se faire ermite. Il en est des scandales
de la vie privée comme des tripotages d'argent ; ils ont
besoin d'une atmosphère spéciale de désordre moral et
de *gâchis*, et l'on peut, à leur usage, accentuer de deux
façons le mot *pêcher* en eau trouble. Il leur semble tou-

jours que la lumière, la foi, la justice, la conscience publique, ne peuvent s'affirmer qu'en les condamnant.

Je ne voudrais pas me répéter à propos du cardinal Fesch. Mais, en vérité, lorsqu'il va remplacer à Rome M. Cacault, on dirait la comédie italienne succédant à la diplomatie française. Cet oncle terrible est posé là tout exprès pour faire ressortir les inconvénients du système de son formidable neveu, sans un seul de ses prestiges. Bizarre personnage! il ne sait pas même s'élever jusqu'à l'odieux; il impatiente toujours, il n'a pas de quoi indigner. Ç'eût été peut-être un bon curé d'Ajaccio ou de Bastia; c'est un prince de l'Église désolant pour l'Église et pour les princes. Il y avait en lui du bonhomme, du parvenu, du *cancanier*, du prêtre italien et du faiseur d'affaires. Entre ses premières années de sacerdoce et ses nouvelles grandeurs, il avait été commissaire des guerres, intéressé dans les fournitures de l'armée. Singulière transition pour un archidiacre destiné à devenir cardinal! Il s'était empressé d'y perdre, non pas une certaine pureté de mœurs qu'il paraît avoir conservée tant bien que mal, mais la dignité des manières, qu'il n'avait probablement jamais eue. Il possédait, en somme, plus de travers que de défauts et plus de défauts que de vices. Il était absolument dépourvu de ce tact dont M. Cacault avait donné tant de preuves, et manquait encore plus de cette distinction, de cette élégance, de ce charme que Consalvi alliait à des qualités plus sérieuses. Aussi le prit-il *en grippe* (je ne daigne pas dire en haine), et la mauvaise petite guerre qu'il lui déclara eût achevé de

brouiller les cartes, quand même ces cartes n'eussent
pas été biseautées d'avance par le despotisme et le génie.
Cet oncle, non pas d'Amérique, mais de l'autre monde,
aurait voulu tout à la fois obéir à Bonaparte et servir les
intérêts du pape, par ces côtés vulgaires où le calcul entre pour tout, la conscience pour rien. On se le figure
disant à Pie VII ou à ses conseillers : Voyons! cédez sur
tout ce que vous ne pouvez empêcher, et insistez pour
que, en revanche, on vous restitue le patrimoine du saint-
siége ! — Une gaucherie, un chiffre, un commérage,
voilà, en trois mots, le mandataire que Napoléon avait
choisi, comme pour rendre ses volontés plus dures, ses
ruses plus blessantes, et pour prouver que, pouvant tout
exiger, il ne voulait rien adoucir.

Que dire du cardinal Caprara? Le mieux est de songer
à son âge, à sa santé, à son goût de luxe et de dépense,
ce dissolvant de toute résistance et de toute fermeté. Pour
lui, les bienfaits dont il eut besoin furent aussi dangereux que les menaces dont il eut peur. Afin de se faire
excuser et plaindre, Caprara écrivait à Rome que sa vie
à Paris était un enfer. La métaphore était juste en ce sens
que cette vie fut pavée de bonnes intentions. Il la passa
à se laisser épouvanter par Bonaparte et cajoler par cette
aimable Joséphine, douce pécheresse, qui, la veille du
sacre, n'était pas encore religieusement mariée à son
glorieux époux. Il nous apparaît comme le type — de
plus en plus rare heureusement, — de ces dignitaires
sacrés ou profanes, tellement épris de représentation, de
cérémonial, de pompe extérieure, qu'ils sont enclins à

lâcher la proie pour l'ombre, le fond pour la forme, le
but véritable de leur mission pour ses broderies, et que
peu leur importe de sacrifier les réalités si on ne lésine
pas sur les apparences. On s'imagine aisément ce pauvre
vieillard en de perpétuelles alternatives de quiétude et
de frayeur, tantôt sur la ouate, tantôt sur le gril, allant
à la Malmaison, dont il est devenu l'habitué, sans jamais
savoir s'il y est attendu par un rayon de soleil ou un re-
doublement d'orage, si le sexe faible (très-faible!) va
panser ses blessures, ou si le sexe fort (trop fort!) va les
rouvrir, si Bonaparte payera ses dettes ou signera ses
passe-ports. Personnage comique, si les intérêts qui péri-
clitaient entre ses mains eussent été moins graves. Légat
dans l'embarras, Prusias de la barrette, son rôle ne fut
qu'une longue série de trahisons innocentes, de défaillances forcées, d'accommodements impossibles. De tels
hommes sont faits pour mener en grand costume le deuil
des causes qu'ils ont l'air de servir. Seulement, cette
fois, la cause devait survivre au costume, au deuil et à
l'homme.

Je ne partage pas, pour l'abbé Bernier, l'indulgence
de M. d'Haussonville et la sympathie de M. Thiers. Des
services rendus, des talents déployés, des preuves de
sagacité et d'intelligence, rien de tout cela ne saurait
prévaloir contre certaines incompatibilités d'idées et
d'images. Un prêtre intrigant froisse déjà toutes les délicatesses chrétiennes. Qu'est-ce donc, lorsque ce prêtre a
eu l'honneur de passer par les champs de bataille de la
Vendée, et qu'on le voit, les mains saignantes, les pieds

poudreux, la soutane déchirée par les buissons du Bocage, échouer misérablement sur les marches d'un palais, entre un sac d'écus et une promesse d'évêché? Avoir été l'aumônier de l'héroïsme vaincu et devenir le desservant de la tyrannie naissante, c'est tomber de trop haut pour ne pas être défiguré. Prêtre ou soldat, je ne conçois le Vendéen que tout d'une pièce. Du moment qu'il transige, il cesse d'être; il lui faudrait changer de nom, d'habit et de visage. Encore si l'abbé Bernier avait utilisé son habileté, consacré son influence, purifié sa désertion en essayant de sauvegarder les droits de l'Église, de conjurer les exigences du Premier consul! Mais non; dans tous ces préliminaires du pacte définitif, il a été de ceux qui s'ingéniaient à grossir la part du lion. Donc, puisque cet épisode nous transporte en Italie, nous serons fidèles à la couleur locale en disant que l'abbé Bernier a mérité, lui aussi, de compter parmi les *jettatori* du Concordat. Pauvre Concordat! M. d'Haussonville nous en décrit si bien les tiraillements prophétiques, il en signale si éloquemment les *points noirs*, que nous ne pouvons nous empêcher de le comparer à ces projets de mariage qui débutent par un élan romanesque, et se terminent par des débats aigres-doux entre grands parents et notaires, en attendant les querelles des deux conjoints et les tempêtes domestiques.

J'ai réservé, pour clore cette liste, le plus respectable de tous ces personnages — et peut-être le plus coupable; car celui-là, nous dit M. d'Haussonville, était resté publiquement fidèle aux vieilles croyances religieuses : Portalis ! Portalis le père, comme l'appelait M. Dupin, son admirateur et son disciple. Nul ne s'identifia plus complètement que ce catholique sincère, avec le système qui, sous la main de Bonaparte, devait logiquement aboutir à l'oppression, à l'annulation du saint-siége, et, par conséquent, à un schisme. Écoutons encore M. d'Haussonville :

« Ajoutons, pour demeurer dans le vrai, que M. Portalis avait aux yeux du Premier consul un autre mérite, dont ce grand dominateur lui savait probablement plus de gré encore. M. Portalis, par conscience sans doute, mais aussi par inclination naturelle, et, disons-le, par faiblesse de caractère, était un instrument souple et docile aux mains de ceux qui employaient à leur profit ses grandes facultés. Avec l'esprit d'un sage, *il avait l'âme d'un subalterne ;* et c'est ainsi que nous allons le voir, malgré sa haute position et ses honnêtes tendances, se laisser imposer, dans les scènes qui nous restent à raconter, un de ces rôles qui, même lorsqu'ils sont le mieux remplis, diminuent toujours un peu ceux qui ont consenti à les accepter. »

Pour nous, M. Portalis est ici plus qu'un individu ; il personnifie, sous des traits d'ailleurs fort honorables, ces vieilles doctrines gallicanes auxquelles les esprits superficiels attachent, je ne sais pourquoi, une idée d'indépendance et de fermeté. C'est le contraire qu'il faudrait dire. Je ne prétends, à Dieu ne plaise ! ni m'ériger en théologien, ni trancher des questions si délicates. Mais le simple bon sens démontre que ce qui était possible et plausible avec Louis XIV et Bossuet, ne l'était plus avec Napoléon et Portalis. Du moment que la société civile subissait une transformation radicale, l'Église de France allait se trouver dans l'alternative, ou de cesser d'être catholique ou de devenir ultramontaine. La Révolution venait de faire pour les Alpes ce que Louis XIV avait fait pour les Pyrénées : il n'y avait plus d'Alpes, il ne pouvait plus y en avoir. Lorsque l'État n'a plus de religion, la religion doit se séparer de lui, vivre de sa vie propre, se retremper à ses sources, pour garder sa puissance morale et sa force. Peu importe alors que les institutions soient plus ou moins athées, pourvu qu'elles soient conséquentes; que le souverain soit plus ou moins chrétien, pourvu qu'il soit intelligent et libéral. Si, au contraire, le lien subsiste trop visiblement entre les deux pouvoirs désormais hétérogènes et réfractaires, tout devient embarras, inconvénient et péril. Les taquineries du pouvoir laïque ne fortifient pas l'Église; sa protection l'humilie; ses largesses l'affaiblissent. Si le souverain est pieux, il s'établit entre l'autel et le trône une solidarité compromettante pour tous deux; c'est ce que l'on a vu pendant les dernières années de la Restauration. S'il professe cette doctrine aussi offensante pour Dieu que pour l'homme, d'après laquelle la religion ne serait qu'un moyen de moraliser les masses ou plutôt de les maîtriser, il est amené tôt ou tard ou à briser l'instrument qui lui résiste ou à le façonner à sa guise, jusqu'à ce qu'il l'ait rendu méconnaissable : c'est le spectacle qu'offrit le premier Empire.

A quoi bon raisonner, d'ailleurs? Les faits parlent; il suffit de parcourir avec M. d'Haussonville les scènes di verses de ce drame où éclate le *crescendo* napoléonien, de songer à ceux qui y prirent part ou qui figurent, à un titre quelconque, dans l'histoire du temps. Il est évident que l'éducation religieuse était à refaire dans les classes élevées, parmi les intelligences d'élite. On rêvait la renaissance du catholicisme : on ne le pratiquait pas et on le connaissait mal. Il y avait solution de continuité, et la soudure était de main d'homme. On ne savait comment renouer la grande tradition catholique, qui apparaissait comme synonyme d'autorité, aux nouvelles doctrines d'égalité et de liberté. Bon nombre des victimes de la Révolution, des demeurants d'un autre régime, maudissaient Voltaire tout en répétant ses vers et sa prose, comme on maudit un enfant gâté ou l'objet d'une passion malheureuse. Le groupe du *Journal des Débats*, en réagissant violemment contre la philosophie du dernier siècle, avait l'air d'obéir à un mot d'ordre qu'il se gardait bien de prendre au pied de la lettre pour son usage particulier. Les hommes de mœurs plus graves, dans le genre de Portalis, se cramponnaient aux débris du gallicanisme, radeau trop avarié pour pouvoir suivre la barque de saint Pierre. Les hommes d'imagination, tels que Chateaubriand ou Fontanes, s'en tenaient provisoirement à une religiosité vague, poétique, accommodante, qui embellissait tout sans engager à rien. Les femmes, ces chargées d'affaires de nos consciences, douées du privilège de tout pouvoir pour le bien ou le mal des sociétés qu'elles puri-

fient ou dépravent, en étaient à ce degré d'ignorance et
d'inconscience, où, en l'absence de toute croyance pratique, le plus ou moins de désordre moral dépend presque du hasard. Celles qu'un instinct de pureté native ou
un phénomène physiologique préservait des scandales à
la mode, — madame Récamier, par exemple, — ouvraient
de grands yeux quand on essayait de leur parler Évangile ou catéchisme. Les évêques possédaient un grand
fond de lumières et de vertus; mais sur ce fond avaient
passé tant d'ombres, de misères et de souffrances, ils
étaient encore si près des heures néfastes qui avaient infligé à la France le gouvernement de l'assassinat, la religion du sacrilége et l'apostolat du bourreau, que tout
leur semblait bon pour échapper à ce chaos d'anarchie
sanguinaire et de sauvage impiété. Ils savaient gré à
l'intimidation de n'être pas la Terreur, à l'oppression de
n'être pas la mort, à la raison du plus fort de n'être pas
la déesse Raison. Ils avaient tant besoin d'argent et de
secours pour leurs diocèses en détresse, pour leurs ca-
thédrales en ruines, pour leurs séminaires en jachères!
Il était si facile au nouveau pouvoir de resserrer le collier
en le dorant! Plusieurs cherchèrent et trouvèrent dans
les libertés de l'Église gallicane le prétexte et l'excuse de
bien des servitudes; d'autres, par habitude de l'ancienne
cour ou par optimisme de parvenus, perdirent sciem-
ment ou à leur insu la clairvoyance nécessaire pour opter
entre la force qui pouvait tout et le droit qui ne pouvait
rien. Celle-là était si puissante et si près! Celui-ci était
si faible et si loin!

Enfin, si l'on veut juger d'un coup le désarroi des
esprits d'alors touchant ces questions aujourd'hui si clai-
res, on n'a qu'à courir à l'extrémité contraire, à mille
lieues des Tuileries, de Bonaparte, de Portalis ; on se
heurte à ces étranges lignes de Joseph de Maistre, que pas
un catholique d'à présent n'oserait écrire : « On se moque ici (à Saint-Pétersbourg), assez joliment du bonhomme (le pape Pie VII), qui, en effet, n'est que cela,
soit dit à sa gloire ; mais ce n'est pas moins une calamité
qu'un bonhomme dans une place et à une époque qui
exigerait un grand homme... Les forfaits d'un Alexandre
Borgia sont moins révoltants que cette *hideuse apostasie*
de son faible successeur... Je n'ai point de termes pour
vous peindre le chagrin que me cause la démarche que
va faire le pape (le sacre de Napoléon). S'il doit l'accomplir, je lui souhaite tout simplement la mort. Je
voudrais de tout mon cœur que le malheureux pontife
s'en allât à Saint-Domingue pour sacrer Dessalines. Quand
une fois un homme de son rang et de son caractère
oublie à ce point l'un et l'autre, ce qu'on doit souhaiter
ensuite, c'est qu'il achève de se dégrader jusqu'à n'être
plus qu'*un polichinelle sans conséquence.* »

Remarquez que, dans ce dénombrement, nous ne
comptons que les *meilleurs*, ceux qui tenaient à l'Église
par une affection, un souvenir, une dignité, une croyance
commune. Nous ne disons rien de toutes les incrédulités,
qui formaient encore une majorité compacte : savants,
athées, matérialistes, survivants de la philosophie voltairienne, braves soudards ne croyant ni à Dieu ni à diable.

Cette majorité régnait au conseil d'État, à l'Institut, dans les salons officiels, dans les camps et dans les boudoirs.

Maintenant, faut-il s'étonner si, à travers ce pêle-mêle, dans le moment transitoire entre cette décomposition et cette refonte, à cette heure crépusculaire où, n'étant plus nuit dans les âmes, il n'était pas encore jour, le Premier consul fit, en définitive, tout ce qu'il voulut, et ne rencontra partout que docilité et complaisance? Faut-il s'étonner si, à des intervalles symétriques, de deux années en deux années, les consolantes illusions du Concordat (avril 1802) furent suivies de la douloureuse comédie du sacre (décembre 1804), puis de l'épisode, très-curieux et presque ignoré, du catéchisme impérial (août 1806), puis de la prise de Rome (février 1808)? Car remarquez aussi que c'est à cette date du 2 février 1808 que s'arrête cette première partie de l'ouvrage de M. d'Haussonville ; que nous n'assistons pas encore aux scènes les plus odieuses et les plus poignantes, scènes pour lesquelles le noble écrivain possède, nous le savons, des documents si nombreux et si accablants, qu'il en est presque effrayé lui-même ; notamment les rapports de police qui instruisaient, jour par jour, le gouvernement des défaillances sans cesse aggravées de la santé du vieux pape, afin de faire de chacune de ses infirmités un moyen de triompher de ses résistances !

III

Il est temps de serrer de plus près le livre de M. d'Haussonville. Le noble écrivain aurait le droit de me comparer
à ces virtuoses qui jouent ou chantent leur propre musique sous prétexte de jouer ou de chanter celle de
Meyerbeer et de Rossini. Qu'on y prenne garde pourtant !
Rien de plus facile et parfois de plus banal que de louer
un bon ouvrage. Ce qui vaut mieux peut-être, c'est donner à entendre qu'il a suffi de le bien lire pour en recevoir par contre-coup une sorte d'inspiration personnelle.
C'est à l'auteur seul que l'honneur en revient. Il nous
apprend à raconter des faits que nous connaissions mal,
à exprimer des idées que, sans lui, nous n'aurions pas
eues. S'il est vrai, comme le dit Montesquieu, que l'im-
portant ne soit pas d'avoir des lecteurs, mais de les faire
penser, l'œuvre de M. d'Haussonville a de quoi contenter
toutes les exigences ; elle intéresse les indifférents, émeut
les tièdes, instruit les ignorants, et force à réfléchir ceux-
là même qui, sur ces questions délicates, préfèrent leurs
illusions à la vérité. En lisant l'*Église romaine et le premier Empire*, je me suis souvenu d'un mot qui fut dit,
dans le temps, à propos d'un très-haut personnage :
« Vous doutez de sa religion ? Mais c'est un saint ; le voilà
qui fait déjà des miracles ; il rend la vue aux aveugles. »

18.

Rappelons rapidement les quatre dates qui peuvent
nous servir de point de repère : 1802. — 1804. — 1806.
— 1808. Elles marquent à des intervalles réguliers, la
progression observée ou imposée par l'inflexible ordon-
nateur de ce drame qui commence comme un traité de
paix et finit comme une prise d'assaut. Si l'on songe à ce
dénoûment tout militaire qui ne devait pas même s'arrêter au seuil du Vatican, on les appellera des étapes ; si
on compte tout ce que le pape eût à souffrir, on peut les
appeler les stations du calvaire pontifical.

Le Concordat, faute de mieux, garda au moins les apparences. Consalvi était là, et s'il eut, au dernier moment, la main forcée pour quelques détails, il n'était pas
homme à souffrir que la dignité du saint-siége fût volontairement sacrifiée à des intérêts politiques. La question,
à ce moment, était à la fois très-nette et très-complexe,
très-nette, car il s'agissait de savoir si la crainte de livrer
la France à l'hérésie ou au schisme, — menace incessante
du Premier consul, — ne devait pas prévaloir contre
des dissidences secondaires ; très-complexe, car, pour
quiconque était capable de réfléchir, les arrière-pensées
de Bonaparte ne pouvaient être l'objet d'un doute.
Quel que fût le penchant qui avait d'abord attiré l'un vers
l'autre le pieux évêque d'Imola et le vainqueur de Marengo, il était impossible que le problème à résoudre
leur apparût sous le même aspect. A l'un il semblait une
chance de salut pour les âmes ; à l'autre un moyen d'action sur les volontés. Celui-là avait à cœur l'apaisement
des consciences ; celui-ci l'éblouissement des esprits.

Frapper un grand coup, profiter, pour affermir son
pouvoir et consacrer sa gloire, de la réaction religieuse
dont nous avons indiqué les symptômes ; faire bénir les
chaînes qu'il préparait à la liberté ; ajouter aux prestiges
de la victoire un spectacle redevenu nouveau à force d'é-
veiller d'antiques images ; se donner le plaisir raffiné de
ranger dans son cortége consulaire des cardinaux et des
évêques à côté de tribuns et de régicides, telle était l'idée du
Premier consul. Cette idée suffisait tout juste aux illusions
et aux démonstrations d'un jour de cérémonie : mais le
lendemain ? Ce qu'il y avait au-dessous, le regard pénétrant de Consalvi l'aperçut aisément, et ce fut le cœur
plein d'une prophétique tristesse qu'il quitta Paris pour
retourner à Rome.

Ce qui, dans cette première phase, avait le plus entravé
les préliminaires et retardé la publication du Concordat,
c'était la question brûlante des évêques et des prêtres
constitutionnels. Au fond, Bonaparte les méprisait ; mais
il savait que, dans telle circonstance facile à prévoir, il
les trouverait autrement souples et malléables que les
insermentés. C'étaient des gallicans révolutionnaires, admirablement ajustés d'avance au rôle que pouvait leur
proposer plus tard un souverain brouillé avec Rome.
Cette combinaison de la soutane avec le bonnet rouge
représentait tout ensemble les deux forces contraires
qu'il voulait absorber à son service. Ces prêtres infi-
dèles à la discipline de l'Église étaient-ils du moins
restés soumis à la morale de l'Évangile ? M. d'Haussonville incline à le croire, et ce n'est pas la seule preuve

de modération ou de charité chrétienne qu'il ait donnée
dans ce beau livre que quelques-uns des intéressés ont
le courage d'accuser de violence et de parti pris. Pourtant je lisais l'autre jour les lignes suivantes dans les
Mémoires de Malouet, qui n'a jamais passé pour un fanatique :

« Les prêtres constitutionnels étaient en général dé-
criés par leurs mœurs, par leurs principes révolutionnaires, et il était évident qu'en leur attribuant exclusivement
toutes les fonctions et prérogatives du ministère ecclé-
siastique, les novateurs voulaient anéantir en France
l'autorité du pape et l'exercice du culte catholique, réduit ainsi à des formules et à des prêtres qu'on livrait à
la dérision et au mépris du peuple. »

Ce que voulaient ces novateurs en 1792, Napoléon, dix
ans plus tard, le voulait-il? Non, ou, du moins, pas de
la même manière. Ce qui, pour ceux-là, se rattachait à
un système de destruction universelle, entrait, pour celui-ci, dans un ensemble de reconstruction générale; ce
que les uns voulaient anéantir, l'autre se proposait de
l'exploiter. Mais il était plus évident encore que ces
hommes qui avaient si docilement suivi l'impulsion d'une
assemblée hostile au christianisme ne marchanderaient
pas davantage leur obéissance quand ils auraient à opter
entre leurs avantages temporels et leur chef spirituel.
Aussi Bonaparte, sans se dissimuler que leur antécédents
annulaient leur influence, comprenait qu'ils lui assuraient
leur soumission; — et, sans les estimer, il les ménageait.

Ce fut donc là-dessus que portèrent les principaux dissentiments ; à deux ou trois reprises, ils s'aigrirent assez pour que Consalvi songeât à faire ses malles sans avoir rien conclu. Mais enfin tout s'arrangea ; de deux maux, la cour de Rome eut le bon esprit de choisir le moindre ; le 18 avril 1802, jour de Pâques, eut lieu cette cérémonie dont l'annonce avait ému toutes les populations et dont l'éclat répondit à toutes les espérances. Un de ces *Te Deum* solennels où se complaisait le premier Empire et qui aboutirent à tant de *De profundis*, annonça au monde que la Révolution et l'Église étaient réconciliées. Cependant si vous voulez avoir la note juste, lisez le récit de M. d'Haussonville, modèle de cette ironie courtoise qui consent à rester respectueuse, mais ne veut pas être dupe. J'insiste sur ce mot de justesse, parce que l'esprit a, sur ce point, ses exigences comme l'oreille, et qu'une des qualités de l'historien de *l'Église romaine et le premier Empire* est de nous dire tout ce qu'il a dans l'âme et sur le cœur, sans jamais dépasser la mesure.

« . . . . . Ce fut aussi cette confiance, et non un vain besoin d'adulation, qui inspira sans doute M. de Bois-gelin, ancien archevêque d'Aix, nommé à l'archevêché de Tours, lorsque, le premier parmi ses collègues, il parla du haut de la chaire de la mission providentielle de Napoléon, invoquant par avance ces souvenirs de Pépin et de Charlemagne, dont les noms devaient désormais retentir si souvent à ses oreilles.....

« Cependant, si l'honnête légat (Caprara), et ses pieux acolytes n'avaient pas été absolument absorbés par leurs

saintes fonctions, si l'orateur sacré n'avait pas été tout
entier à l'effet qu'il attendait de son éloquente harangue,
un coup d'œil jeté sur le groupe des personnages officiels
qui environnaient de plus près l'autel eût suffi pour leur
faire comprendre à quel point serait précaire cette alliance
intime entre l'Église et l'État qu'ils appelaient alors de
tous leurs vœux. Ils en auraient pu pressentir la fragilité
en remarquant le dédain affiché des membres du conseil
d'État, la légèreté moqueuse des officiers et l'insouciante
distraction de tous. Ils auraient pu la lire surtout sur la
physionomie de Celui qui se portait en ce moment l'héritier glorieux mais nullement pénitent de la Révolution
française... »

C'était là, en somme, ce qu'un *sportsman*, s'il y en
avait eu dans ce temps-là, aurait pu qualifier de *faux
départ*. Pendant les deux années qui suivirent, la situation, sans aggraver au point d'amener une rupture, acheva
de se préciser. Napoléon procédait, à l'égard de Pie VII,
non pas encore par violences et par menaces, mais par
intermittences et soubresauts. Des concessions insigni-
fiantes, des offrandes sans conséquence alternaient avec
les essais de cette pression caressante, tout aussi effrayante
et plus dangereuse que les rudesses. Déjà le Premier consul semblait dire au pape ce qu'il accentua plus tard :
Le Concordat nous unit, mais il vous oblige. En vous
l'octroyant, je vous ai fait mon allié, c'est-à-dire mon
vassal. Soyez mien, prenez une attitude hostile à tous
ceux que je traite en ennemis. Prêtez-vous à mes desseins
politiques et stratégiques qui veulent que je dispose de

l'Italie comme d'un échiquier où tous les *pions* doivent
être à mes ordres ; moyennant quoi, il n'est rien que je ne
sois disposé à faire pour le saint-siège et pour vous. Nouveau Charlemagne (c'est le nom que me décernent *mes
évêques*), j'agrandirai encore le domaine de Saint-Pierre.
Vous serez, grâce à moi, plus riche, plus fort, plus puissant que ne le furent vos prédécesseurs, et si, par hasard,
votre puissance morale s'en affaiblit, que vous importe ?
je me charge de réduire au silence les railleries et les
critiques.

A ces avances encore déguisées le pape répondait avec
un mélange de douceur, de confiance, de désintéresse-
ment personnel, d'affectueuse sympathie, de dévouement
à l'Église, qui aurait désarmé des tigres, mais ne désar-
mait pas le lion. Quelquefois le lion avait recours à la
ruse et se dissimulait tant bien que mal sous une peau
de renard qui ne tardait pas à se briser en mille pièces.
En même temps, Bonaparte inaugurait, vis-à-vis ses évêques, cette méthode de surveillance administrative et
d'intervention laïque à laquelle nous refuserions aujour-
d'hui de croire, si M. d'Haussonville ne nous donnait des
preuves et ne citait des noms propres. Sous ce régime
étrange, cent fois pire que la persécution, des prélats
dont quelques-uns portaient les plus beaux noms de
France, devenaient des écoliers crossés et mitrés auxquels
on dictait tour à tour leurs *devoirs* et leurs *pensums ;* il
dépendait d'un chef de bureau de ministère ou de préfecture de préparer les matériaux d'un mandement, de dé-
terminer à quelles doses l'enthousiasme officiel devait s'y

combiner avec le lait, les œufs et le beurre, et de dénoncer les *suspects* qui faisaient passer les prescriptions et les
permissions du carême avant les *hosannah* bonapartistes.
« Dans les grandes occasions, nous dit M. d'Haussonville,
les employés de la direction des cultes envoyaient aux
prélats particulièrement zélés, avec les bulletins de l'armée, des canevas de mandements tout faits, auxquels il
ne restait plus qu'à mettre la forme et la couleur ecclé-
siastiques, » à peu près comme un peintre vernit un tableau avant de l'envoyer au jury. Nous avons la douleur
d'ajouter avec notre éminent historien, que la plupart de
ces évêques, assimilés à des commissaires de police ou à
des brigadiers de gendarmerie, étaient *invités* à faire part
au gouvernement de tout ce qui, dans leur diocèse, pouvait menacer l'ordre public, ou, en d'autres termes, con-
traster avec l'optimisme administratif.

Le temps fit encore un pas ; le front de l'empereur brisa
le masque étroit du Premier consul. L'idée de se faire
sacrer par le pape devait tenter le nouveau Charlemagne,
qui voulait bien, remarque spirituellement M. d'Haussonville, être en effet Charlemagne, à condition, toutefois,
de beaucoup prendre et de ne rien donner à l'Église.
Glissons rapidement sur le chapitre du sacre, d'abord
parce que l'espace nous manque, ensuite parce que ce
chapitre est autrement douloureux que l'épisode du Concordat. Sans partager les indignations railleuses de Joseph de Maistre, il faut bien avouer que les illusions
possibles en avril 1802, ne l'étaient plus en décembre
1804. Là, elles s'expliquaient par un égal désir de réaliser

un fait immense en réconciliant la société nouvelle avec
les antiques croyances ; ici, elles ne pouvaient persister
qu'à l'aide d'un aveuglement volontaire, et en s'appuyant
sur deux excès dont l'un sied aussi mal à la faiblesse que
l'autre convient mal à la force ; un excès de complaisance
au service d'un excès d'orgueil. Pour justifier le voyage
de Pie VII à Paris et son consentement à sacrer un front
illustre, mais non chrétien, il aurait fallu la certitude
qne cette énorme concession serait payée par d'énormes
avantages pour l'Église, et que la papauté obtiendrait
autant qu'elle accordait. Or, cette certitude était démentie
d'avance ; Pie VII ne pouvait pas ignorer que l'homme qui
l'avait déjà trompé l'abuserait encore, et qu'à mesure que
s'accumulaient les victoires et les grandeurs, c'étaient
de nouveaux excitants pour le génie de la conquête
à jouer avec les vases de l'autel comme avec les royautés de ce monde. Tout au plus lui était-il permis de
dire et de croire que, s'il refusait de se rendre à l'invitation du futur empereur, cette invitation deviendr.it
un ordre. Mais ce n'est pas assez ; mieux valait maintenir
les positions respectives ; d'un côté, un scandale, de l'autre, un martyre. Il y a des heures décisives où le martyre
d'un juste, d'un saint, fait plus pour le bien de la vérité
et de la foi que ne le feraient les plus belles munificences
obtenues par un acte de pusillanimité ou de servilisme.

L'arrivée du pape à Fontainebleau, sa première rencontre avec Napoléon en habit de chasse, les détails de
son séjour à Paris et de la cérémonie du sacre, tout cela
est navrant ; pour tout cela je renvoie mes lecteurs au

livre de M. d'Haussonville. Ils y retrouveront, à chaque page, des modèles de cet art délicat qui sait se cacher sous ce qu'il retrace et laisse à l'éloquence des faits le soin de distribuer les parts d'émotion, de colère ou de blâme.

Maintenant, si vous voulez voir où les espérances du Concordat et les pompes du sacre avaient mené l'épiscopat et l'Église de France, franchissez encore un espace de deux années, et arrêtons-nous un moment, ainsi que je vous l'ai promis, au catéchisme impérial. Il s'agit d'expliquer à d'innocents catéchumènes destinés à devenir des conscrits, le quatrième commandement : Père et mère honoreras !... Tout gouvernement paternel a droit de voir son autorité assimilée à celle du père et de la mère. En conséquence, Napoléon et Portalis ne pouvaient se contenter de ce qui avait suffi à Louis XIV et à Bossuet. Là où le catéchisme de Meaux s'était borné à dire : « Respecter tous supérieurs, pasteurs, rois, magistrats ou autres, » — e nouveau catéchisme invite le père et la mère à s'effacer.—Place ! place ! dit-il en frappant de sa hallebarde sur les dalles, et il ajoute ce texte, dont nous ne pouvons malheureusement citer que des lambeaux :

« R. Les chrétiens doivent aux princes qui les gouvernent, et nous devons en particulier à Napoléon Ier notre empereur, l'amour, le respect, l'obéissance, la fidélité, le service militaire, les tributs ordonnés pour la conservation et la défense de l'Empire et de son trône...

« D. N'y a-t-il pas des motifs particuliers qui doivent plus fortement nous attacher à Napoléon Ier notre empereur ?...

« R. Oui, car il est celui que Dieu a suscité, dans les circonstances difficiles, pour rétablir le culte public et la religion sainte de nos pères… Il est devenu l'oint du Seigneur par la consécration qu'il a reçue du souverain pontife, chef de l'Église universelle…

« D. Que doit-on penser de ceux qui manqueraient à leur devoir envers notre empereur?

« R. Selon l'apôtre saint Paul, ils résisteraient à l'ordre établi de Dieu même, et se rendaient dignes de la damnation éternelle.

« D. Les devoirs dont nous sommes tenus envers notre empereur nous lieront-ils également envers ses successeurs légitimes dans l'ordre établi par les constitutions de l'Empire?

« R. Oui, sans doute; car nous lisons dans la sainte Écriture que Dieu, seigneur du ciel et de la terre, par une disposition de sa volonté suprême et par sa providence, donne les empires non-seulement à une personne en particulier, mais aussi à sa famille. »

Voilà ce qu'avaient à apprendre et à réciter les enfants que l'on préparait à la première communion. Lorsque ces enfants, devenus de jeunes hommes, partaient pour l'Espagne ou pour la Russie et se voyaient transformés en chair à canon, ils devaient faire des réflexions singulières sur le vrai sens de ces mots qui complètent le quatrième commandement : *Afin de vivre longuement.* C'est alors, et non pas trente ans plus tard, sous un gouvernement libéral et en temps de paix, que Lamennais aurait pu écrire : « Jeune soldat, où vas-tu? »

Dès ce moment, les événements qui suivirent étaient faciles à prévoir ; ils ne furent que la conséquence logique d'un système qui, après avoir forcé l'Église à être un *instrument de règne*, allait lui demander d'être un instrument de conquête. Aux questions de discipline intérieure qui pouvaient être atténuées ou palliées par la distance ou par la faiblesse de Caprara, succédèrent les complications extérieures de guerre et de blocus, où Pie VII eut enfin le bonheur de connaître son devoir, c'est-à-dire de le faire. On voulait que le Père commun des fidèles se déclarât l'ennemi de l'Europe chrétienne pour le bon plaisir d'une ambition qui levait le masque et passait de la caresse à l'insulte. Le pape rentra dans son rôle de résistance passive, et la prise de Rome fut décidée. La première partie du livre de M. d'Haussonville se termine à cette date du 2 février 1808. Six années avaient suffi pour réduire en poussière les promesses du Concordat. Ce qui remplit les six années suivantes, M. d'Haussonville saura nous l'apprendre ou nous le rappeler, et ce qu'il vient nous raconter en traits ineffaçables nous renseigne déjà sur ce qui lui reste à nous dire.

Avais-je tort de prétendre, non pas, hélas ! que nous valons mieux que les hommes de ce temps-là, mais que ce qui fut possible alors ne le serait pas aujourd'hui ? S'il y a toujours des esprits superbes, des âmes serviles, des pouvoirs enclins à escamoter à leur profit l'immense autorité morale contenue dans le christianisme, on peut affirmer du moins que, en dépit de bien des incohérences et des orages, trente-sept ans de liberté ont mis dans les

mœurs publiques assez de grand jour et de grand air pour
nous rendre inacceptable ce qu'avaient accepté nos pères.
Pour les contemporains des Lacordaire, des Falloux, des
Montalembert, des de Broglie, certains détails de cette
histoire ressemblent à un mauvais rêve. Parlerons-nous
de nos évêques comparés à ceux de 1806 ? Il y a, dans
l'ouvrage de M. d'Haussonville, un nom qui revient souvent, et qui, en nous humiliant pour le passé, nous rend
fiers pour le présent : l'évêque d'Orléans ! — « Nous
voyons Napoléon écrire lui-même à l'évêque d'Orléans
pour le remercier des renseignements qu'il lui a transmis
sur les menées de ses ennemis dans son diocèse, et lui
recommander de bien surveiller certains coupables. »
Arrêtons-nous là; cette échelle de proportion suffit à nous
rassurer. Pourtant il me reste un scrupule. Si vous me
dites que Napoléon, pendant qu'il commettait ces violences et qu'il exigeait ces platitudes, gagnait les batailles
de Marengo, d'Austerlitz, d'Iéna, de Friedland, et que
nous n'aurions pas aujourd'hui les mêmes moyens d'a-
veugler ceux qu'éblouissaient ces victoires, je serai fort
embarrassé de vous répondre, et je prierai M. d'Haussonville de me pardonner mon embarras.

XV

LE COMTE DE GISORS [1]

22 mars 1868.

Il y a des siècles dont on peut dire en quelques mots
ce qu'on en pense. Il ne s'agit souvent que d'accepter
un jugement tout fait. Pour le dix-huitième siècle,
c'est tout le contraire. On écrirait des volumes avant
d'avoir épuisé le sujet; on exprimerait les opinions les
plus contradictoires sans avoir jamais ni tort ni raison.
Une tristesse profonde, une souffrance d'esprit et de
cœur, des velléités de colère, des mouvements de pitié,
un vif regret de voir gaspillés tant de dons heureux, le
sentiment de tout ce que les idées nouvelles auraient pu
produire de salutaire et de bon, si elles n'avaient étouffé
les vérités sous des paradoxes et les libertés sous des
licences; avec cela, un attrait invincible, une tendresse

[1] *Étude historique*, par M. Camille Rousset.

instinctive, quelque chose comme une douleur d'amant
trahi, que de nuances, qui laisseraient encore l'esquisse
bien incomplète ! Après tout, nous ne saurions jeter la
pierre ou la boue à ce siècle coupable, sans commettre
une sorte d'irrévérence filiale et imiter l'enfant maudit
de Noé. Il nous tient de près ; deux ou trois générations
à peine nous en séparent. On rencontre à chaque page,
dans le livre de M. Camille Rousset, des noms que nous
retrouvons aujourd'hui portés par nos amis ou nos
parents. Il y a d'ailleurs, quand on me parle de ces scandales, de ces désordres domestiques qui rendaient la
Révolution nécessaire, un détail, puéril peut-être et frivole, qui ne m'en donne pas moins à réfléchir.

Qui de nous ne possède, dans une de ces bonnes vieilles maisons que nous avons eu le tort de quitter pour
nous égarer dans la grande mêlée parisienne, quelque
pastel, quelque tableau d'intérieur, vieux d'environ cent
ans ? Regardez-les ; tout y reflète, non-seulement cette
sociabilité charmante dont nous avons perdu le secret,
mais les paisibles douceurs de la vie de famille. Sur les
visages se peint un contentement intime, une quiétude
souriante, une sécurité imperturbable, désormais passées
à l'état légendaire pour notre société tourmentée, affairée, pressée de vivre, incertaine de ses lendemains. C'est
tantôt un concert d'amateurs qui ne sont pas, je le crains,
de la force de Joachim ou de Rubinstein, mais qui n'ont
pas l'air de songer à démolir ou à scandaliser le monde.
Le bonhomme d'oncle, chevalier de Saint-Louis, joue de
la basse et s'écoute jouer avec une attention qui n'a rien

de subversif. Le mari racle du violon ; la jeune femme
pince les cordes de sa harpe ; sa jeune sœur est au cla-
vecin. Cette jolie scène est égayée par un gros enfant qui
se roule sur le tapis sans s'inquiéter de troubler la mesure, ou par un épagneul dont l'attitude somnolente
simule le recueillement d'un vieux dilettante. D'autres
fois, c'est une partie de tric-trac ou d'échecs gravement
engagée entre le commandeur et l'abbé ; de chaque côté,
des parieurs jugent les coups difficiles ; la douairière
déguste son café dans une tasse de vieux Sèvres ; une
nichée d'adolescents circule dans le salon et jette sur le
groupe sérieux des grands parents un rayonnement de
joies printanières. Se peut-il que ce petit monde si tranquille, si heureux de vivre et de se suffire à lui-même,
cette famille où tout se fond dans une douce harmonie,
n'ait qu'à entr'ouvrir sa porte pour donner accès à tous
les orages et à tous les vices ? Est-ce bien là cette société
pervertie et dissolue où l'on ne se marie que pour avoir
le plaisir de délaisser sa femme et de courtiser celles des
autres ? Mais à quoi bon chercher ailleurs mes raisons et
mes images ? Les voici, en abrégé, dans le livre de
M. Rousset : l'aimable comte de Gisors, voyageant en
Angleterre, écrit à sa mère, la maréchale de Belle-Isle :
« Voici à peu près l'heure à laquelle on s'assemble dans
le salon ; je vous vois d'ici vous mettre à une partie de
trille avec madame de Maurepas, M. de Maurepas en faire
une autre avec ma femme. Que ne suis-je là pour vous
approcher votre fauteuil ! Vous ne me refuseriez pas
votre main à baiser en récompense de ce petit service ;

de là j'irais conseiller ma femme tout de travers, puis viendrais rendre une petite visite à madame de Nivernais qui, selon toute apparence, travaille à son métier. Je volerais moyennant cela de plaisir en plaisir... »

Prenez donc ou comme une oasis dans un pays dévasté, ou comme une nouvelle preuve que le bien dont on parle peu se mêlait alors, comme toujours, au mal dont on parle trop, l'épisode du comte de Gisors que M. Camille Rousset a su rendre si intéressant et si largement historique. Cet épisode revenait de droit à l'historien de Louvois; il nous dit avec une laconique tristesse qu'après avoir montré, dans son premier ouvrage, comment se font les bonnes armées, il va nous rappeler, dans un plus petit cadre, comment elles se défont.

Un mot d'abord sur les origines de ce comte de Gisors, dont la courte existence fut si pleine, dont la mort héroïque fut si cruelle. Tué à vingt-six ans sur un champ de bataille, un jour de défaite, il eut le temps d'obtenir les suffrages des juges les plus illustres et de justifier les faveurs de la fortune. A une époque d'immoralité brillante et de frivole insouciance, il fut le type de toutes les vertus publiques et privées; à une armée en travail de décomposition, il offrit le modèle du jeune colonel, trop attentif à ses devoirs pour que l'on ait envie de s'étonner du contraste de son grade avec son âge.

On sait quelles furent les fautes et les infortunes du surintendant Fouquet. Tout, dans le siècle de Louis XIV, est si bien arrangé pour la représentation et la gloire, que les hommes d'argent eux-mêmes nous y apparaissent

19.

entourés d'un prestige romanesque. L'orgueil, la magnificence, l'audace et le châtiment du gigantesque parvenu font partie des grandeurs du grand règne. Des malheurs si éclatants, sous un roi tellement plein de sa toute-puissance, condamnent au néant et au silence, nonseulement l'homme foudroyé qui les subit, mais la génération qui lui succède. Les fils de Fouquet le comprirent, vécurent dans l'ombre et épaissirent autour d'eux les amnisties de l'oubli. Bien des années s'écoulèrent; Fouquet était mort depuis vingt ans; le jeune et superbe amant de la Vallière était devenu l'époux mortifié de madame de Maintenon. C'est alors, tout au commencement de ce siècle nouveau qui n'était plus sien, que le roi apprit l'arrivée d'un petit-fils de Fouquet, de celui qui devait être le maréchal de Belle-Isle. Le moment était bien choisi; une réaction favorable s'était opérée dans la conscience et dans l'entourage du monarque; il n'avait ni assez raison, ni assez tort contre la mémoire du surintendant pour ne pas être disposé à pardonner. Remarquons, en passant, quelle était à cette époque l'intensité du sentiment monarchique : le petit-fils de la victime n'avait pas d'autre ambition que de rentrer en grâce. La main royale avait frappé; on la baisait, et tout était dit.

Quoi qu'il en soit, M. de Belle-Isle recueillit le bénéfice de toutes ces expiations, et fit rapidement son chemin. S'il n'y eut pas dans sa vie une de ces journées éclatantes qui immortalisent un nom en quelques heures, ni une de ces grandes mesures qui retardent la décadence d'une

armée ou d'un peuple, c'est d'abord que ces coups d'État
de la fortune et du génie devenaient de plus en plus
rares ; c'est ensuite parce qu'il eut à lutter, surtout vers
la fin, contre de désastreuses influences. D'ailleurs, quoique très-brave et fort habile, il fut moins remarquable
comme homme de guerre, que par un certain ensemble
de qualités fortes et d'idées hardies, qui le rendait également propre au commandement des troupes et au ma-
niement des affaires. Si nous passons du grave au doux,
nous le voyons inspirer et ressentir profondément ces
affections de famille que négligèrent ou méconnurent, si
vous le voulez absolument, la plupart de ses contemporains. Il aima et pleura sincèrement son frère, le seul
qui eût survécu à une famille de quatorze enfants ; noble
cœur, esprit droit et de bon conseil, qui s'était entière-
ment dévoué à la gloire fraternelle. Sa seconde femme,
née de Béthune, veuve du marquis de Grancey, fut un
modèle de sagesse, de grâce exquise et délicate ; il sut
l'apprécier, et sa douleur, quand il la perdit, eut peine à
se laisser distraire par le mouvement de la vie publique.
Il fut, j'imagine, de ceux qui, richement doués du don
naturel de plaire, habitués à recevoir, en fait d'amitiés
et de tendresses, un peu plus qu'ils ne donnent, savent
pourtant mettre ce trésor en commun et le faire valoir
comme un argent bien placé.

C'est dans ce milieu que naquit le comte de Gisors, et
jamais plante rare ne reçut une plus précoce et plus soi-
gneuse culture. Cet enfant, qui semblait appelé à de si
hautes destinées et qu'entouraient au berceau de si légi-

times espérances, personnifia, dès son plus jeune âge, le suprême accord d'une éducation admirable avec un naturel
excellent. Son père n'y épargna rien ; la douceur maternelle, se mêlant à ces graves leçons, les rendit plus per-
suasives et plus pénétrantes. A ces premières influences
s'en ajoutèrent d'autres non moins heureuses. Le jeune
comte eut pour compagnons ou pour maîtres des hommes
instruits, des amis fidèles, de bons militaires, rompus
aux secrets du métier. Un peu plus tard, son mariage avec
la fille du duc de Nivernais le rapprocha de ce brillant et
facile esprit du dix-huitième siècle dont rien ne remplacera le charme, et qui, pris à doses discrètes, ne pouvait
qu'aiguiser et assouplir cette âme pure, cette intelligence
nette. Il eut ainsi, en la personne de son père et dans le
ton général de sa maison, un reste des traditions du grand
siècle, et, dans la famille de sa femme, ce je ne sais quoi
de plus liant, de plus ouvert, qui, lorsqu'on n'allait pas
jusqu'au désordre, donnait aux relations d'intérieur plus
de familiarité et de grâce. Ce duc de Nivernais était
charmant, et les fragments de ses lettres, cités par
M. Camille Rousset, nous le font aimer comme on aime
un sourire sur les lèvres d'un malade. Ah ! dût-il nous
en coûter encore deux ou trois révolutions, qui nous
rendra cette perfection de légèreté aimable ? Elle vaut
bien nos roideurs pédantesques et nos prétentions sans
grandeur.

Ainsi, lorsque, pour obéir à l'intelligente volonté de
son père, le comte de Gisors se mit à voyager et à faire
son tour d'Europe, il se trouvait dans des conditions ex-

cellentes. On croit généralement que, pour bien profiter des voyages et en goûter le plaisir dans toute sa plénitude, il faut ne rien laisser au logis, n'être attendu, au retour, ni par une affection, ni par une joie. C'est une erreur. Le cœur humain offre cette contradiction singulière, que le chagrin de n'être pas aimés ne nous semble jamais plus amer qu'au moment où nous aurions à nous séparer de ceux qui nous aimeraient. L'isolement se déplace avec le voyageur, et l'accompagne. Il en garde un fond de découragement et d'aigreur qui éteint ses facultés d'observation ou d'enthousiasme et gâte ses meilleures journées. N'ayant personne à qui faire part de ce qu'il voit, il regarde moins bien, et ses impressions disparaissent une à une, comme si elles glissaient sur le sable. Ce qui nous attache et nous charme dans les lettres écrites par M. de Gisors pendant ses voyages, c'est justement le talent de s'intéresser à tout ce qui est digne de son attention ou de son étude, allié à un sentiment très-vif des jouissances du *chez soi*. Par malheur, une grande partie de cette correspondance nous manque. Un ami ou plutôt un parasite de la maison de Belle-Isle avait cru faire merveille en brûlant les papiers du comte de Gisors. Je n'excuse assurément pas le coupable qui s'appelait le chevalier de Mouhy, et qui nous semble plus impardonnable quand nous voyons le parti que M. Camille Rousset a tiré des débris échappés à cet incendie domestique. D'un portrait il a su faire un tableau d'histoire; il s'est aidé de cet épisode presque personnel pour répandre de vives lumières sur une période que notre amour-propre national voudrait pouvoir supprimer à force de la laisser dans l'ombre. Pourtant, n'y a-t-il pas dans ce petit détail un trait de mœurs, une différence de plus entre le siècle dernier et le nôtre ? On tenait beaucoup moins alors à la publicité, et ce qui était écrit pour la famille paraissait ne devoir jamais en sortir. Aux yeux des amis et des serviteurs, une correspondance pouvait être dangereuse ou utile ; ils ne se figuraient pas qu'elle pût devenir simplement *curieuse*. La curiosité est de date récente. Elle nous tient lieu d'autres sources d'inspiration qui se sont taries. Aujourd'hui il semble que ce que l'on écrit n'a de valeur que par la chance d'être un jour imprimé, et que le public attend à la porte pour changer en biographie, en révélation ou en Mémoire, l'expression d'un sentiment tout individuel, s'épanchant dans l'intimité.

Lettres et récits, témoignages des contemporains, des étrangers et même des ennemis, tout s'accorde à nous donner du comte de Gisors une idée qui autorisait toutes les espérances et justifia tous les regrets. A Londres, à Vienne, à Berlin, il sut, sans effort apparent, par des prodiges de tact, par un rare mélange de sagacité et de droiture, d'aménité et de réserve, de gravité et d'enjouement, plaire à tous, réussir à la fois par l'estime et par l'attrait, obtenir d'illustres amitiés qui résistèrent même aux déclarations de guerre, se concilier les suffrages les plus divers : ici, chez un peuple peu disposé à admirer ce qui n'est pas lui ; là, auprès d'une impératrice qui avait eu à se plaindre de la France en général et du ma-

réchal de Belle-Isle en particulier ; plus loin, sous l'œil
d'aigle du roi de Prusse, de ce *grand* Frédéric qui fut à
son siècle ce que le grand Condé fut au sien et Napoléon
au nôtre. Autant de stations, autant de juges, autant de
concerts de louanges. Même en faisant une part à l'amitié, à la courtoisie, au désir de flatter l'orgueil paternel
d'un homme aussi considérable que M. de Belle-Isle, à
l'intérêt sympathique qu'inspirait ce jeune sage si différent des jeunes *roués* de son temps, il en reste assez pour
que le doute ne soit pas possible. Oui, par ce qu'il a été,
on juge ce que le comte de Gisors aurait pu être.

Sans oser l'avouer, la critique a paru avoir envie de
chicaner cette perfection même. C'est surtout les Aristi-
des de vingt ans qu'on s'impatiente d'entendre appeler
justes. Cette correction exquise de conduite et de manières, chez un jeune homme si bien doué, étonne, et peu
s'en faut qu'elle ne déplaise comme un ciel qui serait
toujours sans nuages. On aime à voir la jeunesse jeter,
comme on dit, *sa gourme*, et participer des faiblesses de
notre nature avant d'en résumer les grandeurs. On se
demande si cette maturité précoce aurait jamais été la
maturité véritable, si ce bon sens déjà complet, cette
vertu encore sans tache avant la majorité, n'auraient pas
été, aux abords de la cinquantaine, une médiocrité respectable. On regrette enfin que ce jeune héros d'histoire
ne soit pas un peu plus héros de roman. Il est clair que
sa *petite* femme, qui était une enfant quand il l'épousa et
dont il fut à peine le mari, tient fort peu de place dans
sa vie. Dans ses lettres, l'amour filial a plus d'éloquence

et de feu que la tendresse conjugale. Nous sommes si
mauvais, que, pour qu'un personnage historique ou fictif
mérite tout notre enthousiasme, nous voulons qu'un peu
de passion se soit mêlé en lui à beaucoup de vertu.

Eh bien ! si mes souvenirs de jeunesse ne me trompent point, cet assaisonnement même ne manquerait pas
absolument à notre admiration. Je me souviens d'avoir
lu un roman de madame Sophie Gay, intitulé *la Comtesse
d'Egmont*. La donnée de ce roman était très-simple, et
avait un petit air de vraisemblance fort persuasif. Dans
tout ce dix-huitième siècle, si futile, si pervers, si enclin
à profaner les plus doux et les plus tendres sentiments
du cœur, il n'y avait que deux êtres dignes l'un de l'autre, faits l'un pour l'autre : notre délicieux comte de
Gisors, et l'*adorable* Septimanie, fille du duc de Richelieu. Mais, hélas ! — et ceci n'est malheureusement que
trop conforme à l'histoire, — les deux pères, les deux
ducs, les deux maréchaux étaient séparés par une vieille
inimitié. L'immoralité scandaleuse du Lovelace français
effrayait la famille de Belle-Isle ; la noblesse trop récente
des descendants de Fouquet servait de texte aux railleries et aux refus de l'incorrigible père de Septimanie.
Après bien des orages et à travers des torrents de larmes,
elle se laissait marier au comte d'Egmont. M. de Gisors
désespéré épousait par obéissance une jeune personne
insignifiante, et allait se faire glorieusement tuer à la
bataille de Crefeld : je vous assure que c'était très-inté-
ressant.

Je n'en demande pas moins pardon à M. Camille Rous-

set d'avoir mêlé à ses graves et beaux récits cette frivole
réminiscence. Rien de plus dangereux, pour un critique,
que d'avoir écrit de mauvais romans ; il en cherche partout ; il est si sûr d'en trouver qui valent mieux que les
siens ! Rentrons dans le vrai. On ne saurait rendre d'assez
sérieux hommages aux chapitres où M. Camille Rousset
nous fait assister à la désorganisation de l'armée française, si belle encore et si forte après Turenne. C'est une
vraie débacle ; partout l'indiscipline et la maraude. En
haut, la cour d'un roi Pétaud gouverné par des favorites ;
le désarroi des esprits et des finances donnant une importance énorme à des hommes d'argent et d'aventures,
qui se croient hommes d'État — tels que Pâris-Duverney ;
la France gaspillée par les grands seigneurs, épuisée par
les spéculateurs, déshonorée par les courtisanes et traitée
par les empiriques. En bas, le désordre ou l'avarie des
subsistances, la détresse des soldats, la misère des officiers inférieurs, amenant des révoltes partielles, des scènes de pillage, un relâchement complet de tous les liens
qui attachent le bataillon au régiment, le régiment à
l'armée, l'armée au pays. Quel dommage pourtant ! Au
milieu de ces effrayants symptômes, dans ces années de
déchéance, au moment où Rosbach et Crefeld vont déchirer le drapeau de Fontenoy, que de bravoure encore !
quelle gaieté ! quelles inépuisables ressources d'insouciance dans le péril, de patience dans la fatigue, d'achar-
nement devant l'ennemi ! Et dès qu'un jeune colonel tel
que M. de Gisors prend sa tâche au sérieux et prêche
d'exemple, comme ces figures martiales rentrent vite

dans l'ordre et le devoir! Hélas! plus les soldats sont intelligents et intrépides, plus aussi, en se voyant si mal commandés, ils devaient être enclins à la désobéissance. Qu'après les hommes de guerre et de conseil, les Belle-Isle, les d'Estrées, viennent les généraux Pompadour, les Clermont, les Contades, les Soubise; que de nouvelles défaites achèvent d'exaspérer la fibre militaire; c'en est fait; les germes de mécontentement et d'indiscipline iront en croissant : quarante ans de ce régime en feront une Révolution... De bonne foi, quand nous voyons ces abus sans nombre, cette effroyable quantité de lieute-nants généraux dont on ne sait que faire et qui s'enche-vêtrent les uns dans les autres, ces ridicules alternatives d'ordres et de contre-ordres entre la cour et l'armée; quand nous voyons la marquise de Pompadour corres-pondre avec le général en chef et l'arrière-petit-fils du grand Condé perdre une bataille qu'il lui était si facile de gagner, il vient un moment où on ne s'étonne plus et où on ne s'afflige guère à l'idée que, un demi-siècle plus tard, les généraux auront moins de chevaux et moins de parchemins; qu'ils ne seront plus princes ou ducs; qu'ils s'appelleront Marceau, Hoche, Joubert, Desaix, Auge-reau, Masséna, Bonaparte, mais aussi que les batailles s'appelleront Fleurus, Arcole, Marengo, Jemmapes, Valmy, Zurich.

M. Camille Rousset a d'autant plus de droits à nous arracher cet aveu, que son livre est d'une modération admirable. On dirait que cette pure et noble physionomie du comte de Gisors l'a désarmé. Du moins elle lui a porté

bonheur. L'œuvre est de tous points excellente ; œuvre
d'un historien, d'un maître habile à élargir ses cadres,
à féconder les documents qu'il a sous la main, à retracer
ces détails d'organisation militaire, ces épisodes de
guerre et de bataille, où il rivalise de netteté, de relief
et de mouvement avec M. Thiers. Il faut bien pourtant
que je me dédommage de mon aveu par une remarque
et de mes éloges par une malice. Sait-il ce qui, dans son
beau récit, m'attriste le plus ? Ce ne sont pas les défaites
de Rosbach et de Crefeld, effacées par cent victoires ; ce
n'est pas même la mort prématurée du comte de Gisors,
qui, s'il eût vécu, aurait été peut-être une victime de
plus pour les massacres de septembre ou les échafauds
de la Terreur. C'est l'idée que voici : M. Camille Rousset
nous transporte au milieu du dix-huitième siècle ; son
héros voyage en Angleterre et en Prusse ; il trouve à Londres la liberté politique, à Berlin la gloire des armes. Ces
deux points de comparaison l'humilient pour la France.
Cent vingt ans se sont écoulés, et ils n'ont été ni calmes,
ni vides. Il n'y a plus de lord Chatham, ni de grand Frédéric ; cependant un jeune Français qui recommencerait
aujourd'hui ce double voyage, en rapporterait exactement la même impression, le même sujet de parallèle et
de tristesse, pourvu qu'il eût autant de bon sens et de
clairvoyance que le comte de Gisors !

XVI

LE PÈRE GRATRY

A L'ACADÉMIE FRANÇAISE

29 mars 1868.

· J'allai, l'autre soir, à une première représentation, et j'étais bien fier. Être, pendant quatre heures, partie essentielle du fameux *Tout Paris*, cela vaut la peine qu'on y songe et que l'on s'en vante. Mais, hélas! dès que je fus installé à ma place, je compris qu'il fallait en rabattre. Mes voisins étaient bien plus avancés et bien plus *Tout Paris* que moi; ils avaient assisté à la répétition générale!

Pour eux, ce qui me semblait neuf était déjà vieux, et ce qui me paraissait complet portait les traces d'une mutilation préventive. — Monsieur, me disait mon voisin de droite, il y avait là un trait fort piquant, mais la censure y a mis bon ordre. — Il y avait ici, reprenait mon

voisin de gauche, une scène très-hardie ; le directeur
s'en est effrayé... ce troisième acte vous fait l'effet d'être
un peu terne ? Il petillait de jolis mots et d'amusantes
malices ; on y a posé une sourdine. Bref, à en croire mes
bavards, je n'avais plus que les restes de la délicate
friandise dont ils s'étaient régalés.

Je ne sais pourquoi ce frivole détail s'offrait obstinément à mon souvenir, pendant les préliminaires de la
séance où nous allions entendre tour à tour le Père
Gratry et M. Vitet. Est-il permis de comparer ce qui n'est
pas comparable ? Rien ne ressemble moins à une comédie qu'une séance académique. Celle-là risque de
tomber, si elle est trop sérieuse ; celle-ci perdrait de son
prestige, si elle donnait la moindre envie de rire. L'une,
pour atteindre son but, doit nous peindre l'humanité en
laid, en faire ressortir les travers et les vices, nous indigner ou nous divertir aux dépens de notre prochain.
L'autre manquerait à ses attributions les plus chères, si
elle ne nous montrait ses personnages tellement en beau,
que nous ne pouvons nous consoler d'avoir perdu les
morts qu'en contemplant les vivants. Mêmes différences
dans les deux auditoires. Qui oserait chercher un rap-
port quelconque entre le public des premières représentations théâtrales, brillant, bruyant, toilettes tapageuses,
épaules découvertes , — et ces groupes d'une élégance discrète, ces clientes naturelles et légitimes de
l'Académie, qui font la joie ou le désespoir de M. Pin-
gard, suivant qu'elles sont exactes ou en retard, qu'il a
des places à leur prodiguer ou des excuses à leur offrir ?

Ici tout est grave, doux, reposé, recueilli, pénétré des
saines influences de la science et de la famille; la couleur des chapeaux et la coupe des robes n'inspirent que
des idées spiritualistes; le faubourg Saint-Germain lui-
même semble, ces jours-là, avoir passé par le quartier
latin pour arriver à la docte coupole. Les regards nous
parlent de l'Observatoire, les sourires nous viennent du
Collége de France; les bêtes, s'il y en avait, seraient dé-
léguées par le Jardin des Plantes; les fleurs seraient
cueillies dans les plates-bandes du Luxembourg, si le
Luxembourg existait encore.

Au théâtre, le savoir est l'opposé de l'innocence; à
l'Académie, il rentre dans ses droits, et n'est que le contraire de l'ignorance. Là nous subissons, tous les soirs,
les réalités de la société actuelle; ici, nous retrouvons, une ou deux fois par an, l'illusion de la société
disparue.

Quant à croire à je ne sais quel trait de ressemblance
qui consisterait pour l'auteur, — je veux dire pour le
récipiendaire, — à être obligé de s'atténuer avant de se
faire entendre, à voir s'effeuiller sous les ciseaux d'une
censure officieuse quelques-unes de ses inspirations les
plus fraîches ou les plus vertes, je m'y refuse absolument.
Je m'y refuse surtout, quand il s'agit du P. Gratry. On
conçoit, à la rigueur, que, si un homme de parti, élu par
une émeute ou une taquinerie d'immortels, se présentait
au seuil de l'Institut son discours à la main, ses sages
collègues auraient à y regarder de près pour s'assurer
que son manuscrit ne sert pas d'enveloppe à un *revolver*.

Mais le P. Gratry! si on avait un reproche à lui adresser,
— et Dieu m'en garde! — ce serait de ne pas tenir à la
terre, de ne prendre des intérêts, des opinions, des né-
cessités de ce monde que tout juste ce qu'il en faut pour
lester un voyage aérien et emporter vers le ciel une opération algébrique. On prétend que notre époque manque
de figures originales; c'est qu'on ne sait pas les chercher.
L'originalité, — en prenant ce mot dans son meilleur
sans, — tel est, avec bien d'autres mérites, un des traits
caractéristiques du nouvel académicien. Voilà un prêtre,
qui est un savant; voilà un prêtre, un savant, qui est
un homme d'imagination; voilà un prêtre, un savant, un
homme d'imagination, qui, au lieu de se borner aux
soins habituels de son ministère, à des déductions scien-
tifiques ou à la composition d'une œuvre d'art, emploie
ses facultés si diverses à se mesurer avec les plus formidables problèmes du monde moderne. De la politique, lui?
le souci de plaire ou de déplaire aux vieux partis qui se
rajeunissent ou aux jeunes qui ont terriblement vieilli?
allons donc! De tous les débats qui nous passionnent depuis quarante ans, il ferait à peine une pincée de poussière qui tiendrait dans le creux de sa main; et encore
cette main la laisserait tomber en s'ouvrant pour nous
bénir. Vous le voyez ou vous croyez le voir à vos côtés, et
peu s'en faut que vous ne lui parliez, par habitude, de la
prospérité des finances sous M. de Villèle, de tout ce que
la Révolution de Juillet a coûté à notre chère France, des
coups de marteau d'Osman le Superbe, des millions jetés
à la rue de la Paix en attendant la guerre, des Titres de

la dynastie napoléonienne, des torts de celui-ci, des griefs de celui-là, des périls pressants, des malheurs à venir. Prenez garde ! je ne suis pas sûr qu'il vous écoute, et il est homme à vous demander si Osman est Turc ou Français, si les sénatus-consultes datent de Caton l'Ancien ou si les plébiscites sont contemporains de Caius Gracchus ; ou plutôt il n'est plus là, ne le cherchez pas ; il s'est envolé sous l'aile de son ange gardien ; il va demander à un monde meilleur un mot qui explique et un secret qui guérisse les misères du nôtre. O pouvoir magique d'une belle âme, triplé par la science, l'imagination et la foi ! Il y a des cœurs que la science dessèche ; il y a des esprits que l'imagination égare ; il y a des fidèles qui se figurent avoir tout fait en se calfeutrant contre les courants d'air extérieur. Pour le P. Gratry, rien de pareil ; savoir, croire, imaginer, faire servir ce qu'il sait, ce qu'il croit, ce qu'il imagine, au triomphe d'une grande idée d'apaisement universel, le voilà tout entier. En doutez-vous ? supposez-vous que, par contagion académique, je m'amuse à aligner des phrases, à glaner dans le champ où il ne reste plus rien à cueillir quand M. Vitet y a passé ? Laissez-moi vous donner l'avant-goût d'un nouvel ouvrage que le P. Gratry va publier, qui s'appellera *la Morale et la loi de l'histoire*, et dont j'ai pu, grâce à une amicale entremise, lire les premiers chapitres.

Si l'on prend presque toujours le mot *socialiste* en mauvaise part, c'est que le socialisme intéresse trop souvent à son triomphe les mauvaises passions de l'homme, et que, dédaignant de chercher ses solutions dans une

sphère supérieure à notre faible nature, il se remet du
soin de les découvrir à tout ce qui rend le problème plus
dangereux et plus insoluble. Mais le *socialiste*, c'est-à-dire
celui qui veut ramener la société moderne à l'idéal évangélique : « Employez vos richesses à vous faire des amis...
Faites l'aumône, et tout est pur en vous... O homme, tu
ne souffriras pas qu'il y ait sur le globe terrestre un seul
mendiant et un seul indigent... J'ai eu faim, et vous
m'avez nourri ; j'ai eu faim, et vous ne m'avez pas
nourri... Vous mesurerez les choses de telle manière
qu'il y ait entre eux et vous une sorte d'égalité... Les
riches sont des aînés, dépositaires des trésors du père
de famille, etc., etc. » Celui qui explique la *Théologie* de
l'aumône, le sens divin de ce mot qui signifie *pitié du
cœur*, de ce mot que les dédains aristocratiques et les
colères démocratiques peuvent si aisément rendre offen-
sant, celui-là, si on le qualifie de *socialiste*, n'a pas à se
récrier. On ne l'accuse pas, on ne le flatte pas, on lui
rend justice ; cette justice qu'il voudrait voir triompher
de l'inégalité des conditions, de l'égoïsme des riches, de
la haine des pauvres, de la guerre, de la rapine et de
l'agiotage !

L'auteur de *la Morale et la loi de l'histoire* est donc
un *socialiste* chrétien, et le second de ces deux mots
corrige suffisamment l'autre. Vous le lirez comme je l'ai
lu, avec une émotion profonde. Si j'ai bien compris
ses premiers chapitres, voici son point de départ ;
pardonnez-moi d'être un peu métaphysique. Songez
qu'une métaphysique qui arrive à sécher une larme, à

cicatriser une plaie, à alléger une misère, est mille fois préférable aux plus beaux romans et aux plus beaux poëmes !

La science de l'homme, son génie, sa force, sont parvenus à dompter le monde matériel, à assouplir la matière, à la faire entrer dans un ensemble de découvertes et de progrès où, au lieu de combattre et de paralyser notre puissance, elle la décuple. C'est beaucoup... Non, ce n'est rien encore, tant que le problème de la misère n'est pas résolu, tant que les peuples se déchirent et s'entre-tuent, tant que nous voyons nos semblables, nos frères, souffrir, pâtir, mourir de détresse et de faim ; et ici on se heurte à une statistique effrayante, à des chiffres impitoyables que je veux taire ; car ils assombriraient trop les douces et honnêtes joies d'une journée académique.

Il faut donc, dans la seconde phase, — celle dont notre siècle a l'initiative, — conquérir le monde moral, le ramener à la grande loi de liberté et de justice, le forcer de regagner par la charité, l'union, l'amour et la paix, tout ce qu'il a perdu par la discorde et la guerre. Mais ici se dresse un obstacle. La matière a pu être domptée parce qu'elle est passive, parce qu'elle obéit à des lois invariables ; comment régler le monde moral, où tout est variation, résistance, caprice, où la volonté de chacun peut à tous moments troubler l'harmonie de l'ensemble ? Le P. Gratry vous le dira dans des développements magnifiques ; l'unique moyen, c'est de remonter à l'Évangile ; c'est de verser sur ces ombres hantées par nos

vices et nos crimes la lumière divine. En dehors de la
foi, il n'est pas une de ces questions qui ne doive produire encore des révolutions sans fin, des calamités sans
nombre. Dégagées de leur terrestre alliage, réfugiées
dans le sanctuaire, fécondées par l'esprit évangélique, on
peut les aborder avec une pieuse hardiesse. Au lieu de
les trancher dans le sang et les larmes, on les dénouera
dans la joie, la miséricorde et la paix...

— Mais, va-t-on me dire, que nous racontez-vous là ?
Il s'agit d'une séance de réception à l'Académie française,
et vous nous parlez d'un livre qui n'a pas encore paru !
C'est que dans ce livre je trouve les mêmes idées que
dans le discours du récipiendaire ; plus complètes, plus
grandioses, plus originales et plus libres. C'est que j'ai
en quelque sorte la primeur du livre, tandis que le discours est depuis deux jours dans toutes les mains. Oui,
Tout Paris, — non pas précisément celui dont je parlais tout à l'heure, mais le véritable, — sait que la séance
a été des plus brillantes ; que, longtemps avant l'entrée
des académiciens, la salle était comble, que rarement on
vit pareil encombrement de tabourets et de strapontins ;
que cet auditoire élégant et lettré a applaudi comme un
seul homme en voyant paraître M. Berryer et M. Thiers,
et que l'émotion générale a pris un caractère plus sympathique et plus tendre, lorsque, après ces deux athlètes
de nos luttes parlementaires, on a vu s'avancer M. de Montalembert, pâle encore et portant les traces de ses longues souffrances, mais plein d'ardeur, de vie et de courage. On sait que M. de Barante a été dignement loué,

que le discours du P. Gratry s'est parfaitement accordé
avec le genre d'inspirations et les détails de physionomie
que j'ai essayé d'esquisser; que ce discours a obtenu un
grand succès; que M. Vitet nous a fait admirer une fois
de plus cette perfection exquise dont il possède le secret
et dont chacune de ses réponses nous offre le modèle;
qu'enfin — ceci entre nous — à force d'ingéniosité, de
sagacité et d'éloquence, à force d'avoir lu, aimé, compris, deviné M. de Barante, les deux éminents orateurs
sont arrivés à découvrir, dans quelques-uns de ses ouvrages, ce qu'il n'avait peut-être pas songé à y mettre.

Par malheur, il me reste un aveu à vous faire, sans lequel toute ma première page serait inintelligible : là
aussi, exactement comme au théâtre, j'ai eu pour voisin
un indiscret. A l'entendre, le discours du P. Gratry ne
serait pas arrivé intact jusqu'à nos oreilles attentives et
charmées. Il y aurait eu des coupures; des abat-jour auraient été posés sur quelques traits de lumière trop vif,
pour des yeux fatigués par de savantes veilles ou éblouis
par le soleil. Quelques mots trop nets, quelques vivacités
de langage auraient provoqué dans le sein de la com-
mission d'éloquentes colères; et comme le costume tra-
ditionnel de la vérité est de nature à effaroucher les
vertus austères, c'est justement le plus vertueux des
hommes, des académiciens et des sénateurs, qui a pro-
testé, la rougeur au front, avec le plus de véhémence.

En ce moment même, le P. Gratry prononçait ces
mots : « L'entreprise des Cent-Jours. » — *Entreprise !*
Questa coda non è di questo gatto ! murmurai-je dans la

langue de Machiavel, afin de ne pas me compromettre.
Mon voisin comprit et reprit : — Il y avait ici *attentat;*
mais l'expression a paru attentatoire, et...

— Pardon! dis-je à mon tour ; c'était, ce me semble,
le mot propre, surtout pour répondre au sentiment du
P. Gratry, qui déteste la guerre et aime la liberté de toute
la haine qu'il éprouve contre la Révolution. *Attentat* n'est
nullement synonyme de *crime* dans l'acception vulgaire
et hideuse de ce dernier mot. Voici la définition de mon
dictionnaire : « *Attentat*, entreprise contre les lois ; atteinte grave portée aux droits ou privilèges d'une juri-
diction supérieure, à l'autorité du prince, de la loi ou
du gouvernement. » — C'est limpide. Or, il y avait, je
pense, en mars 1815, non-seulement un marronnier, mais
une loi, un gouvernement et un prince. L'homme de
génie qui débarquait au golfe Juan ne se proposait probablement pas de respecter cette loi, d'affermir ce gouvernement et de saluer ce prince... donc...

— Je ne dis pas le contraire ; mais que voulez-vous ?
quand on a écrit des préfaces pour des livres de piété,
on est au-dessus du profane, et quand on est académicien, on connaît les dictionnaires comme si on les avait
refaits. D'ailleurs, on est vertueux ou on ne l'est pas ; la
vertu a été si souvent accusée d'être improductive et stérile, de nourrir son monde de croûtes de pain et de
brouet noir ! Il est tout simple qu'elle cherche à se réha-
biliter... *Sancta simplicitas !* L'excellent homme dont
nous parlons est ombrageux ; il l'était déjà, il y a douze
ans, mais d'une tout autre manière. Quand un candidat

20.

allait lui demander son suffrage, il lui faisait subir un interrogatoire : « Êtes-vous aussi libéral que moi? Haïssez-vous autant que moi ce que je déteste? » Et le pauvre candidat s'humiliait devant ce modèle de stoïcisme chrétien. A présent, c'est une autre chanson sur un autre air. Lorsque des villes entières se rebâtissent à neuf, pourquoi les consciences ne se rebâtiraient-elles pas?

Pour charmer les ennuis de l'attente, j'avais apporté le nouveau volume de M. Ernest Renan : « *Questions contemporaines* » — je l'ouvris au hasard, et je lus les lignes suivantes :

« Le janséniste acariâtre, chagrin, disant son bréviaire, pouvait être fermé à bien des idées et hostile à plus d'un progrès légitime ; mais il était, du moins, pour les parties austères du travail de la pensée, un auxiliaire utile, et il rendait un immense service au développement sérieux de l'esprit en faisant digue à l'envahissement du monde par l'immoralité, le charlatanisme et la légèreté. »

Acariâtre! une digue! immoralité! charlatanisme! Légèreté! Autant de sujets de réflexions mélancoliques. Tâchons de n'être ni immoraux, ni charlatans, ni légers, et songeons que nous n'avons pas le droit d'être acariâtres, puisque, n'étant pas jansénistes, nous n'opposons aucune digue aux accommodements de conscience.

Puis je dis à mon voisin en lui montrant le récipiendaire qui venait d'achever, au milieu d'applaudissements unanimes, sa touchante péroraison, son éloquent appel à tous les bons sentiments qui peuvent nous régénérer et nous sauver :

— Monsieur, j'ignore quelles sont vos opinions, et il est probable que vous suspecteriez les miennes ; mais regardez ce doux et noble visage, entendez vibrer les échos de cette parole généreuse ; cherchez ensuite parmi les révolutionnaires de tous les rangs, de tous les âges, de toutes les sectes et de tous les styles ; je vous défie de trouver un meilleur citoyen que ce religieux, un plus sincère *libéral* que ce prêtre.

FIN

NOTES

Note A. — Page 19.

Au moment où j'écrivais cette page, Paris était encore ému par la manifestation des avocats, lors de la visite du czar au Palais de justice, et par les cris de : Vive la Pologne! qui furent traités de cris séditieux.

Note B. — Page 194.

Une lecture attentive du livre de M. l'abbé Maynard sur Voltaire m'avait donné à penser qu'il n'était pas, qu'il ne pouvait pas être impartial. Aujourd'hui j'en suis sûr.

Note C. — Page 284.

Si vous voulez préciser encore mieux ce trait de mœurs littéraires, voyez, à la page 15 du deuxième volume des *Nouveaux Lundis*, comment M. Sainte-Beuve préludait à ses cruautés d'après coup contre ce pauvre et honnête Gustave Planche.

Note D. — Page 294.

Quelques-uns de mes amis de province me demandent ce que c'est que la Table de Magny. C'est un dîner hebdomadaire, chez un restaurateur de la rue Mazet, dîner fondé par quelques personnages illustres, membres du Sénat ou de l'Institut, savants et beaux esprits, dont la spécialité est de ne pas croire en Dieu. Mais ils remplacent, dit spirituellement Frédéric Béchard, ce *Credo* incommode par un autre, qui tient à peu près ce langage : « Je *crois*

au génie de mon voisin de droite, au style de mon voisin de
gauche, à la gloire de mon vis-à-vis, et surtout à ma gloire, à
mon génie et à mon style. » Ce sont les Vendredis de la Table de
Magny qui fournissent des convives aux Vendredis-Saints de
M. Sainte-Beuve.

Note E. — Page 299.

Un honorable habitant de Limoges, M. Chapoulard, a eu l'obli-
geance de m'envoyer, à l'appui de ce passage du livre de M. d'Haussonville, une pièce fort curieuse, d'où il résulte que, dès le 10
messidor de l'an III de la République (1795), il y avait déjà des
communes qui rappelaient leurs anciens curés. Je prie M. Chapoulard d'agréer mes remercîments.

TABLE DES MATIÈRES

FIN DE LA TABLE DES MATIÈRES

PARIS. — IMP. SIMON RAÇON ET COMP., RUE D ERFURTH 1